MORADA DO SOL
CB017020

MORADA DO SOL
cidade dos encantos
Gabriel L.
Leopoldino
intuído pela
Cabocla
Jandira
JANDA
le Janeiro
2022

Coordenação Editorial Aline Martins
Preparação Adriano Paciello
Revisão Editora Aruanda
Design editorial Sem Serifa
Ilustrações Vinicius Galhardo
Impressão Gráfica Decolar

Texto de acordo com as normas do Novo
Acordo Ortográfico da Língua Portuguesa
(Decreto Legislativo nº 54, de 1995)

Dados Internacionais de Catalogação na Publicação (CIP)
de acordo com ISBD
Bibliotecário Vagner Rodolfo da Silva CRB-8/9410

L587m Leopoldino, Gabriel L.
Morada do Sol: cidade dos encantos / Gabriel L. Leopoldino. – Rio de Janeiro, RJ: Aruanda Livros, 2022.
304 p.; 13,8cm x 20,8cm.

ISBN 978-65-80645-16-9

1. Religiões africanas. 2. Umbanda. 3. Ficção religiosa. 4. Psicografia. I. Título.

CDD 299.6
2022-696 CDD 299.6

Índice para catálogo sistemático:

1. Religiões africanas 299.6
2. Religiões africanas 299.6

[2022]
IMPRESSO NO BRASIL
https://editoraaruanda.com.br
contato@editoraaruanda.com.br

Assim como sou filho de um pai forte, meu
pai também foi filho de um pai forte.
Portador da chave e do machado de uma
face, Ayrá é por mim e por minha família.

Em minha aldeia, nunca mais tivemos alegria,
e o povo nunca mais se conformou.
Porque, ó, Irani foi ver a lua e nunca mais voltou.
Irani, ó, Irani, espero um dia a sua volta aqui.

Em memória de Cláudio Rosa Leopoldino,
um pai muito amado.

O embate pela vida: Luz e Trevas

PRÓLOGO

Desde muito pequeno, ouço as histórias de minha tribo. Os mais velhos diziam que era tudo real, mas, no fundo, os mais novos achavam que elas serviam para nos amedrontar ou nos controlar e forçar o nosso respeito. Esse controle funcionava muito bem, pois era praxe respeitarmos os anciões; contestá-los não fazia parte de nossa personalidade ou de nossa criação.

Nossa tribo era muito próspera, palavras me faltariam para defini-la. Nosso povo era formado pelos guerreiros mais corajosos, pelos anciões mais sábios e pelas mulheres mais valentes e hábeis. Nossa terra era muito fértil e tudo crescia. Nós, os mais novos, éramos os herdeiros dessas virtudes.

Nosso povo contava muitas histórias e todas continham um ensinamento — assim transmitíamos nossa sabedoria. Mas havia uma, em especial, que mexia comigo, pois, de certa forma, tinha sentido para mim: a lenda de nossa origem.

Os anciãos contavam que, na criação do mundo, só havia Trevas. Ela dominava e consumia tudo à sua volta, e uma grande sombra devorava a própria escuridão. Trevas se alimentava do próprio egoísmo

— quanto mais o sorvia, mais o desejava. Era como uma fera insaciável e sedenta; era a própria ganância e a própria avareza. Em determinado momento, Trevas já não suportava comer tudo à sua volta, chegando ao limite. Em seu interior, teve algo semelhante a uma indigestão e todo o excesso do que havia devorado foi expelido de uma só vez.

Naquele instante, surgiu um novo ser, ainda inédito no universo — quente e de um brilho intenso. Era Luz! Nasceu totalmente perdida e desorientada. Enquanto isso, Trevas se contorcia de dor e tentava se reajustar, pois não havia perdido somente o que comera, mas acabara doando, sem consentimento, metade de seus poderes para o novo ser. Agora, Luz e Trevas faziam parte do mesmo universo e possuíam a mesma força.

Enquanto Trevas, muito debilitada, ainda se recuperava do parto, sem compreender o que de fato ocorrera, Luz percorria o espaço em busca de conhecimento. Ela aprendeu tudo sobre o vazio, sobre a inércia e sobre a essência. Porém, dentro dela mesma, sabia que aquele imenso universo poderia ser preenchido com coisas boas. Faltavam coragem, cores, alegria, amor... tudo de mais belo que, quando adormecia, via em seus sonhos. Como uma criança entusiasmada, Luz queria tudo, estava muito ansiosa.

Também solitária, ela queria dividir o universo com coisas boas. Passou então a concentrar em si a energia gerada pelos próprios desejos do que faltava naquela imensidão. Foi então que, em seu ápice, houve uma grande explosão. Surgiram planetas, estrelas, estruturas, elementos da natureza e tudo o que dava condições para que a vida surgisse. Por muito tempo, era tudo o que ela fazia.

Luz, em determinado momento, criou a Terra: criou os animais, as plantas, as árvores, os frutos, as folhas, os ventos, a água, o mar, a chuva, as montanhas, o fogo, tudo o que existiu e tudo o que existe.

Muitas eras se passaram e, mais madura, Luz defendia seu papel e continuava a zelar por sua criação, desenvolvendo o universo cada vez mais. Foi então que, ao ver beleza da Terra, sentiu a necessidade de gerar um novo ser que convivesse e que a ajudasse a cuidar de sua criação, que também a apreciasse. Seria, como ela imaginou, o guardião do planeta. Do barro, Luz moldava e criava os seres humanos, que teriam como tarefa estabelecer a harmonia com todas as formas de vida e manter o equilíbrio do planeta — fariam o papel de Luz enquanto ela se concentrava no desenvolvimento do universo.

Trevas, porém, recuperada do baque, perseguia Luz, reclamando os poderes que ela pensava serem seus por direito. E, nos céus, Luz e Trevas passaram a colidir violentamente. As estrelas ao redor do embate acabavam destruídas e caíam sobre a terra em forma de minerais e cristais. Os choques da batalha eram sentidos por todo o universo, mas a Terra era o planeta que mais os sentia. A cada investida, pequenas partículas de Luz e Trevas caíam e se espalhavam pela Terra.

Os seres e toda a vida do planeta, assistindo ao caos, tornaram-se temerosos. Os humanos tentavam entrar em contato com as forças ancestrais da criação, clamando, por meio da oração, que uma força maior os protegesse da batalha. Isso fez com que a luz interna de cada ser promovesse um milagre: o clamor gerou energia suficiente para que um grande pilar luminoso ascendesse do chão, reunindo os fragmentos de Luz que haviam caído sobre a Terra, juntasse-os e criasse uma estrondosa explosão que lançou para os céus um raio em direção ao embate.

O raio se tornou um guerreiro alto e forte que possuía adornos nas pernas e nos pés e tatuagens brilhantes que refletiam a luz que vinha do interior do corpo dele. Tinha cabelos pretos compridos e um longo cocar de penas luminosas; carregava uma machadinha dourada e, nas costas, um grande arco prateado com uma aljava de flechas. Vestia-se com couro e longas folhas em volta da cintura.

O guerreiro enfrentou Trevas ao lado de Luz. As flechas por ele disparadas cortavam o céu em alta velocidade, emitindo raios e trovões de proporções descomunais. A batalha durou dias, até que Luz e o guerreiro fizeram sua última investida, destruindo a escuridão. Como consequência, fragmentos de Trevas se espalharam por todo o universo.

Ainda que vitoriosa, Luz sofrera feridas profundas. Pálida e muito debilitada, precisou recolher-se na tentativa de reabilitar sua forma e suas forças.

O guerreiro voltou à Terra para tentar se recobrar, no entanto percebeu que, como resultado da dura batalha travada nos céus, uma imensa escuridão pairava sobre a criação. Em busca de algo para reverter a situação, encontrou uma grande rocha, retirou-a do chão e, com sua machadinha, lapidou-a no formato esférico. Coletou pequenos fragmentos de Luz do cocar, acrescentou-os à grande esfera e, com toda a sua força, arremessou-a aos céus. A rocha iluminaria a vida na escuridão.

Assim nasce Jaci, a grande Lua brilhante, responsável por zelar por toda a criação diante de Trevas. É a senhora da intuição, da beleza do oculto, do místico. Jaci é a grande mãe que ampara.

O guerreiro voltou-se para os humanos e se identificou como Tupã, filho da Luz. Sua voz parecia um trovão e sua força era descomunal, gerando certo medo e muito respeito da tribo. Suas ordens não eram discutidas, mas colocadas em prática. Ele ensinou seu povo a se proteger, a dominar o fogo e a construir ocas, arcos e flechas. Ensinou a linguagem dos encantados para que se comunicassem com os espíritos que guardam o planeta e o universo. Tupã não sabia se os embates haviam terminado, portanto, até o retorno de Luz, ensinar o povo era o melhor a ser feito.

Tupã ensinou tudo o que podia aos seres humanos, preparando-os de todas as formas, exatamente como um pai faz com os filhos. E, quando pressentiu que a paz reinava, partiu em busca de Luz, que já não emanava sinais dos céus havia muito tempo, e isso o preocupava muito.

Tupã tinha uma forte ligação com Luz. Não sabia por onde começaria a busca, mas sabia de onde vinha o chamado. Luz o invocava, ele podia sentir. Após muitos dias de busca, Tupã encontrou Luz em um dos cantos do universo, enfraquecida, sem o mesmo brilho, estava ainda mais debilitada.

— O que está acontecendo, minha mãe?

— Carrego muitos ferimentos da batalha. Perdi muito de minha essência, logo deixarei de existir, e isso dilacera meu coração, pois tudo o que eu queria era cuidar de meus amados filhos.

— Minha mãe, não se preocupe. Já fiz isso, dei a eles toda a minha sabedoria. Eles já sabem se cuidar e logo vão crescer e prosperar graças à senhora.

— Muito obrigada, meu filho! Graças a você poderei partir em paz.

— Não, minha mãe, ensine-me a fazer algo pela senhora! Permita-me prolongar sua vida, deixe-me curá-la. Quero continuar a cuidar de todas as vidas, quero estar com a senhora para sempre.

— Luz e Trevas fazem parte da mesma força. Agora que os fragmentos dela estão espalhados pelo universo, minha força também diminuiu. É o meu destino.

Desolado, Tupã a embalou em um grande, tenro e amoroso abraço, e suas lágrimas cobriram Luz. Foi quando um milagre aconteceu: Tupã e Luz se misturaram como dois pilares de energia em uma dança cósmica.

Uma grande explosão luminosa retumbou e aqueceu todo o universo. Tupã e Luz se tornaram um único ser e passaram a arder como uma gigantesca estrela. Transformaram-se em Guaraci, o grande Sol, e passaram a aquecer toda a criação.

Eles continuam a projetar a vida e a esperança a todos os seres. Sua principal função é dar amor incondicional e fazer a vida prosperar por todos os cantos do universo com bravura e coragem.

Assim nasce a primeira tribo Guarani, os filhos guerreiros de Guaraci, o grande Sol. Jaci e Guaraci dançam nos céus, revezando-se no ciclo do dia e da noite, sempre amparando a vida, os planetas, as estrelas e a sua amada Terra.

Filhos do Sol

CAPÍTULO 1

Os guaranis se adaptaram ao novo cotidiano — não mais contavam com a assistência de Luz nem com os conselhos e a sabedoria de Tupã. Teriam de caminhar com a própria vontade e coragem e continuar a exercer o papel deixado por Luz: cuidar do planeta. Eles zelavam pela terra, conversavam com os rios, absorviam os conhecimentos das plantas, colhiam frutos, construíam arcos, flechas, machadinhas e mantinham a vigília de suas terras, seguindo os conselhos de Tupã.

Os animais, de acordo com sua natureza, se comunicavam de diversas formas com os humanos, ajudando-os a manter a harmonia e o equilíbrio da tribo. Os gestos e hábitos dos animais contavam histórias e traziam informações de terras longínquas. Para os guaranis, a natureza possui um jeito peculiar de manter a paz: o pássaro come formigas e, quando morto, é a vez das formigas o comerem. Assim, não se retira da natureza mais que o necessário para sobreviver, e isso mostra o respeito e a hierarquia que o povo tinha pela Terra.

Os seres humanos cuidavam de um campo florido, uma pequena homenagem a Guaraci, como forma de gratidão pelo grande sacrifício que havia feito. Já Guaraci, continuava brilhando fortemente no céu, observando todos os filhos.

Muitas eras se passaram, e os guaranis continuavam a crescer e a prosperar. Por isso, um líder se fez necessário — alguém que mantivesse a harmonia e a ordem, que fosse dotado de muita bravura e que conduzisse a tribo ao desenvolvimento.

Tabajara foi o primeiro escolhido pelos guaranis e tornou-se um grande líder. De sua linhagem, outros grandes guerreiros vieram, até Ubirajara se tornar cacique.

Ubirajara destacava-se dos demais, pois tinha uma maturidade precoce. Ele possuía o dom da fala e da união, conversava e entendia o ponto de vista de toda a tribo. Tinha a natureza de um bom político, sempre pensando no bem coletivo, era um bom guerreiro, forte e astuto, muito prestativo. Percorria vários quilômetros em todo o perímetro da Morada do Sol, não havia hectare que desconhecesse. Interagia bem com toda a criação, entendia os animais e respeitava a natureza. Ubirajara era a melhor e mais natural representação da essência guarani.

Com a liderança de Ubirajara e a contribuição de todos, a tribo cresceu, prosperou e povoou toda a terra sagrada. Eram tantos que Ubirajara e os mais velhos se reuniram e decidiram que era hora de pequenas caravanas sairem em busca de novas terras para que os guaranis se expandissem.

E assim foi feito: grupos com os exploradores e os guerreiros mais corajosos partiram em busca de locais propícios à instalação de novas tribos. Geralmente, as expedições eram guiadas pelos animais que já estiveram ali, facilitando a adaptação das pequenas tribos. Locais com um rio correndo próximo, uma boa planície para cultivar ervas, frutas e legumes... enfim, uma Morada do Sol em cada parte do mundo.

Vários pequenos grupos tiveram sucesso, e a tribo principal deu origem a outras quatro: a Tribo dos Lobos Cinzentos, a Morada da Lua Crescente, a Tribo da Pedra Quente e a Morada das Estrelas.

A primeira recebeu esse nome porque foram os lobos cinzentos que guiaram os exploradores. Ela ficava entre uma clareira e uma grande caverna — da qual vertia água fresca e límpida e a luz natural entrava pelas fendas. Por ser uma região mais fria, fogueiras eram acesas na entrada da caverna à noite, aquecendo os que estavam ali dentro — lobos e humanos dormiam juntos, e o calor de todos tornava o ambiente mais agradável. Apesar do aspecto mais agressivo, eram amistosos e trabalhavam muito bem coletivamente. O papel de cada um era importante para a sobrevivência de todos. Por conta disso, ficaram conhecidos por sua lealdade e seu trabalho em grupo. Agara, um guerreiro destemido e determinado, era o líder da tribo.

A Morada da Lua Crescente foi encontrada por uma jovem que acompanhava os exploradores. Eles montaram acampamento e, durante a noite, ela sonhou com um local que brilhava intensamente. A jovem acordou assustada, mas, crente de que se tratava de uma visão, chamou todos os companheiros, contou o sonho e, no mesmo instante, levantaram acampamento e seguiram a intuição da moça. Após cruzarem uma pequena mata fechada, chegaram ao local. Havia árvores com copas mais baixas de fácil escalada e muitas corujas. A clareira não era grande, mas havia pedras que serviriam de alicerce às futuras ocas. A tribo recebeu o nome devido a um belo lago que ficava próximo e, quando lua crescente estava em seu ponto mais alto, ele refletia uma luz intensa, criando um espelho gigante — era como se a lua saísse do lago em direção aos céus, e esse fenômeno iluminava a tribo de forma natural e extremamente bela. Era um local abençoado. A jovem fora vista por todos como a escolhida de Jaci, a mãe Lua, e, por isso, recebeu um novo nome: Jaciara. Ela se tornou a líder da tribo, era a ligação com o místico e com as vontades da natureza.

A Tribo da Pedra Quente ficava em um local muito alto, onde uma grande rocha formava um platô extenso. Ali batiam os primeiros raios de sol da manhã e as primeiras bênçãos de Guaraci, e por isso a tribo recebeu seu nome após decidirem que ali seria um local propício para sua fundação. Os guaranis sentiam muita falta de seu criador, então era comum que subissem em montanhas para se sentirem mais próximos, interagissem e pedissem as bênçãos de Guaraci. Muitas árvores frutíferas e outras com folhas mais longas rodeavam o local, o que facilitava a instalação e a adaptação de todos. Entre os grandes rochedos havia um córrego com peixes em abundância. Essa tribo era conhecida por ser muito resistente, prestativa e amparadora. Eram reconhecidos por transformar recursos escassos em algo complexo e grandioso. O líder era Tibiriçá, um homem sério e de poucas palavras.

A Morada das Estrelas foi encontrada por um grupo de jovens à procura de um pequeno macaco que se perdera do bando. Durante a exploração, encontraram o animal próximo a um riacho de águas sempre tranquilas — apesar da fama de a região receber um grande volume de chuva. Na parte onde a tribo se instalou, havia muitas pedras que cortavam o riacho de um lado ao outro, possibilitado uma ligação entre as margens e a divisão da tribo entre as áreas. O riacho era conhecido por trazer muitos minerais, principalmente cristais — adornos muito comuns para eles —, e o nome da tribo foi uma homenagem a esses abundantes corpos celestes. Pela facilidade de tomar água no leito do riacho, muitos animais circulavam por ali e a copa das árvores era morada de vários pássaros que comiam as castanhas típicas da região. Amana foi escolhida líder, pois possuía grande instinto maternal, protegia e cuidava de todos de modo doce e gentil. A tribo era conhecida por sua capacidade intelectual, sempre buscando mais sabedoria.

As pequenas tribos foram se adaptando ao novo modo de viver, encontrando-se periodicamente na tribo principal, onde os mais velhos reuniam-se para trocar experiências e discutir o futuro dos guaranis. Eles não conheciam a fome, a doença ou a solidão. Viviam de tudo o que a terra oferecia, e seu respeito por ela era muito grande. Dessa forma viveram por um longo período. Mas, assim como havia o dia, havia a noite. O destino tem suas oscilações e as tribos não estavam isentas desta regra.

O sussurro venenoso

CAPÍTULO 2

O desenvolvimento das tribos transcorria bem e as trocas de informações e de mercadorias entre elas era um fator determinante. Alguns guaranis ficaram responsáveis pelo transporte de legumes, verduras, bebidas, ferramentas, lenha e cristais entre as tribos e, principalmente, pela troca de mensagens entre os líderes.

Xandoré, um dos transportadores, vivia na Morada do Sol com os pais e os quatro irmãos mais novos. Como o pai trabalhava na plantação, Xandoré viu-se obrigado a prestar serviços fora da tribo onde nascera. Ele não gostava do trabalho, mas preferia evitar confrontos e a desonra da família. Apesar de Xandoré ser muito astuto, não compreendia muito bem as metodologias que Ubirajara usava para a aldeia — achava que cada um devia consumir aquilo que produzia, que a força do coletivo não era funcional e que muitos se aproveitavam da situação para abusar dos demais, o que lhe trazia certa insatisfação.

Esses pensamentos o perturbavam, mas ele seguia o ritmo dos demais, que rumavam em direção à Morada da Lua Crescente, transportando frutas e legumes produzidos na Morada do Sol. Faltando um dia para chegar ao destino, a caravana acampou próxima a um rio. Encostaram as canoas e uma das responsabilidades de Xandoré era puxá-las para a margem e ancorá-las para que a correnteza não as levasse.

Enquanto os outros integrantes da caravana preparavam a fogueira, Xandoré foi até o lago se banhar e relaxar um pouco. O sol ainda estava alto, e ele teria tempo para apreciar tudo à sua volta enquanto se lavava, desfrutava da natureza e do belo lugar. Sentia muita falta da família — gostava de acompanhar o crescimento dos irmãos, que adoravam suas brincadeiras, e da presença dos pais, que lhe passavam segurança — talvez, por isso, as viagens o incomodassem tanto. Mas, em meio aos mergulhos, sua mente divagou.

Banhado, Xandoré sentou-se aos pés de uma árvore enquanto comia manga e observava os pássaros. Lembrava-se das histórias que os pais contavam sobre os tempos em que Luz supria as necessidades de todos. Ele imaginou que, se Luz voltasse, ele poderia passar mais tempo com a família, sem a necessidade de um trabalho duro e cansativo. Porém, sabia que aquela era uma divagação inútil, pois não sabia nada sobre magia nem por onde começar uma busca para reverter a situação.

A comida estava pronta e as tendas montadas. Xandoré comeu os legumes e resolveu dormir mais cedo naquela noite, pois o combinado era levantarem acampamento antes de o sol nascer.

Xandoré dormiu profundamente e sonhou: viu-se em uma tribo abandonada e destruída com uma pequena fogueira que ainda queimava no centro. Enquanto se aproximava da fogueira, viu um vulto movimentando-se rapidamente. Sem tempo de se mexer, uma serpente negra com olhos amarelos surgiu e se enrolou no corpo do rapaz, sem apertá-lo, assustando-o. Antes que ele pudesse gritar, ela disse:

— Veja se não é o menino fraco. O que faz por aqui?

— Também não sei. Quero voltar para minha oca. Tenha piedade, solte-me, por favor!

— Por que eu faria isso? Não me divirto há tempos. Por que não brincamos um pouco?

Com o hálito da serpente próximo à face do rapaz, Xandoré respondeu:

— Sou inocente! Não fiz nada com você. Deixe-me ir.

— Inocente? Rá, rá! Não há inocência alguma aí. Sinto o cheiro de sua maldade. Não a vejo, mas está escondida em algum lugar. Talvez, se eu te apertar um pouco...

A cobra o apertou e ele urrou de dor, mas, ao mesmo tempo, ficou nervoso e fez força contra o corpo da serpente.

— Solte-me, animal imundo, ou usarei minha força contra você!

— Nossa, parece que ela está saindo.

Uma fumaça negra saía de onde a serpente o apertava, e a fumaça empesteava o lugar, começando a cobrir todo o corpo de Xandoré até o pescoço. Ele, assustado, gritava para aquilo parar. O medo fez a fumaça dispersar, e ele chorou.

— Ora, achei que você fosse corajoso... me enganei. Mas a bruxa vai lhe dar uma mãozinha. Bebe, chorão!

A serpente se projetou em um bote para cima de Xandoré que, assustado, acordou do pesadelo, ofegante e choroso. Não conseguiu mais dormir, somente os sons da noite e de suas lágrimas lhe fizeram companhia naquela madrugada, que parecia eterna. Para Xandoré, foi o dia em que Guaraci mais demorou a brilhar.

Sementes do amor

CAPÍTULO 3

Na Morada da Lua Crescente, o silêncio era colossal. A luz refletida em seu espelho estava mais fraca que o comum, pois havia muitas nuvens no céu.

Jaciara já estava acordada antes mesmo de a lua descansar e de o sol mostrar os primeiros raios. Algo a incomodava. Havia uma perturbação nas forças da natureza, algo que não devia estar ali. Mas o quê? Jaciara não sabia explicar. Focou a visão no lago e, de relance, viu uma sombra esguia se projetar de lá. Esfregou os olhos e não viu mais nada. Ignorou, achou que eram coisas de sua cabeça — devia estar com sono ou era apenas a sombra das nuvens.

O sol nascia e, enquanto Jaciara assava algumas batatas na fogueira, duas presenças se aproximaram sorrateiramente por detrás dela. Um grande barulho se fez ao lado da líder da tribo, que se virou assustada para ver o que ocorrera. Um cesto cheio de cabaças estava caído ao seu lado; algumas ainda rolavam no chão perto de seu pé. Confusa, analisava a situação, e nada tinha sentido. Aproximando-se do cesto, Jaciara ouviu passos, seguidos de risos, contrários à sua direção. Ela abaixou a cabeça e, quando se virou à fogueira para ver as batatas, percebeu que tinham desaparecido — e tudo começou a ter sentido. Ela riu da situação, pegou o cajado e foi em direção às pegadas silenciosamente.

Os passos avançavam em direção ao meio da mata e, ao caminhar, Jaciara via os arbustos se mexendo rapidamente. Ela continuava andando lentamente até onde sua intuição mandava. Chegou a uma árvore derrubada por um vendaval dias antes e, por detrás dela, risos ecoavam mais alto. Jaciara correu e pulou à frente do som. As suspeitas de Jaciara se confirmaram: eram suas afilhadas, Ticê e Jandira, que se assustaram com a presença da madrinha e ficaram com as bocas abertas cheias de batatas. A mestra delas não pensou duas vezes e pegou o cajado para aplicar uma leve punição, sem intenção alguma de machucá-las. Mas, ao levantá-lo, uma linda borboleta pousou sobre ele. Jaciara desarmou-se, a situação tornou-se mais descontraída e as meninas voltaram a respirar. As três riram.

— Quer dizer que as duas gostam de enganar sua mestra... É isso?

— Foi ideia da Ticê. Eu apenas a segui. — "Por acaso, foi uma ótima ideia", pensou Jandira.

— Sim, a ideia foi minha. Porém fiz isso para ajudá-la, mestra!

— Para me ajudar? Como seria essa ajuda?

— Pense bem, se fosse alguém de espreita, tentando algo contra a senhora, isso seria um grande problema, não? Ajudei a senhora a apurar seus instintos.

— Você tem razão! Muito obrigada! — Jaciara, rapidamente, deu um toque com o cajado na cabeça de Ticê. — Você precisa melhorar os seus também, não acha?

Pondo a mão na cabeça, Ticê respondeu:

— Preciso, sim. Por isso a senhora é a mestra; e eu, a humilde discípula.

De humilde, Ticê nada tinha, mas a inteligência lhe pintava do que quisesse.

— E você, Jandira?

— Eu o quê?!

A inteligência era um mal de família.

— O que me diz deste assunto?

— Digo que a senhora faz batatas como ninguém!

Jaciara deu um leve toque na cabeça de Jandira também.

— O que posso dizer é que meus reflexos ainda são imaturos perante sua grandeza.

As três riram de novo.

As gêmeas de, aproximadamente, quinze anos tinham os cabelos compridos com flores adornando-os e andavam sempre pintadas, usando tangas terracota, pois não gostavam de se cobrir. A inteligência era algo que lhes sobressaía — com a mente, resolviam tudo rapidamente. A olhos nus, percebia-se a energia que pulsava delas, eram diferentes dos demais. Estavam na fase de se tornarem mulheres, mas para Jaciara o tempo não havia passado desde o parto das gêmeas.

— Penso que já concluíram o que pedi, não é mesmo?

— Penso que devíamos correr em concluir — disse Ticê, levantando-se e preparando-se para sair correndo.

— Espere por mim, Ticê!

— Aguardem suas punições, espertinhas! — gritava Jaciara.

Ela sorria de felicidade com o momento. No entanto, a preocupação com as moças era grande e Jaciara não aliviava na criação delas nem por um segundo. Tinha medo de falhar.

Guardião da luz da lua

CAPÍTULO 4

Jaciara carregava um fardo de extrema importância e responsabilidade: a verdade sobre o que acontecera alguns meses antes de as meninas nascerem.

Moacir e Potira sempre contribuíram ativamente para o crescimento da tribo — ao lado de Jaciara, os dois se destacavam na luta por seu povo. Dificilmente, havia ocas na qual não tivessem feito algo. Eram uns dos primeiros a se levantarem e uns dos últimos a se deitarem. Conheceram-se e apaixonaram-se durante o contato diário, e a cada dia um aprendia mais sobre o outro. Já não sabiam se faziam pela tribo ou pela felicidade que sentiam ao passarem o dia juntos. Quando o amor não cabia mais no peito, resolveram entrelaçar os próprios destinos, e pediram que Jaciara abençoasse a união. Foi o primeiro casamento da tribo: defrontes ao lago sagrado, em uma noite estrelada, iluminada por Jaci e pela grande fogueira. Tudo estava lindo! Ambos ofereceram o melhor que tinham ao outro e, naquela mesma noite, dentro de uma oca que eles mesmos haviam construído, consumaram todo o seu amor com ternura, descobrindo e conhecendo cada palmo do corpo do outro.

A alegria reinava naquela morada, e por que seria diferente? Haviam se adaptado muito bem. Moacir achava que aquele era o ápice de sua felicidade, até descobrir que seria pai. Sentiu todo o corpo tremer, como se tivesse recebido uma rajada de vento quente e forte, e achou que iria ao céu, ao lado de Guaraci. A família estava crescendo e eles se amavam cada dia mais.

Moacir zelava pela saúde da esposa e do bebê e, por orientação de Jaciara, Potira passou a fazer serviços leves em casa, o que não a agradava, pois tinha sangue guerreiro nas veias, gostava do bruto e de ser útil a todos. Com o tempo, Potira se entristeceu e seus dias tornaram-se solitários e vazios. Por mais amor que Moacir lhe desse, ela acreditava que o esposo estava mais interessado nos afazeres da tribo que na própria família. Potira começou a desconfiar de todos, inclusive de Jaciara — pensava que tudo era uma manobra para manter o esposo afastado da família, talvez até para Jaciara tomá-lo para si. Já não era a mesma, a tristeza fez morada em Potira.

Perto do quarto mês de gestação, ela começou a sentir alguns incômodos no ventre, principalmente à noite. Jaciara, então, passou a lavar a barriga de Potira com as águas do lago, pois isso acalmava as dores.

Em uma dessas noites, enquanto Jaciara pegava água no lago, viu uma bela corça de logos chifres e muito iluminada. O animal bebia água distraído. Ela nunca tinha visto nada igual, a corça era bela como o próprio luar. Curiosa e, ao mesmo tempo, admirada, aproximou-se e acariciou o dorso do animal, mas o toque foi inexplicável: o bicho aparentava ser de pele, carne e osso, mas era de vento quente.

O animal olhava profundamente para ela, como se visse a alma de Jaciara, como se a conhecesse muito bem — melhor que ela mesma. A corça entrou mata adentro, calmamente, e Jaciara a seguiu no mesmo passo. O animal emitia luz, o que facilitava segui-lo pela escuridão da floresta, no entanto, por um momento, uma nuvem densa escondeu a lua e o animal também se apagou.

Um sussurro sinistro fez Jaciara tremer e todo o seu corpo se arrepiar. Ela se ajoelhou sem forças ao mesmo tempo em que uma escuridão absoluta tomava conta do ambiente. Sentiu medo, angústia, solidão, tristeza, tudo de uma só vez, e chorou como se a esperança a tivesse abandonado. Em um piscar de olhos, tudo votou ao normal, mas havia sido tão intenso que parecia ter durado uma eternidade. Quando a lua voltou a brilhar, Jaciara secou os olhos e se levantou, apoiando-se em uma árvore próxima. Estava ofegante, sentia como se a vida tivesse abandonado seu corpo.

Foi se recuperando aos poucos e, agora mais lúcida e centrada, voltou a procurar o animal, mas viu apenas uma clareira iluminada pela luz da lua. Pensou em desistir, achava aquilo uma loucura, mas, em seu íntimo, sentia um chamado, sabia que estava seguindo o caminho de seu destino. Ergueu a cabeça e caminhou até lá.

Ao chegar, avistou a corça no centro da clareira ao lado de um homem sentado em uma grande rocha. Estavam de costas para Jaciara, mas ambos brilhavam intensamente e, por isso, ela não os via com detalhes.

Jaciara espreitou assustada, ainda achava que estava sob o impacto do susto da floresta, mas antes que pudesse fazer qualquer movimento, o homem disse:

— Boa noite, minha irmã. Como vai? Falando em "boa noite", Jaci parece mais bela que nunca, não acha?

O corpo de Jaciara gelou. Como ele a viu ali?

— Jaci continua respeitando a própria natureza, brilha intensamente, afastando Trevas, mas Trevas se esconde em lugares que nem a luz dela pode alcançar... não pela força, mas quem as esconde não quer a presença de Jaci... na verdade, não quer a presença de ninguém.

O homem falava tudo isso enquanto afagava carinhosamente a linda corça.

— Venha aqui, aproxime-se. Sente-se comigo, não lhe farei mal.

Jaciara foi liberta do transe e voltou a respirar. Com passos curtos, foi em direção ao homem, que continuava de costas. Ao se aproximar, pôde observar mais detalhes, e teve a certeza de que nunca o tinha visto. Ele não tinha porte de guerreiro, tinha estatura baixa e traços delicados, enigmáticos; a fala mansa, a tranquilidade e a segurança de quem sabe o que faz. Usava um par de brincos de penas, um cocar pequeno, um fio com um pingente de cristal brilhante no pescoço, braceletes finos branco perolados e, na cintura, um saiote feito com algo que parecia pele, mas na mesma cor dos braceletes. Também carregava uma bolsa lateral visivelmente cheia. No pé direito, um pequeno fio com um guizo, que, com qualquer movimento, tilintava como se pequenas gostas caíssem no lago. A paz e a tranquilidade que ele emanava, cada vez mais, convencia Jaciara de que se tratava de um ser supremo que a levaria para o grande Guaraci.

— Respire fundo. As flores estão nos agraciando com o mais doce perfume. As bênçãos estão aqui, você sente?

Jaciara não havia percebido, mas o cheiro era muito intenso e agradável e, de tão forte, ela achou que era ela quem os exalava. Cheirou as mãos na esperança de descobrir como fazia aquela magia. O homem riu.

— Está em tudo, inclusive em você.

A confiança que o homem passava era tão sedutora que, caso pedisse, Jaciara lhe daria a vida sem pestanejar. Jaciara sentou-se perto dele e ele sorriu em aprovação.

— Bem-vinda!

E, olhando para o animal, disse:

— Parece que meu amigo conseguiu transmitir o recado. Obrigado, irmão.

A corça e o homem se encostaram pela fronte, era um gesto de muito respeito, ternura e carinho, uma verdadeira reverência da alma. O animal olhou mais uma vez para Jaciara e partiu mata adentro.

— Um ser vivo magnifico, muito agradável. Foi um bom companheiro para mim — falou Jaciara.

O homem deu um sorriso muito cativante e disse:

— Seu nome é Jaciara, certo? Vejo você há muito tempo.

— Sim. E o senhor é...?

— Sou Lua Nova, guardião destas terras. Muito prazer!

— Prazer, senhor, mas diga-me, de onde me conhece? Não me recordo de sua feição.

— Sou a força que a guiou até este local. Sou o seu parceiro espiritual, caminhamos juntos no mundo dos espíritos.

Jaciara ficou confusa, mas, ao mesmo tempo, emocionada. Não sabia o que dizer nem o que fazer.

— Quando você dorme, costuma ir ao mundo do Grande Espírito, e muitas coisas lá são tratadas. Eu auxilio você, e você me auxilia, somos parceiros.

Jaciara começava a ligar alguns pontos em seus pensamentos.

— O senhor veio me levar para esse local? Eu deixei de existir na floresta? Sabia que aquilo não era normal.

— Não, não vim fazer isso. Você continua nesta terra.

— Então, não entendo como posso ser útil ao senhor. Cometi algum erro?

— Também não.

— Então...

— Sabe quem é o Espírito da Terra?

— Não, pode me explicar?

— O Espírito é a presença da Mãe Terra e de Deus. Ele avalia e decide a vida dos seres e cria, da melhor maneira, possibilidades de crescimento e evolução para os seres vivos. O Espírito da Terra pediu para que eu viesse neste plano conversar com você.

— Algo grave? O que aconteceu? — perguntou ela apreensiva.

— Acalme-se. Sente-se aqui.

— Não estou entendendo! Quem é o senhor? Por que parece diferente dos outros daqui?

— Muitas perguntas. A natureza é viva, e disso você sabe. Quando Luz criou a vida, fez também os seres que sustentam essas forças, os elementos que guardam a vida. Esses seres tendem a tomar forma para garantir a harmonia de determinados locais. Eu sou um desse seres. Convivo na matéria, mas não pertenço à sua terra, pois também existem outras terras além da sua, o que chamamos de planos.

— O que é um plano?

— Plano é onde determinadas criaturas convivem e se desenvolvem, como a tribo que vocês têm aqui. Alguns planos se comunicam entre eles, como o nosso.

— Plano é como uma tribo?

— Semelhante.

Jaciara, mais calma e atenta, mas ainda confusa, começou a refletir sobre o que Lua Nova dizia.

— Minha função é ensiná-la mais coisas sobre este mundo, prepará-la para as coisas que virão.

— Que tipo de "coisas"?

— Forças das sombras se movem dentro da Terra em busca de um corpo para morar, um ser pelo qual possam se manifestar. Diferente do que se imagina, essa energia não invade, ela é convidada a entrar. Ela veio durante a batalha entre Luz e Trevas há muito tempo. Os fragmentos de Luz continuam a dar vida, principalmente, a seres como nós, os encantados. Recebemos esse nome, pois somos um encantamento das energias naturais, somos a personificação das vontades da natureza. Trevas não aceita o destino que teve e está reunido forças para voltar, mas sozinha não tem condições. Então, busca seres compatíveis com seus ideais. Minha função é ensiná-la a lidar com essa batalha e direcionar as pessoas para que vençam essa energia.

— Isso tudo me parece loucura! Por que eu? Guiar as pessoas é função de Ubirajara.

— Todos têm sua função, e essa é direcionada a você.

— Não estou preparada para ela.

Lua Nova, com bastante calma, respondeu:

— Por isso estou aqui. O que sentiu na floresta não foi nada comparado ao que Trevas pode fazer. Ela pode apagar as luzes do mundo e criar a escuridão eterna aqui e, então, somente haverá sofrimento e dor. O que, por uns segundos, aconteceu com você, acontecerá para todos pela eternidade. É isso que você que espera para você e outros de sua tribo? É isso que espera para esse mundo?

Entristecida, Jaciara se calou, sabia que não estava apta, que aquilo era muito maior que ela. Queria pensar ou, talvez, sumir. Parecia que o mundo inteiro fora corrompido e lhe sobrecarregado; porém, também sabia que seu povo não devia passar por tamanha dor e sofrimento; protegê-los fazia parte de sua personalidade.

— O que devo fazer para ajudá-los? — perguntou Jaciara.

— Vou ensiná-la a lidar com as forças esquecidas e entrar em contato com o Espírito da Terra. Será um aprendizado complicado, mas você já possui um dom natural para lidar com isso.

De dentro da bolsa, Lua Nova retirou um aparato que ela não conhecia, colocou algumas ervas dentro dele e, da ponta do dedo, uma pequena chama surgiu e acendeu o aparato. Lua Nova disse:

— Isto é um instrumento espiritual a ser usado em seu mundo, chama-se "cachimbo". Colocamos vários tipos de ervas dentro dele e cada uma delas tem a sua função. Ele pode ser usado para combater as forças negativas; para curar as pessoas que Trevas tocou e corrompeu; também possibilita o contato com os elementos da natureza: água, fogo, terra e ar; e vai facilitar seu transporte para o mundo dos espíritos; além de muitas outras utilidades que lhe ensinarei ao longo do tempo.

Depois, Lua Nova retirou outro cachimbo, de tamanho menor e mais fino, da bolsa. Seu fornilho parecia feito de osso e sua base, de uma madeira escura e avermelhada. Também retirou outra bolsa de couro.

— Este é seu, cuide bem dele. Neste saco estão algumas ervas para afastar os males. Use-as com sabedoria. Toda noite de lua crescente, nos encontraremos aqui para trocar informações e conhecimentos. Aprenda a manipular o cachimbo até o próximo encontro.

— Preciso de um tempo para pensar, você me deu muitas informações, e não sei exatamente como lidar com tudo isso.

— Não se preocupe, na hora certa, você estará preparada. A mulher que está grávida precisa de seu auxílio, ajude-a com as crianças, mas, acima de tudo, ajude-a a lidar com os próprios sentimentos. Eles são grandes, e ela não sabe como acalmá-los, está confusa e solitária, precisa de seu carinho e apoio.

— Crianças?!

Lua Nova riu.

— Vá logo, elas esperam por você.

Jaciara fez uma pequena reverência e partiu.

Descendo do céu como uma pluma, outro ser se aproximou de Lua Nova.

— Você confia neles demais, irmão Lua Nova! Nosso povo concedeu o poder de escolhas para eles, enquanto nós seguimos rigorosamente as ordens que Ela nos transmite. Esse livre-arbítrio há de prejudicar a todos! Particularmente, acho isso uma loucura. Nós, que temos tanta informação, não temos escolhas; já eles, que são mais inocentes que uma criança...

— Mutum, minha irmã, estamos aqui para servir a este mundo. Todos têm suas responsabilidades, e a nossa é instruí-los e guiá-los. Devemos cumprir o nosso papel e confiar que eles cumprirão o deles.

Mutum era uma linda indígena de pele avermelhada. Usava uma saia de couro bem leve e braceletes feitos de sisal e penas negras. Na cabeça, trazia uma pequena coroa de flores trançadas e fragrância única. Sempre estava acompanhada de uma ave negra com bico multicolorido. Era uma exímio caçadora, conhecida entre seu povo por seu temperamento indomável. Caminhava com leveza e tinha a habilidade de flutuar no ar — sua presença só era notada quando ela desejava. Paciência não era seu forte, e Lua Nova, seu irmão mais velho, sempre lhe parecera pacato demais.

— Respeito sua decisão, irmão, mas ainda vamos assistir-lhes se consumindo em guerra.

— Com as bênçãos da grande Mãe, espero muito que você esteja errada.

Jaciara estava ainda mais confusa. Sua curiosidade e aquela corça pioraram a situação. "Eu devia ter pego apenas a água...", pensou. Tentando aliviar a tensão, deu um leve sorriso e correu para levar água para Potira.

Assim que retornou à tribo, Jaciara usou a água para massagear o ventre de Potira, aliviando-lhe as dores de imediato, e logo deu início ao plano de tentar mudar as emoções da jovem:

enquanto fazia a massagem, contou sobre a corça e fez parecer um bom presságio, deixando Potira e Moacir felizes. Jaciara preferiu não contar sobre Lua Nova, achava que deveria manter em sigilo, pelo menos até entender tudo.

Moacir saiu por um momento em busca de alimento, tempo providencial para que Potira expressasse sua tristeza à Jaciara:

— Irmã, sinto falta de meu esposo, sinto falta do trabalho, das matas... Aqui, tudo parece muito vazio e triste.

— Potira, você possui dons únicos. A tribo também sente a sua falta, mas sua gravidez exige mais atenção no momento. Tenha paciência, em breve estaremos juntas em nossas batalhas.

— Jaciara, eu achava que estava pronta para ter uma família, mas, agora, essa gravidez me parece um fardo, gostaria que as coisas fossem diferentes.

— Essa gravidez é uma bênção! Você ainda não sabe disso, tudo é muito novo para você, tenha paciência com toda a situação. Você será uma ótima mãe, gosta de ver todos bem... tenho a certeza de que também dará o melhor à sua família.

— Perdoe-me, irmã, tive pensamentos ruins sobre você, quando, no fundo, tudo o que queria era me ajudar. Perdão! — disse Potira com os olhos marejados.

— Não tenho por que perdoá-la. Está tudo bem entre nós, e sempre estará!

As duas se abraçaram com muito carinho e ternura.

— Potira, preciso ir agora. Moacir já está chegando e cuidará de você. Tenho uma tarefa a fazer.

Despediram-se e Jaciara foi até sua oca. No caminho, encontrou Moacir.

— Tenha paciência com sua esposa, irmão, ela está em um momento delicado.

— Terei, sim. Agradeço seu carinho e cura.

— Bom descanso! Temos afazeres amanhã cedo.

— Boa noite, líder!

Em sua oca, Jaciara já estava pronta para se deitar, mas sabia que ainda havia algo a ser feito. Pegou o cachimbo e o encheu com as ervas que Lua Nova tinha dado, acendeu-o, puxou a fumaça e tossiu forte. Era um ritual ainda estranho para ela, mas se lembrou de como Lua Nova fazia e o imitou. Aos poucos, naturalmente, ela começou a pitar o cachimbo, espalhando a fumaça no ar. Seu corpo se tornou leve e, quando o sono chegou, adormeceu tranquilamente.

Jaciara continuou com a função de cuidar de Potira e da tribo, mas não faltava aos encontros com Lua Nova, e aprendeu muito sobre energias, elementos da natureza, mistura de ervas e outras coisas. Estava se tornando uma grande curadora.

A viagem

CAPÍTULO 5

No sétimo mês de gestação, Potira passou a ter muitos pesadelos. Em um deles, via dois bebês chorando dentro de um cesto e, quando se aproximava para acalentá-los, uma sombra passava por ela e pegava uma das crianças, levando-a para longe, enquanto Jaciara aparecia e abraçava a outra. Esse sonho se repetiu algumas vezes, o que a deprimia novamente. A tristeza era tanta que ela perdeu a fome, a sede e a vontade de se levantar, passava o dia todo deitada. Jaciara estava com dificuldades de ajudar Potira, por isso foi em busca de Lua Nova.

— Mestre, Potira está muito mal e não sei o que fazer. Ajude-me, por favor!

— A mulher abriu as portas para a sombra e está perdida nos próprios pensamentos. A essência dela não está no corpo, perdeu-se em um mundo pesado e sombrio.

— O que pode ser feito?

— Acho que não temos como ajudar, é muito arriscado.

— Ela faz parte de minha família, é minha obrigação buscá-la onde estiver. Ela fez muitas coisas boas por todos, está na hora de retribuir.

Lua Nova sabia o que Jaciara pensava sobre o assunto, mas não podia induzi-la a qualquer decisão, isso devia partir dela. De dentro da bolsa, ele tirou um cristal reluzente e um punhado de ervas, entregou-os a ela e deu algumas instruções:

— Estou indo para o mundo dos espíritos organizar nossa viagem. Prepare o corpo da mulher, nos encontraremos lá.

— Mestre, nunca fiz isso, como saberei se vai funcionar?

— Confie e siga as instruções.

Em um leve salto, Lua Nova desapareceu.

Jaciara foi até a oca de Potira, que estava desacordada, enquanto Moacir, desesperado, guardava o corpo da esposa. Jaciara explicou que os ajudaria, e, para isso, precisaria ir ao mundo dos espíritos. Moacir não entendeu bem, mas disse que cooperaria com o que pudesse.

Ela se lavou e lavou o corpo de Potira com algumas folhas, conforme ensinou Lua Nova, pois a unção serviria para protegê-las durante a viagem. Com as ervas que Lua Nova lhe dera, fez um chá, bebeu, também deu à Potira e, em seguida, a deitou no chão. Segurando o cristal, clamou aos ancestrais, pedindo permissão e proteção para caminhar no mundo dos espíritos; soprou três vezes e o colocou próximo ao topo da cabeça de Potira.

— Ajude minha esposa! Ajude minha família, por favor! — suplicou Moacir.

— Estou aqui para isso. Vou buscar minha irmã.

Moacir pegou um maço de flores e o entregou para Jaciara.

— São as que ela mais gosta, espero que ajude.

Jaciara pegou as flores, colocou-as sobre Potira, deitou-se do lado dela e fechou os olhos; relaxou e, pouco a pouco, os sons à sua volta se tornaram distantes. Seu corpo adormecia, mas ainda se sentia acordada, embalada em uma brisa suave e cálida. Sentiu o toque de uma mão quente no ombro, abriu os olhos e, para sua surpresa, viu que era seu mestre. Ele estava diferente, parecia mais forte, mais poderoso. Ao lado dele estava a corça, ainda maior.

— É o senhor, mestre?

— Sim, o plano dos espíritos tende a revelar nossa essência. Minha forma verdadeira é esta, e aqui eu consigo sustentá-la.

Jaciara ficou atônita, não imaginava que as coisas seriam assim.

— Vamos, temos muito o que fazer.

Olhando ao redor, Jaciara viu um mundo sombrio, sem cores, árvores sem folhas, nenhum animal ou água; o local parecia não ter vida. Lua Nova entregou a ela um pedaço de couro bem grande, que cobria todo o corpo da mulher, e vestiu um igual. De dentro da bolsa, tirou um cristal e apontou para a corça, que se transformou em uma fumaça luminosa que foi tragada para dentro dele.

— Aqui, somos viajantes. Não é nosso lugar e temos pouco tempo, faremos o que viemos fazer e partiremos, entendido?

— Sim, senhor.

Lua Nova e Jaciara caminharam em direção a um vale. O ar parecia pesado, e isso deixava Jaciara ofegante e cansada.

— Mantenha os pensamentos puros e centrados. Caminhar aqui não envolve força física, e sim força de vontade

Ela acenou positivamente com a cabeça. Jaciara reforçava o porquê de estar ali, renascendo o ânimo dentro dela. Daria o seu melhor para cumprir a missão.

Caminharam bastante, descendo pelo vale, que parecia um abismo inóspito. Lua Nova procurava por algo nas paredes. No meio de uma delas, achou uma rachadura, tirou um instrumento da bolsa, que parecia uma cabaça presa em um cabo, apontou para o céu e o girou algumas vezes enquanto balbuciava certas palavras, a ferramenta brilhou intensamente e pequenas fagulhas luminosas saíram de dentro dela. Silenciosamente, Lua Nova apontou para a rachadura, ainda girando o instrumento, e aos poucos a parede se abriu, sem maiores alardes.

Entraram pela fenda e Lua Nova tirou de novo o cristal de dentro da bolsa e o apontou para a frente. A fumaça luminosa saiu do cristal, retomando a forma da corça.

— Siga-a, ficarei aqui e manterei a fenda aberta. Firme sua mente e ajude a trazer Potira de volta. Se tentar de tudo, e nada funcionar, volte imediatamente. Seja rápida!

— Farei o melhor! Voltarei com ela.

Acenaram um para o outro e Jaciara partiu, concentrada, enquanto caminhava pela escuridão da caverna. Das paredes, evaporava um líquido viscoso e negro, Jaciara evitava tocá-lo e mantinha o foco. A corça parecia farejar algo e guiava a caminhada, até que chegaram a um ponto em que o animal parou. Jaciara não via nada, foi quando a corça brilhou intensamente, afastando as sombras à sua volta, e ela viu um corpo encoberto pelo líquido viscoso. Não sabia como, mas tinha a certeza de que era Potira. Rapidamente, tirou o cachimbo da bolsa, acendeu e soprou a fumaça sobre o corpo; a viscosidade foi se derretendo, revelando ser, realmente, a mulher. Jaciara pegou Potira nos braços:

— Acorde, Potira! Acorde!

Ela abriu os olhos e viu Jaciara.

— Oi, irmã! O que faz aqui?

— Vim buscá-la.

— Entendi, mas acho que não voltarei, aqui é meu lugar. Esse ambiente me aceita como sou, não sofro com medos e tristezas.

— Como não?! Olhe para você! Veja como está seu corpo!

— Não sinto mais nada. Para mim, tudo aqui está paralisado e mudo. Aqui é meu fim, e eu aceito.

— Moacir pediu que eu viesse buscá-la, todos sentem a sua falta. Você precisa cuidar das meninas.

Potira se assustou.

— Então, são duas crianças mesmo?

— São, sim. Dois presentes para a sua vida, para o seu destino.

Potira se esqueceu da tristeza por um momento e esboçou um sorriso.

— Estou fraca, irmã. Como sairei daqui?

Jaciara tirou da bolsa as flores que Moacir havia lhe entregado e as espalhou sobre o corpo de Potira, que sentiu a essência e o amor do esposo. Também sentia a presença das crianças perto dela. Aquilo renovou suas forças e a fez se lembrar dos motivos de estar viva. Com ajuda de Jaciara, Potira se levantou e as duas se abraçaram.

— Perdoe-me, minha irmã!

— Vamos sair daqui e voltar para a oca.

Jaciara colocou Potira sobre a corça e caminharam para a saída, reencontrando-se com Lua Nova.

— Cumpriu com sua palavra, Jaciara.

— Sem o senhor, nada disso seria possível.

Potira estava desacordada, precisava de descanso.

— Ela ficará comigo, receberá tratamento e, em breve, voltará para vocês.

Saindo da fenda, Lua Nova se voltou à Jaciara:

— Volte para a oca e mantenha o corpo dela bem e aquecido.

Lua Nova deu um forte sopro em Jaciara, fazendo-a levantar voo e ser arrastada de volta para o corpo. Ela acordou puxando o ar com tanto afã que começou a tossir. Moacir a acudiu, lhe deu água e, sem pestanejar, perguntou por Potira.

— Ela está bem, voltará em breve. Precisamos cuidar dela.

Ao lado de uma pequena fogueira, viraram a noite cuidando de Portira e, no nascer do sol, ela acordou. Aparentemente, não se lembrava de nada. Moacir e a esposa se abraçaram chorando e Jaciara pensou aliviada: "Deu tudo certo!".

Enquanto se preparava para voltar para a oca, Jaciara mexeu na bolsa e, para sua surpresa, percebeu que as flores de Moacir haviam secado. Ao mesmo tempo, Potira segurou sua mão e disse:

— Obrigada por tudo!

Uma lágrima escorreu dos olhos de Jaciara.

Conhecimento e disciplina

CAPÍTULO 6

O tempo passou, e o vínculo entre Jaciara e Potira aumentava cada vez mais. Jaciara acompanhou de perto e ajudou o bem-sucedido parto das gêmeas Ticê, a mais velha, e Jandira.

As meninas cresciam cheias de saúde e, aparentemente, os dias difíceis tinham ficado para trás. Potira já havia se recuperado das investidas das forças negativas, mas passara a temê-las, estando sempre em alerta, porque ainda tinha pesadelos frequentes com sua família. Perdia noites de sono em um choro silencioso, sofria demais, mas preferiu manter em segredo todo o seu mal-estar, pois já tinha causado muitos problemas. Aquele fardo, ela decidiu carregar sozinha.

Certo dia, ainda com medo e aproveitando a presença de Jaciara em sua oca, fez-lhe um pedido:

— Irmã, passamos por dias difíceis, não é mesmo?

— Sim, Potira, mas agora está tudo bem.

Jaciara não sabia o quanto Potira lembrava-se da situação ocorrida no mundo dos espíritos; temia despertar as lembranças na mente da amiga e, por isso, nunca entrava em detalhes sobre o que acontecera.

— Irmã, minha família e você são tudo o que tenho de mais precioso. Por isso, quero lhe fazer um pedido: ajude-me a criar minhas filhas... ajude-me a torná-las pessoas mais evoluídas que eu, bondosas, guerreiras e fortes. Você é a melhor pessoa que conheço, e possui todas essas virtudes. É uma guerreira de verdade! Pode me ajudar?

— Será um prazer e uma honra! Juntas, faremos nosso melhor para elas que, a partir de hoje, também serão minhas filhas — respondeu Jaciara emocionada.

— Muito obrigada! Sabia que poderia contar com você.

Olhando as meninas, deram outro abraço apertado para selar o pacto.

— Tenho a certeza de que a água do lago que tanto usamos em sua gravidez dará forças, maiores que as nossas, a elas.

— Que assim seja!

Jaciara deu um sorriso confirmando e Potira continuou:

— Já podemos conversar sobre o que aconteceu comigo?

— Claro, irmã. Sempre pudemos. Sobre o que quer falar?

— Eu a vi em meus sonhos. Também vi um indígena muito bonito e uma corça com grandes chifres.

Jaciara sentiu um frio na espinha. "Como ela se lembrava disso?", pensou.

— Você me salvou daquele lugar, eu me lembro disso. Você chamou o meu nome e eu acordei de uma tristeza sem fim. Estava presa, e você me libertou.

— Que interessante! Isso deve ter acontecido no mundo dos sonhos, por isso me viu ajudando você.

— Eu acreditaria nisso, mas dois fatos me dizem o contrário: no sonho, minhas flores preferidas estavam em sua bolsa e, depois que me recuperei, Moacir me contou que as deu para você. No sonho, eu também vi que você tirou da bolsa um instrumento para assoprar em mim uma fumaça e me tirar da tristeza. Quando acordei, vi o mesmo objeto aqui. Moacir também me contou que você fez alguns preparados com ervas e pedras.

Jaciara não sabia o que dizer.

— Mesmo fraca demais, sem conseguir manter os olhos abertos, lembro que você me colocou em cima da corça e depois, quando acordei de novo, vi aquele senhor, e outros como ele, me curando, tratando minhas feridas e renovando minhas forças. Ele foi muito bom para mim! Ouvi o nome dele, mas não me lembro bem... era Lua...

— Lua Nova.

— Exatamente — Potira sussurrou, surpresa.

Jaciara não mais podia esconder o segredo, Potira confiava nela e ela lhe devia a mesma confiança.

— Como sabe que este era o nome dele?

— Você se lembra da noite que lhe contei da corça? Então, não disse tudo.

Jaciara se abriu à Potira, que permaneceu muda e assustada.

— Peço desculpas por não ter contado antes. Estava com medo, achei que era coisa de minha cabeça, e não queria expor para todos.

— Está tudo bem! Você deve ter seus motivos, e eu confio neles.

— Perdoe-me.

— Ouça o resto da história. Enquanto Lua Nova cuidava de mim, um homem muito grande e forte apareceu. Ele era diferente! A voz dele era grossa e poderosa, e ouvi quando ele disse aos outros que uma cidade estava sendo construída para os espíritos puros, que ela seria a fortaleza onde o mal não entraria, que as pilastras sustentariam todas as forças e que lá os espíritos como Lua Nova poderiam conviver em paz e harmonia conosco. Quem são esses espíritos? Quem é Lua Nova? O que são esses espíritos de sabedoria?

— Lua Nova me disse que é um encantado. Espíritos como ele nasceram das forças da natureza, protegem a Terra e são guiados pelo Espírito da Natureza ou da Luz... isso não entendi muito bem. Sobre os sábios, não sei quem são. Lua Nova me disse que todos os que ensinam algo de bom podem carregar esse nome, mas não conheci outros além dele.

— E que cidade é essa que estão construindo?

— Também não sei.

Após uma longa pausa silenciosa, Potira falou:

— Você pode ensinar as meninas a se protegerem?

— São muito novas para isso, mas ensinarei conforme o crescimento delas.

— Acho que agora entendo o que é uma mestra. Você é uma.

Jaciara corou, nunca se imaginou com este título, era muita responsabilidade. No entanto, já havia feito sua escolha no dia em que descobriu a Morada da Lua Crescente. O título só reforçava duas coisas: o quanto ela tinha de servir e o quanto tinha de aprender.

— Vamos preparar a comida, Jaciara?

— Sim.

Muitas coisas aconteceram ao longo do tempo. Jaciara acompanhou o crescimento das meninas e ia lhes ensinando aos poucos sobre o mundo dos espíritos. Jaciara continuava encontrando-se com Lua Nova, tanto no mundo dos homens, quanto no dos espíritos. Porém, em um destes encontros, Lua Nova disse:

— Seu aprendizado comigo está acabando. Já possui o conhecimento e as ferramentas para trilhar o próprio destino, está apta a aprender com a natureza. Em breve, seguirei em uma busca na qual você não poderá participar, demorarei muitas luas e preciso que cuide das coisas por aqui. Continue ensinando seu povo.

— O senhor não voltará? A missão é sobre a cidade secreta?

— Como sabe sobre a cidade?!

— Enquanto era tratada, Potira ouviu o senhor e outros encantados comentando sobre ela. Esta cidade existe mesmo?

— Você está proibida de falar sobre este assunto com quem quer que seja, entendeu?

Era a primeira vez que Lua Nova usava um tom autoritário com Jaciara.

— Sim, mestre, entendi.

— Preciso partir. Que as forças olhem por você. Muitas bênçãos em seu caminho e determinação em sua missão.

Em um leve salto, Lua Nova desapareceu no ar.

— Boa sorte para o senhor também — murmurou Jaciara.

MORADA DO SOL
cidade dos encantos

A chave que liga os mundos

CAPÍTULO 7

Por muito tempo, Jaciara e Lua Nova ficaram sem se comunicar, mesmo no mundo dos espíritos. Ela seguiu o conselho do mestre e passou mais tempo próxima da natureza e suas forças. A cada vez que Jaciara interagia com elas, o sussurro dos espíritos lhe parecia mais forte, era sua intuição. Lua Nova era o único espírito com quem ela havia interagido, e isso mostrava que havia algum tipo de ligação especial entre eles. Jaciara não entendia o porquê, mas não se preocupava com isso. Sentia muita falta de seu mestre, então passou mais tempo refletindo e pitando o cachimbo em busca de uma conexão, talvez outro mestre para lhe ensinar mais coisas.

Esse tempo foi de grande amadurecimento para Jaciara, pois ela pôde aprender a lidar melhor consigo mesma, com suas emoções e com suas preocupações. Ela galgava o caminho para ser mestra de si mesma.

Em uma dessas reflexões, lembrou-se da viagem que tinha feito com seu mestre, o quanto aprendeu com a experiência, e das forças que usaram no evento. O instrumento que ele usou para abrir a fenda era o que mais lhe chamava atenção. Embora não soubesse o que era, aquela memória mexia muito com ela. Usando a intuição, Jaciara resolveu recriar a ferramenta. Colheu uma cabaça virgem, retirou o conteúdo e a prendeu em um galho de macieira. Preparada para testar, assim o fez. Girou o instrumento da mesma forma que seu mestre e se concentrou, na esperança de que algo acontecesse, contudo, por mais que tentasse, nada mudava.

Foi quando ela sentiu a presença de alguém se aproximando, não sabia de onde, mas sentiu a força. Olhou para os lados na esperança de avistar alguém, mas nada viu. Quando estava pronta para desfazer o instrumento, sentiu um leve toque no ombro.

— Como vai, jovem mestra?

Em outros tempos, Jaciara teria se assustado com a situação, mas, desde que mergulhara no mundo dos espíritos, tudo lhe parecia mais natural, como se o véu que separa os mundos estivesse mais fino para ela. Jaciara olhou para o lado, viu uma linda indígena e lhe respondeu com todo o respeito:

— Vou muito bem. E a senhora?

— Nossa, quanto respeito! Foi meu irmão quem lhe ensinou?

— Quem é seu irmão?

— Lua Nova. Meu nome é Mutum, muito prazer.

— Fico honrada com sua presença, encantada.

Mutum teve rápido apresso por Jaciara, não imaginava que um ser humano pudesse ser tão respeitoso e tivesse forças tão honestas.

— Em que posso ser útil para a senhora?

— Na verdade, vim interromper algumas de suas intenções, principalmente a de criar essa ferramenta.

— É proibido, minha senhora?

— Não.

— Então, por que não quer que eu faça?

A intuição de Jaciara dizia para ela se manter firme na ideia da ferramenta, porque lhe renderia bons frutos.

— Por que quer uma ferramenta tão poderosa?

— Para o que vim fazer neste mundo: servir.

— Servir a quem?

— À vida.

Mutum não esperava aquela resposta, não de uma humana.

— Vejamos se ela vai funcionar em sua mão. Vou lhe ensinar a fazê-la, se ela responder à sua energia, será sua. Combinado?

— Claro, mestra Mutum! E se eu não conseguir?

— Vai perder tudo o que meu irmão lhe ensinou.

Jaciara se assustou com a proposta, mas sentia que devia insistir, algo maior a movia.

— Eu aceito!

— Pois bem. Você deve buscar os elementos certos para criar a maraca.

— Maraca... — Jaciara balbuciou.

— Sim, "maraca". Ela é a extensão do portador, então deve ser feita com muito respeito e atenção, e deve ter no conteúdo tudo o que movimenta o dono: amor, compaixão, força, cura, coragem...

— Como faço isso?

Mutum fez cara de espanto, não tinha pensado nisso. No mundo espiritual, tudo se movimentava a partir da força, como fariam para realizar isso na matéria?

— Também não sei.

— Como assim?!

— Nunca realizamos essa tarefa na matéria.

Jaciara riu.

— Está rindo do quê, humana?

Mutum também ria por dentro, mas não queria demonstrar fraqueza.

— Mestra, me concede um tempo para tentar realizar a tarefa?

— Sim, nos vemos daqui a sete dias neste mesmo lugar. Mas como fará para colocar essas forças dentro da maraca?

— Ainda não sei.

— Então, boa sorte.

Um pássaro pousou no ombro de Mutum e, enquanto seguia para a mata, ela acariciava o animal.

— Se, em sete dias, sua maraca não estiver funcionando, já sabe.

— Situação complicada a minha...

— Sete dias!

Jaciara estava arrependida por transformar aquilo em um desafio, não era seu feitio, mas já estava feito. Ela ficou confusa com a tarefa. "Como colocarei força em uma maraca? Existe energia aqui, mas ela não se manifesta fisicamente, como eu posso manipular essas forças na maraca?", refletia.

Sentada de frente para o lago, Jaciara acendeu o cachimbo, pegou cinco pedrinhas que estavam à sua frente e, enquanto as segurava, admirou toda a vida ali. O lago era muito importante para sua família, dali retiravam os peixes que os alimentavam e suas águas eram uma bênção de Jaci, pois representava o amor que ela tinha pela tribo. Jaciara fez uma reverência e agradeceu à mãe Terra por todas as bênçãos, guardou as pedrinhas na bolsa e voltou para a oca. Assou um peixe, comeu e foi descansar. Naquela noite, entregou-se ao sono e nada mais.

No dia seguinte, Jaciara começou a cuidar dos afazeres da tribo logo cedo, pois havia muito a ser feito. Aquele dia exigiu bastante de Jaciara. No fim da tarde, reunida com seu povo, ela percebeu como o esforço de todos era importante para que a tribo prosperasse. De um dos troncos que haviam cortado, retirou um galho e guardou na bolsa.

No terceiro dia, foi acordada às pressas, pois um dos irmãos não se sentia bem. Ao chegar à oca dele, percebeu que ele tinha um problema no estômago. Jaciara fez algumas misturas de ervas e as chacoalhou com a ajuda de uma cabaça que estava ali. Esperou a espuma da mistura baixar, deu ao irmão enfermo e, passados alguns instantes, a dor cessou. Jaciara recomendou que ele ficasse em repouso para que as ervas fizessem melhor efeito. Guardou um punhado delas na bolsa e voltou à rotina.

À noite, em sua oca, pitando seu cachimbo, Jaciara ainda não havia encontrado uma forma de resolver o problema da maraca, mas tinha a intuição de que estava no caminho certo. Fez um chá semelhante ao que dera ao homem e bebeu, queria ter as mesmas sensações que ele. Depois de tomá-lo, deitou-se e dormiu.

No quarto dia, Jaciara precisou passar muito tempo na mata. Estava em busca de ervas para preparar uns banhos para a tribo. Enquanto caminhava, ouviu um barulho estridente, como se alguém sofresse. Jaciara seguiu o som e, ao chegar no local, viu um filhote de tamanduá, muito debilitado, preso entre as raízes de uma árvore. Com uma faca, foi cortando as raízes, aliviando a pressão nas patas do animal, e, depois de muito esforço, conseguiu libertá-lo. Ela deu um pouco de água para o tamanduá, que partiu. Alguns pelos ficaram presos à lâmina da faca, e ela guardou tudo na bolsa. Voltou para a oca e adormeceu. Ainda que não se lembrasse bem, fez alguns passeios no mundo dos sonhos.

Faltando dois dias para concluir a tarefa, amanheceu mais cedo para Jaciara. Era dia de plantio e boa parte da tribo estava reunida para o trabalho. O foco e o afinco de todos tornava o trabalho mais leve, harmonioso e dignificante. Jaciara se orgulhava de toda a família, e sentira ainda mais orgulho quando fora escolhida como líder. Por um instante, agachou-se, apanhou um pouco de grãos de milho caídos na terra e agradeceu à Mãe Natureza por tudo o que lhe fora proporcionado. Sentia que sua vida era, verdadeiramente, uma bênção. No fim do dia, exaustos, todos comeram peixe defronte à fogueira enquanto Jaciara via as crianças brincando. Estava feliz.

No sexto dia, a tribo ficou mais pacata, amanheceu com uma chuva fina e fria. Para Jaciara, era a confirmação de que suas preces foram atendidas: as plantações iam vingar. Passou na oca de Potira para ver a família e explicar sua ausência, os afazeres da tribo exigiam muito dela.

Depois, passou o resto do dia meditando com o cachimbo, pedia proteção e amparo para todos da tribo e harmonia em sua família. Também refletiu sobre como Lua Nova lhe fazia falta: "Como estará meu mestre?". Soprou, longamente, a fumaça para os céus na intenção de que ela alcançasse Lua Nova, onde ele estivesse, e lhe mandasse boas vibrações. No dia seguinte, seria testada por Mutum, e não parecia que ela aliviaria para Jaciara. Rezou e pediu ao grande Guaraci sabedoria para lidar com tudo aquilo. Por fim guardou um pouco das cinzas na bolsa.

Chegou o sétimo dia. Era o momento de encontrar Mutum. Bem cedo, Jaciara se levantou, comeu algumas frutas e saiu. Estava determinada a lidar com a situação o mais rápido possível.

Passou pelo grande lago e se ajoelhou, pedindo mentalmente: "Aos sábios, minha reverência, estejam comigo hoje e sempre deem-me forças para superar os desafios do caminho".

No local combinado, sentou-se e aguardou. Olhou para o céu e viu dois pássaros brincando; um deles fez um mergulho em espiral e, após uma rápida descida, planou, se transformou em Mutum e pousou suavemente no chão, enquanto o outro pássaro piou e se manteve distante observando.

— Chegou cedo para nosso encontro, está ansiosa?

— Bom dia, encantada. Na verdade, gostaria de saber se estou apta ao teste. Dei o meu melhor nestes sete dias, e não sei se encontrei a resposta.

— Então, podemos encerrar o desafio?

Mutum sabia dos passos de Jaciara, assistia à humana de longe.

— Façamos o seguinte: seguirei os sussurros dos espíritos e tentarei. Se assim não o fizesse, estaria desonrando meu mestre.

Mutum concordou com a cabeça e sentou-se na pedra para assistir a Jaciara.

Jaciara abriu a bolsa e tirou algumas coisas de dentro, acendeu o cachimbo, soprou fumaça em cima de tudo o que havia recolhido naqueles dias e colocou sobre um pedaço de couro que carregava consigo. Soprou fumaça nas mãos e começou a montar a maraca. Limpou bem o galho com a faca, abriu a cabaça, tirou as sementes e a encheu com as pedras do rio, os grãos, as ervas, os pelos do tamanduá e as cinzas do cachimbo. Antes de colocar o cabo, deu um grande sopro de fumaça dentro dela.

Mutum observava tudo atentamente. Não entendia a lógica de Jaciara, mas estava interessada em saber como acabaria.

Jaciara trançou sisal e prendeu a cabaça no cabo. O instrumento estava pronto, mas faltava o detalhe principal: funcionar.

— Mestra Mutum, está pronta.

— Confesso que não é o que eu esperava, mas vamos ao que vim fazer aqui. Quero ver a força dela.

Entre as mãos, Jaciara colocou a maraca na altura do peito e pediu que todo o amor da grande Mãe se manifestasse naquele instante. Segurou o cabo, apontou a cabaça para o céu e girou-a no sentido horário, assim como viu seu mestre fazer. Fechou os olhos e se lembrou de tudo o que tinha passado até ali. Lembrou-se da importância da tribo e das responsabilidades que a cercavam, lembrou-se de Potira e de sua família, lembrou-se de seu sentimento por Lua Nova e de seus ensinamentos. Jaciara não podia ver o que acontecia, mas Mutum sim, e grande foi o espanto dela.

Quando Jaciara começou a girar a maraca, um grupo de forças se reuniu à sua volta e começou a dançar ao redor dela. Havia manifestações dos reinos animal, mineral e vegetal. Ela conseguiu invocar os quatro elementos: fogo, água, terra e ar. Diversas cores e vários sons saíam da maraca. Mutum, por um momento, pensou estar lidando com outro espírito encantado, jamais imaginou um humano com este dom. Assim, sussurrou:

— Jaciara, acalme suas forças. Estou satisfeita com o que vi.

Aos poucos, os rodopios foram diminuindo até parar.

— Eu passei no teste, mestra?

— Primeiro, quero saber: o que fez com essa maraca?

— Mestra, parti do seguinte raciocínio: tudo o que está na natureza é força, e cada uma delas é uma manifestação da grande Mãe. Tudo o que eu precisava fazer era chamá-la para perto de mim. Tudo o que coloquei na maraca representa as forças e as bênçãos que eu respeito. Achei que isso serviria para que as energias dançassem. Deu certo, mestra?

De fato, o tom de Jaciara era de respeito e atenção.

— Sim, Jaciara, você conseguiu.

Jaciara vibrou de alegria, mas manteve a postura.

Mutum assoviou e o pássaro que estava no galho pousou em sua mão, também se transformando em uma maraca. Jaciara ficou admirada. Mutum retirou sete grandes penas da maraca e as entregou à indígena, dizendo:

— Aqui estão minhas bênçãos para você. Coloque estas penas em sua maraca.

Jaciara sentou-se no chão e começou a prender as penas na maraca, enquanto continuava ouvindo Mutum atentamente.

— A maraca é o próprio curador, Jaciara. Ela absorve toda a força de seu interior e a redireciona para onde você quiser. As energias são neutras, e o manipulador pode pendê-las para onde bem entender.

Em seu caso, você adaptou as técnicas para a forma que mais lhe deixou à vontade. Existe uma força mística nisso, afinal, por mais que você ache que criou uma técnica, foi a técnica que se mostrou a você. Cada um dos elementos que você carrega representa algo seu.

Jaciara interrompeu Mutum:

— As penas que a senhora me deu, inclusive, representam o quanto os espíritos estão aqui para nos fazer o bem. Obrigada!

Mutum corou por um instante, sem graça.

— Originalmente, todos os espíritos são bons; em sua essência, possuem Luz dentro de si. Mas, com as aberturas que dão às forças e aos pensamentos negativos, o mal os corrompe. Seu trabalho será curar as pessoas de dentro para fora.

— De dentro para fora? Como farei isso?

— Você precisará entrar em contato com a essência de cada ser e restabelecer a união entre a mente e a alma, relembrá-lo de quem ele é. A maraca tem essa capacidade. Mas, caso a sua essência não seja sincera, também existe a chance de você cair em desgraça e, ao invés de resgatar, ser tragada pela força negativa.

Jaciara se lembrou da noite negra na floresta e disse:

— As trevas que senti quando conheci Lua Nova estavam dentro de mim?

— Foi uma oportunidade de você sentir contra o que lutamos. Parte daquilo era você; outra parte era a essência do caos que vive no planeta.

— Aquilo está em mim?

— Trevas está em todos, alguns não sabem de sua existência, outros são controlados por ela. Acredito que a harmonia é o equilíbrio das forças.

— Viver em harmonia com Trevas?!

— Ela é parte de vocês, não pode negar isso. Então, por que não viver em harmonia? Melhor ter equilíbrio e consciência, que ser pega desprevenida. Ensinando as coisas boas da vida para Trevas, quem sabe ela acabe simpatizando por toda a existência e colaborando com toda a harmonia e todo o equilíbrio.

— Essas coisas ainda me assustam.

— O medo é a ausência de sabedoria. Continuemos a trocar experiências e aprendendo cada vez mais.

Mutum ensinou algumas rezas e técnicas para Jaciara. A relação entre elas se tornou mais amigável, mas Mutum insistia em não mostrar as emoções. Ela tinha medo de se tornar humana e de acabar frágil como os seres. Jaciara permanecia focada nos ensinamentos, sabia que Mutum era geniosa, por isso evitava perguntas desnecessárias, não queria perder a oportunidade de aprender mais sobre a natureza e sobre si mesma.

Mesma colheita, frutos diferentes

CAPÍTULO 8

O tempo passou, as gêmeas cresceram e começaram a receber a doutrina dos espíritos da natureza por meio de Jaciara, uma mestra muito dura e disciplinadora. As meninas aprendiam tudo com naturalidade. Conseguiam interagir com as forças elementais e realizavam cantos e rezos para afastar os maus espíritos, também dominavam o cachimbo e outras ferramentas como ninguém. A função delas era auxiliar Jaciara nos trabalhos de cura.

Tinham a mesma criação, mas personalidades completamente diferentes. Ticê era mais ativa, tinha um espírito irrequieto e sempre buscava algo para fazer. Já adolescente, suas traquinagens eram constantes até com a mestra. Potira sempre perdia a paciência com a filha, enquanto o pai ria das travessuras. Até os animais que viviam próximos da tribo fugiam dela. Estava descobrindo o corpo e a beleza, mas já sabia usá-los a seu favor. Gostava de seduzir os meninos da tribo para que eles fizessem as tarefas que cabiam a ela, achava que a inteligência era a arma dos mais capacitados, e tinha razão. Nunca precisou fazer muita força, sempre tinha alguém para fazer por ela, e isso incomodava algumas mulheres da tribo, pois alguns adultos também a bajulavam.

Jandira também era muito esperta, mas tinha um espírito mais pacato, passivo. Potira se preocupava com isso, achava que as meninas tinham se mexido tanto na barriga que os espíritos se misturaram e os dons ficaram desequilibrados. No entanto, ela sabia bem o que fazia, só não tinha os mesmos trejeitos da irmã. O passatempo de Jandira era subir nas árvores, comer frutas e observar os animais. Gostava de imitá-los, até sabia a rotina de alguns, e sempre levava fruta para eles. Tinha o corpo um pouco menos desenvolvido que o da irmã, mas isso não a tornava mais feia, e ela não se preocupava muito com a aparência. Diferente da irmã, assumia suas tarefas na tribo e ajudava a mãe nos afazeres do lar. Sempre que possível, Jandira auxiliava a família na construção das ocas, caçava e pescava com o pai e conhecia boa parte dos afazeres da aldeia.

Mesmo com distintas personalidades, sempre estavam juntas. As gêmeas riam e aprontavam o tempo todo, mas Ticê era a mentora das brincadeiras.

Um dia, porém, Ticê resolveu caçar e isso espantou a irmã, pois Ticê nunca havia pegado em um arco e uma flecha antes. Neste dia, seguiram para a mata e avistaram um pequeno coelho. Jandira, que já conhecia algumas técnicas, fez uma armadilha de cordas e capturou o pequeno animal, que ficou de ponta-cabeça preso por uma das patas. Jandira pulou com agilidade da árvore para dar a ele uma morte sem sofrimento, mas Ticê a impediu.

— Irmã, por que matá-lo rapidamente?

— Ticê, pare com isso! O animal está sofrendo, você sabe das regras, devemos respeitá-lo e dar uma morte sem aflição a ele.

— Tá bom, irmã. Dê-me a faca, eu faço.

Desconfiada, Jandira deu a faca para irmã. Ticê foi lentamente até o animal e sussurrou para ele:

— Somos nós que mandamos aqui, e você devia saber disso. Você é pequeno e frágil, somos grandes e fortes... faça silêncio enquanto corto você.

Ticê começou a abrir a barriga do animal, que começou a se debater, fazendo com que os órgãos pulassem para fora. Ele se debatia cada vez mais, em choque devido à dor, até que Jandira correu, tomou a faca da irmã e, em um ato ligeiro, cortou a garganta do coelho. Automaticamente, o animal esticou-se e morreu.

— Meu irmão, me perdoe! Sinto muito por seu sofrimento, que a mãe Terra o receba e lhe dê um bom destino — disse Jandira.

Ticê ria, achava a cena engraçada.

— Do que está rindo?!

Ticê parou de rir na mesma hora. Viu a seriedade e a raiva nos olhos da irmã.

— Desculpa, mas me responda: eles não estão aqui para nos servir? Por que tem tanto dó deles? Vamos comê-los mesmo, então...

— Se pode não os fazer sofrer, por que fazer? Não se ganha nada com isso! Jaciara nos ensinou sobre a mãe Terra, devo respeitá-la, assim como devo respeitar toda a vida nela.

— Eles são inferiores, por isso os humanos foram feitos mais fortes. Eles estão aqui para satisfazer nossas vontades.

— Nós somos os guardiões da vida! Nós duas viemos com o dom de juntar o mundo dos homens e o dos espíritos. Usar essa força para subjugar as pessoas é o mesmo que cometer um crime contra os espíritos.

— Bom, você já o matou mesmo, vamos pegar a pele e a carne, e levar para casa. Esqueça o que viu, deixe isso pra lá. Estava com a cabeça cheia, me desculpe.

— Tudo bem, vamos para casa.

As moças voltaram correndo pela floresta e, apesar da insistência de Ticê durante todo o percurso, Jandira não sorriu, só conseguia pensar sobre o que havia ocorrido. Sabia que a irmã era um pouco egoísta, mas machucar um ser era inconcebível. Enquanto corria, Jandira ouviu um sussurro bem próximo do ouvido:

— Cuidado!

Jandira se virou e viu que da irmã saía uma fumaça negra na forma de uma cobra imensa. Jandira, que ainda corria, tropeçou em uma raiz e torceu o pé.

— Jandira! Você está bem?

A moça, contorcendo-se, chorava de dor e de susto.

— Vou à aldeia buscar alguém para ajudar. Volto logo.

Ticê correu, chamou o pai e, rapidamente, voltou para as matas. Na fronteira da tribo, encontrou um dos indígenas e pediu:

— Chame Jaciara. Peça a ela que vá à nossa oca, minha irmã se machucou na floresta.

— Vou procurá-la. Precisa de mais alguém para acompanhá-los?

— Não, ache-a depressa!

Ticê correu pela floresta e logo encontrou a irmã, que ainda chorava.

Moacir, desesperado, pegou a filha machucada nos braços e correu para a oca.

Ticê, com lágrimas nos olhos, tentava confortar a irmã.

— Já pedi para chamar a mestra, vamos levá-la o mais rápido que pudermos.

Jandira soluçava em um choro sôfrego.

Dispararam até a oca de Potira. Ticê correu na frente, tirando o que via do caminho. Jaciara os esperava na porta e ajudou a pegar a menina. Entraram, colocaram-na no chão e Ticê explicou a situação. Jaciara tirou umas ervas da bolsa:

— Prepare o chá, Ticê. Vou fazendo o rezo.

— Sim, mestra.

Potira e Moacir ficaram apreensivos com o sofrimento da filha.

Jaciara pegou a maraca na bolsa, ainda não se sentia hábil, mas valia a tentativa para ajudar a discípula. Entoou cantos enquanto girava a maraca no alto da cabeça. Mais uma vez, de Jaciara e da maraca, saíam luzes coloridas em tranquila harmonia que ganhavam formas de plantas e de animais de diversos tamanhos. De olhos fechados, agora Jandira parecia calma e, de seu corpo, um outro corpo de luz se expandia. Jaciara parou de girar a maraca e a apontou para o pé do corpo de luz que a moça emanava, chacoalhando a maraca algumas vezes. Pequenas luzes verdes e azuis caíam sobre o pé da moça. De repente, de dentro da maraca, saiu uma nuvem dourada que ganhou a forma de uma jiboia enorme, dançado no ar; ela envolveu o corpo de Jaciara, desceu pelos pés e foi até o pé da moça, fazendo uma rodilha em volta dela. A cobra emitiu um brilho intenso que ofuscou a todos, deixando-os atordoados por um instante. Quando conseguiram abrir os olhos, o animal voltava para Jaciara e para a maraca. O corpo da menina estava normal, e Jaciara recuperava a consciência.

— O chá, Ticê.

Jaciara deu o remédio para a moça, que dormiu imediatamente. A mestra passou uma pasta com mel e ervas sobre a torção, preparou algumas folhas compridas e as amarrou com sisal, de forma não tão apertada, no pé da moça, deixando-o levemente elevado em repouso.

— Ticê, assim que ela acordar, dê, novamente, o chá para ela.

— Sim, mestra.

— Já fiz minha parte aqui. Ela ficará um tempo sem andar, terá uma recuperação lenta. A lesão foi grave, e ela precisará tomar o remédio por sete dias. Qualquer dúvida, me procure, amanhã virei visitá-la. Boa noite a todos.

— Muito obrigado, Jaciara. Você sempre cuida muito bem de minhas filhas — disse Moacir.

Potira permaneceu ao lado da filha, segurando a mão e fazendo carinho na cabeça de Jandira.

Mais tarde, enquanto todos se preparavam para dormir, Ticê se deitou próxima da irmã, sentindo-se culpada pelo acidente, e sussurrou no ouvido dela:

— Me perdoe, minha irmã, sinto muito por tudo! Vou dormir ao seu lado e cuidarei de você.

— Obrigada — murmurou de volta.

Ambas dormiram de mãos dadas, e Jandira teve uma noite agitada com muitos sonhos ruins.

Caminhos cruzados

CAPÍTULO 9

A caravana finalmente chegou à Morada da Lua Crescente. A viagem de três dias foi árdua e, por mais cansado que estivesse, Xandoré não via a hora de fazer a entrega e voltar para sua terra. Era sua primeira vez ali, mas, para ele, nenhuma tribo importava além da dele.

Estavam descarregando os cestos quando Jaciara passou por eles:

— Bom dia, sejam bem-vindos! Sou a líder da aldeia, Jaciara, conheço alguns de vocês, mas, pra mim, o seu rosto é novo. Quem é você?

— Sou Xandoré, prazer em conhecer a senhora. Onde podemos descarregar os materiais?

— Na oca principal, no centro da vila. Os irmãos irão ajudá-los a descarregar e as irmãs vão preparar uma refeição para todos. Hoje, vocês passarão a noite conosco. Se não estiverem com muita pressa, preciso que levem um carregamento de flores secas e ervas para as outras tribos, preciso de dois dias para embalar. Posso contar com a paciência de vocês?

O líder da caravana respondeu prontamente:

— Pode sim, senhora, veja no que podemos ajudar, estamos à sua disposição.

— Agradeço a iniciativa, mas o descanso de vocês é crucial para que façam uma boa viagem. Portanto, não se preocupem. Peço desculpas, mas tenho algumas coisas para colocar em ordem. Sintam-se em casa! Caso precisem de algo, procurem Moacir, ele se responsabilizará pela estada de vocês. Obrigada por todo o esforço!

— Agradeço a atenção, senhora. Não precisamos de muito, um alimento, um bom descanso e estaremos renovados.

— Fiquem bem, nos vemos em breve.

Jaciara foi direto para a oca de Potira. Encontrou Moacir na porta:

— Bom dia, irmão, tudo bem?

— Estou bem. E você? Hoje, Jandira está melhor, agradeço mais uma vez por todo o auxílio.

— Não tem por que agradecer, é minha obrigação. Também preciso de você. Como sabe, o carregamento chegou agora de manhã, pode me ajudar com isso?

— Não se preocupe com nada. Já estava saindo para organizar as coisas.

— Muito obrigada. Posso ver Jandira?

— A casa é sua, irmã, sabe disso. Já vou, se precisar de algo, mande me chamar.

— Obrigada.

Jaciara entrou e viu Ticê terminar de dar o chá à irmã. Era nítido que a moça ainda estava com dor.

— Bom dia, Potira. Bom dia, meninas.

— Mestra, dei o chá como a senhora pediu — falou Ticê —, mas parece que não está surtindo efeito. Ela continua...

— Eu disse “bom dia”.

Emburrada e envergonhada, Ticê respondeu:

— Bom dia, mestra.

— Bom dia, irmã — respondeu Potira.

Absorta, bebendo o chá, Jandira não respondeu, as feições da moça mostravam certo incômodo. Jaciara se agachou e acarinhou o rosto da discípula.

— O remédio fará efeito mais para o meio da tarde. Sei que é difícil, mas tenha um pouco de paciência. Sente-se melhor hoje?

Respirando fundo, Jandira respondeu em um tom baixo:

— Sim, mestra. Obrigada por tudo o que tem feito por mim.

— Ticê, devemos ajudar sua mestra. Vamos providenciar estada para os viajantes — sugeriu Potira.

— Mas a Jandira...

— Ela está com a mestra. Agora, devemos ser úteis para Jaciara. Vamos!

— Eu...

— Você ouviu sua mãe? — retrucou Jaciara.

— Sim, mestra.

— Obrigada pela ajuda, Potira.

— Faz parte de nossas obrigações, não precisa agradecer.

Potira e Ticê partiram para ajudar nos preparativos e Jaciara ficou cuidando de Jandira.

— Jandira, sua mãe me disse que uma de suas filhas receberia um nome que lembraria o meu, uma homenagem pelo amor que temos uma pela outra. Ela queria que eu também fosse mãe de vocês, isso eu não posso ser, mas posso dar todo o carinho e todo o amor que tenho. O que Potira pode fazer por vocês, ninguém mais pode. Ainda assim, sinto-me responsável por qualquer coisa que lhes aconteça, e me sinto tão machucada quanto você. Amo muito vocês duas.

— Mestra, sinto muito, não queria que fosse assim. Agradeço muito por seu carinho e amor, e saiba que sinto o mesmo pela senhora.

— Jandira, por que estavam na floresta?

— Estávamos caçando coelhos.

— E como se machucou?

Jandira não pretendia revelar detalhes do que acontecera no dia, sabia que Ticê teria problemas, mas a visão que teve não parecia coisa boa. Preocupada com a irmã, resolveu contar o ocorrido.

— Estávamos correndo pela floresta quando uma voz disse "Cuidado!". Quando olhei para trás, vi uma fumaça em forma de serpente saindo de Ticê, me assustei, enrosquei o pé em uma raiz e acabei caindo.

— Uma serpente de fumaça?

— Sim, preta e pavorosa. Eu me senti mal com aquilo.

Jaciara se arrepiou, sabia que não significava coisa boa.

— Não tomou muito sol na cabeça? Ou passavam pelas árvores e se assustou com uma sombra?

— Pensei a mesma coisa, mas ela tinha olhos amarelos que deixavam claro que estava realmente acontecendo.

Outro arrepio percorreu a espinha de Jaciara. "Olhos amarelos? Serpente? O que está acontecendo?", refletiu.

— Sua irmã também viu?

— Creio que não, mas acho que ela se concentrou na minha lesão e, por isso, não percebeu o que estava acontecendo.

— Você contou isso pra ela?

— Não, pensei em consultar a senhora primeiro.

— Fez bem. De quem era a voz que avisou você?

— Não sei, parecia uma criança... nunca a ouvi antes, também não vi ninguém ao redor.

Tudo parecia confuso para Jaciara. Se havia algo de errado com Ticê, por que ela não sentia? De quem era a voz? Precisava falar com Mutum. Assim que Potira retornou, Jaciara se dirigiu ao local na floresta onde costumava encontrar Mutum.

Ela imitou o som do pássaro de Mutum, achava lindo e era uma forma de comunicação com a mestra. A ave pousou no ombro de Jaciara, que prontamente a recebeu com um carinho na cabeça. Atrás de Jaciara, Mutum chegou dizendo:

— Esse pássaro está perdendo a agressividade, acho que esse seu jeito está tirando o instinto caçador dele. Quando você for embora, vou lembrá-lo de quem somos.

Jaciara riu.

— Mestra, o instinto dele sabe identificar bem quem lhe quer o bem ou o mal.

O pássaro voou para a árvore atrás de pequenos insetos.

— O que você quer?

— Tem algo de errado com as meninas.

— Por quê?

Jaciara contou o ocorrido

— Isso está estranho, também não sei o que significa. Perguntarei aos outros encantados. Quero conversar um assunto muito sério com você. Como sabe, Lua Nova está em uma missão... Sabe qual?

— Não sei, ele não me contou.

— Um grupo de encantados está reunindo forças para fundar uma cidade.

— Uma cidade? Por que é tão importante? Já tinha conversado sobre isso com Lua Nova, mas ele me proibiu de falar sobre o assunto.

— Essa cidade será uma fortaleza que abrigará os espíritos puros, terá uma força muito elevada, o que tornará impossível a entrada de espíritos trevosos. Lua Nova e os outros estão fundando essa terra, mas juntar essas forças demanda energia e tempo... muito tempo. Estou lhe contando isso por um motivo: precisamos que você, com a ajuda de outros líderes, ajude a trazer a cidade para este mundo. Vai demorar um tempo para que aconteça, mas precisa ser feito. Darei mais instruções no futuro. Vá falar com Ubirajara.

— Sim, mestra. Mas como explicarei isso a ele?

— Se a missão fosse fácil, não precisaríamos de sua ajuda.

Jaciara respirou profundamente.

— Sobre a moça, fique de olho nela, veja se sente alguma oscilação de energia negativa. Se for preciso, faça com que ela a acompanhe na viagem.

Jaciara se despediu de Mutum e voltou aos afazeres da tribo, decidiu que partiria junto com a caravana em dois dias. Precisava conversar pessoalmente com Ubirajara. Para isso, era necessário deixar as coisas em ordem na tribo. Devia preparar as cargas para o transporte e, principalmente, conversar com Moacir.

Jaciara se concentrou nas cargas; a conversa com Moacir teria de esperar.

Potira e Ticê cuidavam de Jandira, as dores da moça amenizaram. Enquanto Potira preparava o jantar, as irmãs conversavam:

— Como está o pé? Precisa de alguma coisa?

— Está tudo bem, Ticê, mas acho que o remédio está me dando muito sono.

— Vou chamar a mestra!

— Não, tudo bem, deve ser o remédio fazendo efeito, a dor diminuiu.

— Ticê, vá buscar mais água no lago, precisamos cozinhar o peixe e preparar o chá de sua irmã.

— Estou indo, mãe. Também pedirei ao pai algumas frutas.

Quando ia falar com Jandira, percebeu que a irmã tinha dormido novamente e pensou: “Este remédio é forte, espero que seja bom”.

Ticê foi correndo para o lago, estava preocupada demais e não queria ficar longe da irmã. Bastante concentrada, só percebeu a aproximação de um jovem quando ele tirou a tanga e pulou na água; queria se refrescar e espairecer. Assim que o viu, Ticê sorriu e começou a planejar uma abordagem, pois sabia que carregar os jarros seria uma tarefa difícil. Quando ele se aproximou da margem, ela, fazendo-se de desentendida, disse:

— Oi, moço, tudo bem? Nunca o vi por aqui antes. Você é de qual oca?

Ele continuou nadando, não queria conversar. Ticê não estava acostumada a ser ignorada, e isso a deixou muito brava.

— Ei! Estou falando com você!

— E eu com isso? Não estou atrapalhando você com seus afazeres, me deixe em paz com os meus.

Ticê bufou.

— Você é mal-educado? Não tem modos com uma princesa?

O jovem parou por alguns instantes e pensou: "Se eu lhe der atenção, talvez ela vá embora logo". Nadou até a margem.

— O que posso fazer por você?

Ticê conseguiu o que queria, mas agora desejava complicar a vida do rapaz.

— Nada... estou de partida.

— O quê?! Você me chateou para nada?

— Não tenho tempo para pessoas mal-educadas.

— Sinto muito. Vamos começar de novo. Quem é você?

— Sou Ticê, filha de Moacir e Potira, aprendiz de Jaciara. E você?

— Sou Xandoré, faço parte da caravana que veio da Morada do Sol.

— O que vieram fazer aqui?

— Ubirajara mandou que trouxéssemos algumas coisas para a sua tribo.

— Entendi. Vocês vão ficar por aqui?

— Partiremos em breve. Mas o que você queria?

— Minha irmã está muito doente, vim buscar água para ela. Você me ajudaria a levar este jarro à minha oca?

Ticê dissimulava grande fragilidade, mas ria por dentro e tinha a certeza de que faria mais um homem de bobo.

— Você é linda e forte, sei poderá oferecer o melhor para sua irmã. Boa sorte.

Xandoré pulou de volta na água.

Furiosa, pareciam sair labaredas dos olhos de Ticê. A moça pegou o jarro e foi para casa pisando forte. "Aquele idiota, renunciou à honra de ajudar uma mulher como eu. É um fraco e, com certeza, não arrumará mulher nesta vida", pensava.

Chegou em casa, preparou o chá e deu para Jandira. Ficou pensativa com o que ocorrera no lago, não estava acostumada a ser rejeitada. Por alguns momentos, achou-se feia ou que havia perdido o dom de fazer os homens se apaixonarem por ela. A atitude de Xandoré causou uma grande confusão na mente de Ticê.

— Aquele idiota!

— Quem, irmã?

— Já acordou? Está tudo bem? E a dor?

— Estou melhor, acho que posso me sentar um pouco... ficar o tempo todo deitada está deixando meu corpo dolorido. Cadê a mamãe?

— Está ajudando o papai com as cargas que vão para a Morada do Sol, a caravana parte em breve.

— Caravana?

— Sim, vieram trazer coisas da aldeia.

— Entendi, quem você estava xingando?

— Um idiota que veio com eles.

— O que ele fez?

— Não carregou o jarro de água para mim!

— Parece que arrumou alguém que tem uma personalidade tão forte quanto a sua — comentou Jandira rindo.

Ticê bufou novamente e Jaciara chegou na mesma hora.

— Como está a perna? Ainda com dor?

— Não, mestra, está desinchando. Estou com menos dor e sono.

— Ainda não pode colocar o pé no chão, precisa de repouso. Provavelmente, estará recuperada em um mês.

— Um mês?! E nosso treino? Como ajudarei a tribo?

— Tem de aguardar.

Jandira bufou em um misto de raiva e ansiedade.

— Ticê, apronte alguns pertences, faremos uma viagem.

— Viagem?! — responderam as moças juntas.

— Sim, tenho assuntos a tratar na Morada do Sol.

— Quero ir também! — pediu Jandira.

— Sua prioridade é cuidar da saúde, haverá outras oportunidades. Ticê, partiremos com a caravana.

As irmãs se entreolharam.

— Sim, senhora.

— Preciso falar com seu pai e sua mãe, estão no centro da aldeia?

— Estão organizando a carga junto com os homens da caravana.

— Até mais tarde, arrume suas coisas.

Jaciara saiu em busca de Moacir e Potira. Já tinha preparado tudo para a viagem. Agora precisava conversar com eles.

Moacir e Potira estavam arrumando as cargas e dispondo os cestos e jarros. Jaciara pegou algumas sementes para pôr nos cestos e as entregou para Potira.

— Boa tarde, irmãos. Tudo bem por aqui? Precisam de algo?

— Não, está tudo bem — respondeu Moacir.

— Tenho assuntos a tratar com vocês. Como sabem, viajarei com a caravana para a Morada do Sol, gostaria que Ticê me acompanhasse. Vocês autorizam?

Apesar de Jaciara já saber a resposta, respeitava a autoridade dos pais.

— Claro, irmã. Algo muito grave a ser tratado?

— Não, mas será algo demorado. Moacir, durante minha ausência, preciso que fique responsável pela tribo.

— Eu?!

— Sim, você conhece os afazeres, é capacitado para qualquer serviço, sabe lidar com as pessoas... Não vejo por que não.

— Quanto tempo ficará fora?

— Pretendo ficar o mínimo possível, mas acredito que mais de um mês.

— É muito tempo, irmã. De qualquer forma, farei o meu melhor.

— Obrigada. Onde está o líder da caravana?

— Na oca que os hospedamos.

— Tratarei da viagem com o ele. Verei se precisa de algo antes de partirmos.

— Cuidaremos dos preparativos.

Jaciara conversou com o líder. Estava tudo pronto e organizado para a partida, combinaram que viajariam ao raiar do sol.

Na manhã seguinte, Ticê se despediu de todos e deu um longo abraço na irmã.

— Que Guaraci a acompanhe na viagem, não apronte e, por favor, volte!

— Fique em paz, irmã! Fique boa logo. Não se preocupe, não aprontarei muito.

As duas riram e Jaciara disse:

— Moacir e Potira, conto com vocês. Caso precisem de algo urgente, enviem um mensageiro para a Morada do Sol.

— Não se preocupe... dará tudo certo.

O começo da viagem foi muito puxado, o terreno era muito íngreme e exigia demais dos viajantes. Devido à correnteza e à quantidade de carga que transportavam, voltar de canoa tornou-se impossível. Por isso, decidiram seguir a pé. Na primeira noite, acenderam a fogueira e dividiram alguns peixes pequenos que trouxeram. Cada pessoa tinha direito a um.

Ticê, que não estava acostumada com tanto esforço, estava acabada em suor, fome e cansaço. Devorou o peixe, mas continuou faminta. Viu Xandoré comendo o dele vagarosamente e colocou, novamente, seu charme à prova.

— Está sem fome, menino bruto?

— Na verdade, estou com muita, mas comer rápido fará com que não me sacie. Sei bem o que a viagem nos reserva, não tenho pressa em comer.

— Entendo. Sabe, estou viajando pela primeira vez, e sem a minha família... Eu me esforcei bastante nesta primeira parte, estou fraca. Você daria um pedaço de seu peixe para uma frágil mulher?

— Claro que sim...

"Não perdi o jeito", pensou Ticê enquanto ria por dentro.

— ...mas como não há uma mulher tão frágil por aqui — continuou Xandoré —, comerei eu mesmo.

— O que você tem contra mim?! — inquiriu Ticê furiosa.

— A princípio, nada, mas você está criando bons motivos.

— Por quê? Não me acha bonita?

— Acho, mas você é mais mimada que bonita.

Muito brava e triste, Ticê chutou terra em cima de Xandoré, pegou suas coisas e foi dormir perto de uma árvore. "Esse moleque não sabe o que é uma mulher de verdade, ainda me vingo dele", pensou.

Todos dormiram aquecidos pelo calor da fogueira, mas Xandoré estava tendo um sono agitado e sonhou novamente com a serpente preta. Estava em um bosque quase sem luz e o ser peçonhento passava entre seus pés. Ele pulou, instintivamente, mas, desta vez, se sentia mais corajoso e preparado para o confronto.

— Está de volta, menino? — disse a cobra de olhos amarelos.

Das presas da serpente, vertia um veneno que, em contato com o chão, o queimava.

— Não sei por que estou aqui, muito menos o que quer de mim.

— Hum, você parece mais corajoso — falou a serpente enquanto lançava um bote na direção do rosto de Xandoré, parando a um palmo de distância. Em seguida, lambeu a bochecha do rapaz.

— Ser trevoso, mantenha-se em seu lugar e diga o que quer.

A cobra pôs-se em rodilha e disse:

— O homem está saindo daí de dentro. Precisamos de um homem mesmo. Diga, garoto, não está cansado deste mundo medíocre? Você, tão inteligente, cheio de possibilidades, tendo de carregar peso para preguiçosos? O pior, tendo de ficar longe da família por conta disso. Ubirajara tem tudo para ser um bom líder, mas beneficia uns e prejudica outros. Isso não é correto. Não acha?

— Continue.

— Minha proposta é simples. Quero lhe dar o poder de mudar isso, quero que seja o líder da Morada do Sol.

Xandoré ficou espantado com a proposta, jamais havia pensado nisso.

— Sua ideia é interessante. Como faremos isso?

— Como você ainda não tem o poder, precisa permitir que eu o ajude. Posso emprestar o meu poder para você realizar esse sonho. Você permite?

— Eu permito!

A cobra lançou-se contra Xandoré, mordeu o braço dele e injetou veneno. O moço caiu no chão e começou a convulsionar.

— Você precisará da ajuda da bruxa — falou o ser maligno —, ela vai direcioná-lo à liderança. Isso se sobreviver ao meu poder...

A cobra adentrou à mata, gargalhando maleficamente, enquanto o menino se debatia no chão.

Xandoré acordou assustado e ensopado de suor, seu corpo ardia e estava muito dolorido. Acreditava que fora apenas um sonho muito real. Só se deu conta de que era verdade quando viu as marcas das presas no braço esquerdo.

— Como isso é possível?! — perguntou-se assustado.

Nova esperança

CAPÍTULO 10

Durante a viagem, no dia seguinte, Xandoré permaneceu em silêncio o tempo todo, não queria delatar a fadiga extra nem o braço marcado. Sua sede estava anormal, bebeu toda a água reservada para o dia em algumas horas. Confuso, preferiu calar-se, era arriscado, não sabia como interpretariam aquilo tudo.

Ticê, muito frustrada por ter sido ignorada, não tirava os olhos do moço. Em pouco tempo, percebeu algo errado, mas não sabia bem o que era. Perto o meio-dia, a caravana parou para comer alguma coisa. Xandoré foi direto para o rio, tirou tudo o que carregava e mergulhou, queria esfriar o corpo e acabar com a sede.

De longe, Ticê observava o moço se banhando. Quando estava pronta para se aproximar e falar com ele, uma cena a deixou surpresa. Repentinamente, Xandoré afundou na água e ficou submerso por um bom tempo, isso fez com que Ticê corresse para a margem do rio pronta para gritar pelo rapaz. Quando ela se aproximou, viu-o submergir, carregando algo na boca que ainda se debatia. Sem notar a moça, Xandoré nadou para a beira, agarrou o peixe e, como uma fera, abocanhou-o arrancando pedaços.

Estava extremamente alterado, como se uma fúria destrutiva, algo bestial, estivesse controlando-o.

Ticê se assustou com a cena e pisou em alguns galhos, fazendo barulho e chamando a atenção de Xandoré. Nervosa, acabou caindo de costas. Com uma velocidade surreal, ele correu para cima da moça e só parou quando estava a dois palmos de distância do rosto dela. Ticê não se mexia, o clima estava muito tenso, Xandoré olhava fixamente para ela. A moça era uma presa fácil.

— Xandoré, sou eu, Ticê, acalme-se!

Ele puxou o ar pelas narinas e o soltou de uma vez, Ticê podia sentir o calor da respiração do rapaz. Ela tocou o rosto dele sutilmente, e isso foi acalmando-o e trazendo-o de volta à razão.

— O que aconteceu?

— Também não sei, você estava estranho, parecia uma besta.

Xandoré tombou para o lado e permaneceu deitado, parecia exausto.

— Espere aqui, vou buscar algo para você comer.

Ticê correu até onde a caravana estava reunida e, na ponta dos pés, pegou algumas frutas e saiu para ninguém a notar. Xandoré devorou-as e começou a se sentir melhor.

— Pode me contar o que houve? — perguntou Ticê.

Com medo, o moço cobriu as marcas do braço. Depois, percebeu que aquele era um fardo muito pesado para carregar sozinho, e dividiu o segredo com Ticê, não tinha a quem recorrer. Contou como se sentia, suas metas, sonhos e, por último, sobre a cobra, estendendo-lhe, devagar, o braço marcado pelas presas.

Ticê ficou pasma. Porém, tomou uma atitude surpreendente:

— Vou ajudá-lo!

— O quê?!

— Vou ajudá-lo, ora.

— Como assim?

— Eu penso como você, somos inteligentes e capazes de liderar melhor que Ubirajara. Vamos colocá-lo no poder e liderarei ao seu lado.

Xandoré sorriu, não esperava que a moça tivesse a mesma visão.

— Vamos ver se você tem mesmo essa capacidade, Ticê.

— Você não sabe do que uma mulher é capaz, Xandoré.

Os dois voltaram para a caravana e adormeceram. Estavam prontos para pôr os planos em prática. Com o passar dos dias, Ticê e Xandoré ficaram mais próximos, perceberam que seus gostos e ideias eram bem parecidos, uma mistura que poderia causar muitos problemas.

Três dias depois, a caravana chegou à Morada do Sol. Ubirajara recepcionou os viajantes pessoalmente.

— Sejam todos bem-vindos! Como vai, minha irmã Jaciara?

— Vou muito bem, obrigada pela hospitalidade.

— No que posso ser útil? Veio de tão longe, é algo urgente?

— Sim, precisamos conversar.

— Conversaremos, mas, agora, descanse, preparamos uma oca para você e a moça com comida e água. Amanhã cedo iremos nos reunir, tudo bem?

— Sim, agradeço. Como estão seu filho e sua esposa?

— Estão bem. Logo você os verá.

Jaciara e Ticê foram conduzidas para a oca, enquanto Xandoré e os outros auxiliavam com a carga da viagem. Chegando à oca, Jaciara disse:

— Descanse, esta será nossa oca por um bom tempo. Mantenha as coisas organizadas e continue seus estudos e práticas. Evite assuntos desnecessários e, principalmente, mantenha suas traquinagens sob controle, a paciência das pessoas daqui é diferente da de nossa tribo.

— Sim, mestra. Ficarei o mais discreta possível.

— Vamos dormir, amanhã sairei cedo, tenho assuntos a tratar com Ubirajara. Fique por aqui até que eu volte.

— Mas eu queria conhecer o local...

— Disse para me esperar.

— Sim, senhora.

Ticê e Jaciara se deitaram mais cedo, a viagem exigiu demais delas. Ticê pensou em tudo o que estava acontecendo, finalmente estava pronta para tomar seu espaço e ser tratada como a rainha que julgava ser: "Desta terra posso mandar em outras; enfim, todos entenderão a grandeza de meu espírito e meu brilho, me tornarei uma senhora a ser temida e respeitada".

Xandoré chegou à casa feliz por estar com os pais e os irmãos, mas o corpo estava castigado demais. Colocou os pertences perto da rede e se deitou. Dormiu profundamente, ainda sob os efeitos do veneno.

Já era de manhã, mas o sol ainda não havia aparecido. Jaciara despertou e foi até a porta da oca, sentou-se em um toco ali perto e acendeu o cachimbo, estava no aguardo das luzes de Guaraci, o grande Sol, que aos poucos iluminava e aquecia tudo por ali. Sua presença despertava a vida do local. Os animais, as plantas e as pessoas reverenciavam sua chegada. Jaciara observava tudo à sua volta, sabia que seu lar era na Morada da Lua Crescente, mas a energia da Morada do Sol mexia com ela, trazia firmeza e coragem. Sentia-se bem por estar ali.

Bateu o cachimbo, jogando as cinzas ao vento, levantou-se e foi em direção à oca de Ubirajara.

O cacique já havia levantado, a rotina de um líder começava muito cedo e não tinha hora para acabar. Bartira, esposa de Ubirajara, cuidava do filho, Porã, quando Jaciara chamou na entrada. Todos se cumprimentaram afetivamente, havia tempos que não se reuniam. Ao ver Porã novamente, Jaciara percebeu que ele já era quase um moço, tinha nove anos e possuía características de guerreiro que lembravam muito o pai.

— Ele está crescendo muito rápido, está enorme! Não passou tanto tempo desde a última vez em que estive aqui. Estão dando água de mandioca pra ele? — brincou Jaciara.

— Está mesmo, irmã. O segredo está na comida gostosa que a mãe dele faz.

— Você me elogia demais, Ubirajara. Assim, fico envergonhada.

Ubirajara deu um beijo em Bartira e, caminhando para a entrada da oca, disse:

— Vamos, irmã, quero saber sobre o assunto urgente que temos pendente.

— Até logo, Bartira e Porã, nos vemos em breve — falou Jaciara enquanto saía acompanhando Ubirajara.

Na oca de Jaciara, Ticê, extremamente entediada, seguia à risca as ordens da mestra, mas, na verdade, queria correr pela tribo e conhecer o local que um dia ela lideraria ao lado de Xandoré. Não sabia quanto tempo demoraria para a mestra voltar, por isso organizava tudo para que, assim que ela chegasse, ambas saíssem para explorar a tribo. Ouviu um barulho na entrada da oca, era Xandoré:

— Bom dia, princesa mimada.

— Bom dia, menino bruto.

— Parece mais brava que o normal, por quê? Cadê sua mestra?

— Foi a uma reunião com Ubirajara, e mandou que eu ficasse aqui cuidando das coisas. Estou brava, pois não posso sair.

— Ela sabe que, se a deixasse solta, provavelmente a aldeia estaria em cinzas — disse Xandoré, rindo alto.

— Você é muito abusado, vamos ver se vai rir quando ela vir as marcas das presas da cobra em você.

O moço deu um passo para trás com a cara assustada, e foi a vez de ela sorrir.

— Não se preocupe, não vou contar a ninguém, mesmo porque, se eu disser, estragarei meus próprios planos.

— Cuidado com a língua, princesa. Já pensou como chegaremos à liderança?

— Não estou certa ainda. Existe algo que faça Ubirajara renunciar à aldeia?

— Difícil dizer, ele é muito focado no trabalho e ama a família demais, algo dificilmente faria com que ele saísse da liderança. Algumas pessoas dizem que ele está preparando o filho para assumir no futuro, e boa parte da aldeia concorda.

— Filho? O que ele tem de tão especial?

— Ele demonstra certo instinto de liderança e o pai tem lapidado essa personalidade. É provável que o menino siga seus passos.

— Hum... — balbuciou Ticê.

— O quê?

— Se não existisse o menino, talvez a tribo elegesse um novo líder no futuro.

— Você quer matar o menino?!

— Claro que não! Estou pensando em alguma forma de fazê-lo sair daqui.

— Difícil... ele vive grudado com um mico que salvou na floresta. Quando não está com o pai, está com a mãe, não sai de perto da oca sem permissão.

— Hum...

— O que, agora?

— Nada, por enquanto. Leve-me para dar uma volta, mostre-me a aldeia.

— E sua mestra?

— Ela vai demorar, deve voltar no fim da tarde.

— Vamos, então.

Ubirajara foi com Jaciara até uma das ocas que usava para rezos ao grande Guaraci, sabia que não seriam incomodados ali.

— Sente-se, irmã, quer algo para beber ou comer?

Jaciara se sentou, retirou o cachimbo da bolsa, encheu-o com ervas, acendeu, puxou a fumaça e soprou-a no ar. Em pouco tempo, o local estava tomado pelo aroma doce da essência. Ubirajara observava tudo, não estava entendendo o que acontecia nem o que era aquilo na boca da mulher, mas resolveu esperar que ela falasse.

— Irmão, há pouco tempo nossa tribo passou por mudanças, acho que foram positivas. Devido a algumas dificuldades, passei a frequentar uma parte mais isolada de nossas matas e, com isso, alguns espíritos começaram a se comunicar comigo.

— Espíritos? Como assim?

— Esses espíritos se declaram guardiões da vida e estão aqui para manter e zelar pelo equilíbrio da Mãe Terra. Fui chamada ao local para aprender mais sobre o mundo desses espíritos, ajudar as pessoas e usar técnicas para curá-las. Existe um grande mal percorrendo nossas terras.

— Que tipo de mal?

— Trevas está reunido forças para retornar ainda mais forte e acabar com nossa Luz. Esses espíritos estão aqui para nos ensinar a lidar com a situação.

— Trevas e Luz? Como nos contos? Caso isso seja verdade, os espíritos querem nossos guerreiros nas batalhas?

— Não será possível. Essa batalha acontece a todo momento nas sombras, não podemos ver o mal se movimentar. Os espíritos, chamados encantados, me mandaram aqui para conversar com você sobre o destino de nosso povo. Os encantados estão construindo uma cidade no mundo dos espíritos, uma fortaleza contra esse mal, que abrigará os espíritos puros. Serão os filhos da Luz. Eles pediram que eu viesse informá-lo sobre a situação e, principalmente, pedir sua ajuda para trazer a cidade ao nosso mundo.

— Irmã, se fosse qualquer outra pessoa, eu diria que tomou muito sol na cabeça. Isso é uma loucura!

— Eu sei, também pensei o mesmo.

— Como vou carregar uma cidade? Ou vou construir uma?

— Não sei ao certo, mas preciso que me dê sua palavra de que me ajudará a concluir a missão.

— Irmã, tenho muitas tarefas aqui, não posso perder tempo com alucinações como essa. Por que eu deveria confiar nisso?

— Não deveria, também tive essa vontade. Mesmo assim, eles me mandaram conversar com você. Disseram que traremos a cidade e que devo ensinar sobre o mundo dos espíritos para nosso povo. Pode achar que é tudo mentira, loucura ou bobagem, mas, para que eu lhe mostre a realidade, basta dizer que vai colaborar.

— Não tenho essa resposta agora, irmã, preciso de tempo para refletir a respeito, não sei como me portar diante de tudo isso.

— Darei seu tempo, mas a resposta precisa ser rápida, temos muito a fazer.

— Serei o mais breve possível. Enquanto isso, você e a moça são minhas convidadas. Irmã, o que é essa ferramenta que solta fumaça?

— Saberá assim que me der a resposta.

— Está certo.

— Gostaria de sua autorização, tem algum lugar na floresta onde eu possa ficar em silêncio?

— Andando para a parte de cima da tribo, no vale antigo tem uma planície pouco frequentada.

— Vou ficar por lá um tempo. Se precisar de mim, sabe onde me encontrar.

— Fique em paz, irmã. Em breve, conversaremos novamente.

Jaciara juntou as coisas e foi ao local indicado por Ubirajara. Queria organizar os pensamentos e, quem sabe, receber orientação. Estava chateada com a situação, sabia que a missão seria difícil, e não refletia apenas sobre resposta de Ubirajara, mas pensava no quanto teria de se doar por ela.

Chegando ao vale, tirou a bolsa e foi à beira do rio, estava cansada, com sede e atordoada, queria refrescar a alma e os pensamentos. O pássaro de Mutum pousou no ombro de Jaciara enquanto ela estava abaixada. Isso já não a assustavam mais. Bebeu água, levantou-se e viu Mutum sentada em uma pedra, olhando para o alto.

— Pelo jeito, a chuva está a caminho.

— Mestra, prazer em vê-la.

— O prazer está em suas palavras, não em seu coração.

— Estou cansada. O que me pedem ainda parece demais para mim. Alguns momentos, acho que vou conseguir; em seguida, vocês dificultam ainda mais. Estão me levando ao limite.

— Qual é o seu limite?

Jaciara abaixou a cabeça e se calou.

— O que você quer, Jaciara? Chorar? Gritar? Desistir? Não tenho paciência para fraquezas. Neste mundo, sobrevive o mais forte, e você está perdendo a batalha antes de lutar. Economize o seu tempo e o meu... levante-se agora e vá embora!

O pássaro, que estava no ombro da mulher, voou com a voz alterada de Mutum. Aquilo abalou o espírito da indígena, que se levantou e, sem argumentos, foi caminhando para a floresta.

Refletindo sobre o que acabara de acontecer, Jaciara lembrou-se de tudo o que já havia passado: as dores, as lágrimas, as noites mal dormidas, as broncas, os aprendizados. Lembrou-se de Lua Nova, pensou em sua tribo e em seus irmãos. O sangue da mulher ferveu, uma força enorme cresceu no peito dela e Jaciara ficou brava com Mutum. Voltou com pisadas firmes para onde estava a encantada e disse:

— A senhora me escolheu, porque disse que eu honraria com o compromisso, disse que me ensinaria porque eu era capaz, me fez passar tantas coisas... Agora diz para eu ir embora? Não vou! Honrarei meu papel aqui, ainda que me custe a vida! Farei isso mesmo sem a sua ajuda!

Mutum parou um instante de acarinhar o pássaro, olhou-a com desdém e voltou a interagir com a ave. Jaciara ficou ainda mais brava.

— A senhora está me escutando?

— Você está se escutando? Ainda agora disse que não poderia continuar.

Jaciara parou e corou. Quando Mutum disse para ela ir embora, isso mexeu com o ego e trouxe de volta força para ela continuar. Jaciara entendeu o que Mutum quis fazer e disse:

— Me desculp...

— Temos uma coisa importe para fazer — interrompeu Mutum. — Qual foi a resposta de Ubirajara?

— Ele disse que ia pensar sobre tudo, pois era muita loucura.

— Não se preocupe, amanhã de manhã ele terá a resposta.

Mutum explicou o que devia ser feito para Jaciara, que comentou:

— Vou fazer conforme a senhora pediu, mas é muita loucura.

— Você segue ordens, assim como eu. Minha líder mandou que fosse feito dessa forma, vou obedecer e peço que faça o mesmo.

— Farei.

— A moça demonstrou algo anormal?

— Não. Até agora, tudo normal. A senhora acha que ela está escondendo algo?

— Ainda não temos como saber, mantenha-a à vista.

— Sim. Obrigada pela ajuda de hoje.

— Não sei do que você está falando.

— Até logo, mestra Mutum — Jaciara se despediu sorrindo.

No fim da tarde, Jaciara estava voltando para a tribo e viu Ticê se despedir de Xandoré e entrar na oca. A indígena estava se aproximando quando o moço se virou e a viu, assustando-se.

— Boa noite líder. Linda noite, não?

— Está mesmo, moço Xandoré. Estava com Ticê?

— Sim, fui apresentar a tribo para ela. Espero que não seja um problema para a senhora.

— Acredito que não tem problemas, mas também acredito que as ordens devem ser seguidas.

Xandoré fingiu que não entendeu.

— Concordo com a senhora, por isso estou voltando para a minha oca, meus pais me esperam. Com sua licença, boa noite.

— Boa noite.

Jaciara entrou na oca enquanto Ticê se preparava para dormir.

— Oi, mestra, já chegou?

Jaciara não deu espaço para Ticê, foi incisiva:

— Tenho a impressão de que tínhamos um acordo!

— Sobre o quê? — fez-se de desentendida.

— Ticê, antes de vocês nascer, eu já estava nesta terra e já era líder da tribo na qual você vive? Sabe por quê?

Ticê permaneceu em silêncio.

— Porque sou inteligente e capacitada, sigo e obedeço ordens e, principalmente, tenho respeito por todos. Quais foram as ordens que lhe dei?

— Que ficasse aqui, mas pedi a Xandoré que me mostrasse a tribo, estava muito curiosa para ver, por isso fui...

— Apronte suas coisas — interrompeu Jaciara —, saímos amanhã de manhã.

Ticê pensou em continuar se explicando, mas acabou se calando para garantir a harmonia. Chateada, organizou as coisas e deitou-se, observando a mestra pitar o cachimbo.

Jaciara olhava as estrelas, acreditava nas ordens de Mutum e, apesar da confiança que tinha na encantada, estava indo para o tudo ou nada. A conversa que teria com Ubirajara seria definitiva. Muitas coisas lhe passavam à mente, preocupações, medos e receios, a diferença era seu estado de espírito atual, sentia-se capaz de transpor tudo aquilo. Mutum sabia o que estava fazendo quando mexeu com a coragem dela, bastava saber como funcionaria na prática. Bateu o cachimbo e foi dormir, o dia seguinte prometia ser agitado.

Viagem inesperada

CAPÍTULO 11

Logo cedo, Ticê e Jaciara estavam à frente da oca de Ubirajara. Ticê não tinha a melhor das feições, acordar cedo não lhe agradava, e o peso da bolsa a incomodava. Jaciara não esperou a movimentação na oca, chamou Ubirajara esperançosa para resolver a situação. O líder da tribo saiu da oca preocupado.

— O que aconteceu? Estão machucadas? Doentes?

— Bom dia, irmão! Não temos nada de errado.

— Por que estão aqui tão cedo, então?

— Fique calmo. Na verdade, preciso de um favor seu.

— Que favor?

— Que me acompanhe em uma viagem rápida até a Morada das Estrelas.

— Quê?! Por quê?

— Tenho um assunto a tratar com Amana que envolve todos nós. Então, preciso que também participe da reunião.

— É sobre a resposta que lhe devo? Olha...

— Isso não é assunto para o momento.

— Você sabe que, para eu me ausentar da tribo, não é tão fácil. Tenho muitos afazeres, eles precisam de mim...

Jaciara manteve a feição serena e, ao mesmo tempo firme. Não estava pedindo que ele fosse, estava intimando, mas precisava agir educadamente.

— Quantos dias pretende ficar por lá? — falou Bartira, saindo da oca.

— No máximo dois dias — respondeu Jaciara.

— Ubirajara, acompanhe a irmã. Ela nunca pede... de certo, o que ela precisa fazer é muito importante.

— Eu... está bem, eu irei. Mas precisamos ser rápidos e voltar o quanto antes. A tribo está preparando as sementes do próximo plantio, isso requer minha atenção.

— Assim será.

— Cuidarei dos preparativos. Se sairmos agora, chegaremos no fim da tarde.

— Sei que o assunto é de extrema importância, espero que o resolva.

— De fato é, Bartira. Isso deve mudar algumas coisas, espero que seja para o bem das tribos.

— Cuide bem de meu marido. Você ainda gosta de peixe na folha de bananeira? Quando voltarem, terá um fresquinho para você.

Jaciara salivou, a receita de Bartira era muito especial.

— Gosto muito! Serei o mais breve possível, voltaremos em pouco tempo.

Abraçaram-se e se despediram.

Jaciara, Ticê e Ubirajara levaram para a viagem um cesto de comida e algumas cabaças de água. Apesar de curta, a jornada tinha suas dificuldades, a maior era a travessia do Rio Azul. Recebeu esse nome porque o azul de suas águas se combinava com o reflexo do céu, tornando-o lindo e cheio de vida, uma benção da natureza.

Na metade do dia, já haviam chegado a ele. Sentaram-se na margem para recompor as energias. Sabiam que a travessia era um desafio. O rio, apesar de calmo, tinha uma boa profundidade. Jaciara ia na frente, tinha grande intimidade com as águas, parecia conversar com o rio. Até as pedras que pisava eram mais firmes, muitos peixes a acompanhavam durante a travessia.

Atrás de Jaciara, vinha Ticê cheia de medo; para ela, a água era uma força incontrolável. Sempre nadou na beira dos rios e lagos, onde se sentia mais à vontade. Atravessar um rio como aquele a deixava em pânico, mas seguia a mestra.

Na retaguarda estava Ubirajara, que vinha fazendo a segurança do grupo e carregando as provisões.

No meio da travessia, na parte mais funda do rio, o grupo foi surpreendido por uma tromba d'água, devido a uma chuva na cabeceira do rio. Ticê perdeu o equilíbrio, caiu e começou a se afogar. A situação se intensificou quando Ubirajara a perdeu de vista. Jaciara, que estava quase na outra margem, viu o ocorrido e voltou o mais rápido possível, no entanto, a moça afundou.

Jaciara mergulhou, mas a correnteza estava turva. Então, por um momento, ela relaxou o corpo e a mente e uma energia que parecia muito íntima a tomou. Era como se ela fosse a própria água; suas emoções se ligaram às forças do rio e se tornaram uma. Um forte fluxo de água percorreu o corpo de Ticê, que já estava a alguns metros dos companheiros de viagem, e a puxou para onde Jaciara estava; o mesmo fluxo as empurrou calmamente para a margem. As duas ficaram com o rosto na terra. Ubirajara nadou firme, tentando se aproximar delas, sem entender o que se passava. Jaciara abriu os olhos, se levantou para acudir a moça e percebeu que ela não respirava. A mestra apoiou a barriga de Ticê em uma das mãos e, levemente, a ergueu do chão enquanto lhe dava fortes tapas na altura do pulmão com a outra mão, tentando fazê-la expelir o máximo de água possível. A moça cuspia a água, enquanto Jaciara concentrava sua força curativa nas costas, até que Ticê voltou a respirar. Jaciara a virou e colocou a mão na nuca da moça que, tossindo, abriu os olhos. Ticê sentou-se e abraçou Jaciara, chorando aliviada.

— Fique calma, já passou.

— Eu fiquei como muito medo, quase morri.

— Foi tudo muito rápido, mas agora está tudo bem.

Ubirajara correu ao encontro delas.

— Vocês estão bem?

— Sim, está tudo bem agora.

Ticê, espantada, continuava chorando.

De cima da árvore, veio uma voz:

— Esse rio anda bem bravo... que bicho mais sem paciência... nunca vi.

Os três olharam para cima, procurando de onde vinha o som, mas nada viram.

Detrás de Ubirajara, outra vez a voz:

— A moça está bem?

— Sim, está. Quem é você? — impacientou-se Jaciara.

— Eu sou Embaré, ao seu dispor.

Embaré era diferente de todos os seres que Jaciara havia visto. Tinha o cabelo todo enrolado e trançado com penas e sementes. Em uma das tranças, havia um guizo de cascavel. Era baixo, mas com um porte físico forte e a pele tinha um avermelhado bem escuro. Cobria a parte de baixo da cintura e a metade do peito com couro de jacaré. Usava um colar de sementes que se destacava por possuir inúmeros dentes de diversos animais. Carregava uma pequena bolsa de lado que parecia vazia. Embaré vibrava grande força, apesar de exibir traços mais zombadores e traquinas.

— Nunca vi uma moça com tanta sede, pensei que ia beber o rio todo! — caçoou Embaré.

— Ei, por que não pega suas coisas e vai embora? Não temos tempo para brincadeiras — retrucou Ubirajara muito sério.

Embaré abaixou, pegou uma pedra e jogou por cima das árvores. Esperando que algo acontecesse, o grupo seguiu a trajetória da pedra até quando foi possível, e nada. Voltaram a atenção a Embaré que, para a surpresa de todos, havia sumido.

— Quem era aquele homem? Já o tinha visto, Ubirajara?

— Não. Ele me passa uma sensação estranha. Devemos ficar atentos.

Detrás de uma árvore, saiu uma forte fumaça com a brisa e uma voz ressoou:

— Atentos por quê? Não fiz nada. Não vai contar o que viu no rio, guerreiro?

A voz era de Embaré, mas, desta vez, ele não apareceu, deu uma risada estranha e mais fumaça surgiu detrás do tronco.

Ubirajara se irritou com a conversa e as brincadeiras de mau gosto. Correu em direção à névoa, mas ele não estava mais lá, havia apenas resquícios de fumaça.

— Ele sumiu, Jaciara.

Ela já não sentia a presença dele no ambiente, tinha realmente sumido. Jaciara voltou a atenção para Ticê, que estava mais corada e calma.

— Quem é esse homem, mestra?

— Também não sei, a força dele não se compara a nada que conheço.

— Era ruim?

— Nem bom nem ruim. Esqueçamos isso, você está melhor?

— Sim.

— Podemos seguir viagem?

— Sim, não vou atrasá-los.

— Você vai nas minhas costas — disse Ubirajara.

O grupo seguiu viagem um pouco mais lento e, em certo momento da viagem, Ticê acabou adormecendo nas costas de Ubirajara, que seguia ao lado de Jaciara.

— Irmão, o que o homenzinho quis dizer com "o que viu no rio"?

Ele não respondeu.

— Irmão, pode se abrir, acreditarei no que disser.

— Não sei se acredito no que vou dizer.

— Tente...

— Quando estava no rio, vi uma cobra tão grande quanto uma jiboia passando por entre as pernas da moça, mas a cobra não parecia ser de carne, parecia ser de fumaça ou de água, não sei. O mais estranho é que assim que a moça afundou por completo, a cobra a envolveu e a puxou, enquanto eu tentava me desvencilhar da correnteza. Também vi que, quando você mergulhou, a água parecia envolvê-la, parecia obedecê-la, e trouxe a menina para você. Como você fez isso?

— Eu, sinceramente, não sei bem. Eu me sentia como a própria água, e ela me obedecia. Não sei explicar...

— Jaciara, desde que chegou, várias coisas esquisitas têm acontecido. Tenho duas opções: lhe dar uma chance a respeito de seu pedido ou solicitar que volte à sua aldeia até que recobre o juízo.

— Qual você escolhe, irmão?

— Acho que vou criar uma terceira opção: que eu volte para a minha aldeia e recobre o meu juízo, o que tenho visto não é normal.

Ambos riram.

— Quando voltarmos, terei a minha resposta. Precisamos nos preparar para o que está por vir.

— Sinceramente, irmão, acho que terá a sua resposta antes.

Ubirajara tentou entender o que Jaciara disse. Ela permaneceu em silêncio até chegarem à Morada das Estrelas.

cidade dos encantos

Na terra das luzes vivas

CAPÍTULO 12

O grupo chegou na aldeia no meio da tarde e Amana os recepcionou.

— Meus irmãos, sejam bem-vindos! As bênçãos de Guaraci!

— Boa tarde, irmã. As bênçãos de Guaraci. Como estão as coisas por aqui?

— Tudo em paz e harmonia, Jaciara. A que devo sua presença nestas terras?

— Precisamos conversar, Amana. Tem coisas que precisamos fazer e dependemos de sua ajuda para isso.

— Coisas? Minha ajuda? Não sei do que se trata, mas estarei aqui para ouvir. No entanto, descansem antes, imagino que tenha sido uma viagem cansativa.

— Você não imagina o quanto! — concordou Ubirajara.

— Quem é essa bela moça?

— Meu nome é Ticê. Sou da Morada da Lua Crescente. Muito prazer.

— Sou Amana, líder destas terras, seja bem-vinda. Você está com um semblante muito abatido, aconteceu algo?

— Tive um pequeno acidente no caminho, quase me afoguei no Rio Azul.

— Venha, vamos cuidar de você, precisa descansar e reestabelecer as forças.

Ubirajara e Jaciara se entreolharam, uma comunicação mental rápida lembrando o ocorrido.

Ubirajara e Ticê seguiram Amana para a oca. Jaciara, muito confusa, se despediu do grupo e seguiu até a beira do rio. Sentou-se, pegando o sol da tarde que caía. Jaciara olhava as mãos, tentando entender o que se passara horas atrás.

Desde pequena, sentia afinidade com a água, às vezes, passava mais tempo nos rios que na terra, adorava aquele ambiente. Levava comida para os peixes, trazia água para a família, nadava o dia todo e era comum voltar para a oca dolorida, mas muito satisfeita. O episódio com Ticê a lembrou de algo que ocorrera quando tinha sete anos de idade. Brincando no rio, nadou para o meio dele, onde a correnteza costumava ser forte. Estava acostumada, mas, desta vez, algo deu errado. Conforme nadava, uma corrente a puxava, fazendo-a afundar e perder o ritmo das braçadas. Enquanto afundava, sua mente gritava por ajuda. Quando abriu os olhos, algo inesperado aconteceu: o rio parecia um grande céu, tinha uma calmaria inexplicável. Abaixo de seus pés, havia uma grande cidade e Jaciara nadou, na verdade, voou, curiosa, em direção a ela. Conforme se aproximava, percebia os detalhes e as cores. O lugar era maravilhoso. Havia flores e frutos desconhecidos e animais de todas as espécies. A menina decidiu que ali seria sua morada eterna. Perto dos portões da cidade, uma rajada de água acertou a face da indígena e a fez perder os sentidos. Ao acordar, estava na margem do rio, cuspindo água e tentando recuperar o fôlego.

Algo a salvou, mas não sabia exatamente o quê. Estava muito assustada e decidiu manter aquilo em segredo. Acreditava que tudo tinha sido um sonho devido ao desmaio, o que não podia explicava era o fato de ter saído do rio, jurava que a própria correnteza a tinha arrastado para fora.

Desde então, Jaciara passou a olhar as águas dos rios de forma diferente, mais acalentadora, como um porto seguro. Era como se comunicava com a natureza e com todos os seres. Assim que se tornou representante da luz da Lua e líder da tribo, percebeu que seu envolvimento com a água mudou, estavam intimamente ligadas. Seu espírito feminino também mudou, sentia-se livre e pronta para ser quem era, para se doar à vida, para amar e ser amada.

Jaciara pulou novamente na água, deu um mergulho rápido e voltou à superfície. Olhou as mãos molhadas e a água que escorria, não entendia o que havia acontecido nem sabia por onde começar a entender. Decidiu passar algumas horas no rio se refrescando e refletindo.

Na oca, enquanto Ticê tomava um chá e se preparava para dormir, Ubirajara e Amana conversavam.

— Como posso ser útil para vocês, irmão? Aconteceu algo na Morada do Sol?

— Ainda não, nem posso apressar nosso assunto, não sei bem por onde começar. As coisas andam bem estranhas.

— Estranhas como?

— Coisas de espírito... acho que Jaciara anda falando com o povo da natureza, ou está perdendo o juízo, mas acho que não é o caso.

— Por que acredita que ela esteja fora de si?

— Porque vi coisas anormais em nossa viagem.

— Por aqui também tenho visto coisas anormais, irmão.

— Como assim? — espantou-se Ubirajara.

— Outro dia, no início da noite, depois de brincar o dia todo com as crianças na floresta, comecei a juntar nossos pertences para voltarmos à tribo. Elas vieram na frente e, de repente, senti uma brisa forte perto de mim. Quando olhei para o chão, refletiu o brilho de vários cristais, isso é comum por aqui, mas esse brilho ficou mais intenso e começou a flutuar, subiu acima das árvores e disparou em direção às cavernas que ficam próximas daqui.

— E o que era?

— Também não sei... tive medo e corri para tribo — confessou Amana, rindo.

— Acha que poderia ser um espírito?

— Não sei, não tive tempo de perguntar... minhas pernas agiram antes de minha boca.

Os dois começaram a rir quando Jaciara chegou.

— Do que estão rindo?

— Sente-se, irmã, acho que temos assuntos para lhe contar.

O segredo do encantado

CAPÍTULO 13

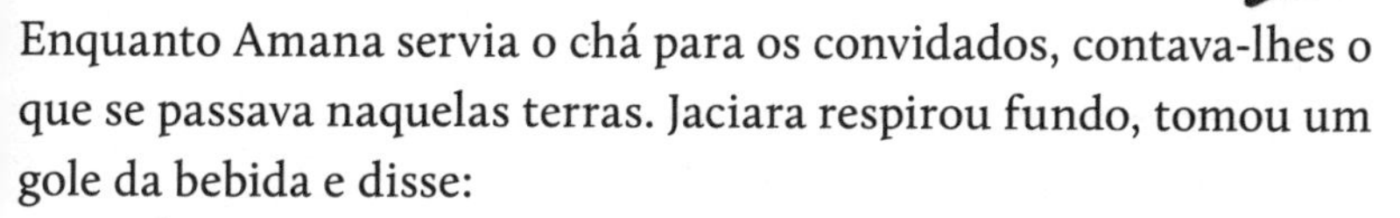

Enquanto Amana servia o chá para os convidados, contava-lhes o que se passava naquelas terras. Jaciara respirou fundo, tomou um gole da bebida e disse:

— É sobre isso que quero conversar com você.

— Nem terminei de contar o que está acontecendo...

— Sei que ainda não disse, mas já sabe parte do que vim fazer aqui.

— Então me conte, o que a trouxe a estas terras?

— Um período de trevas se aproxima. O mal está ressurgido aos poucos e, de forma sigilosa, está tomando a morada daqueles que abrem as portas e permitem sua entrada. Um espírito da floresta apareceu para mim e me ensinou a curar, tratar e afastar o mal, e isso poderá ajudar as tribos. Mas somente o meu conhecimento não será suficiente, preciso da união e da colaboração de todos, principalmente dos líderes. Imagino que coisas estranhas também acontecem por aqui, não é mesmo?

— Sim, algumas coisas sem explicação...

— As luzes estão se levantando do chão?

Abismados, Ubirajara e Amana se entreolharam.

— Como sabe?!

— Na verdade, vim ajudar a recolher a força do encantado que está aqui.

— Encantado?

— "Encantados" são os espíritos da natureza que nos ensinam e nos ajudam.

— Como ele é?

— Também não sei, não o conheço, mas, geralmente, eles se destacam dos demais, não passam despercebidos.

— Não vi ninguém com essas características.

— Imaginei... ele está aqui, sinto sua força como uma onda, mas, provavelmente, você não o vê, porque ele está entre os mundos.

— Como assim?

— Diga-me, para onde as luzes foram?

— Para as cavernas antigas.

— Então, vamos para lá. Temos algo a resolver.

Ticê estava deitada, ouvia tudo e disse:

— Mestra, posso ir também? Gostaria de participar e auxiliar a senhora.

— Você está se sentindo melhor?

— Sim, mestra.

— Então, pegue sua bolsa e vamos.

Seguiram os quatro para as cavernas. O percurso era curto, chegaram rápido. A entrada da caverna tinha a altura de quatro homens e era bem larga. Ubirajara já entrava quando Jaciara disse:

— Irmão, ele não está aí.

— Mas...

— Eu disse que ele estava entre os mundos. Para encontrá-lo, precisamos ir a este lugar.

Jaciara acendeu o cachimbo e, com a maraca na mão, começou a espalhar fumaça e cantar. Conforme girava a maraca, pequenas faíscas saíam dela e se chocavam contra uma parede invisível que havia na entrada da caverna. O pássaro de Mutum apareceu, pousou sobre o ombro dela e grasnou de uma forma que fez com que as partículas se agrupassem e se organizassem harmoniosamente.

— Grande força ancestral, força de toda a Terra, dai-me forças para alcançar meu objetivo e trazer luz e esperança para meu povo. Que o portal sagrado que liga os mundos se faça presente, aqui e agora, e revele a presença do encantado. Peço permissão para que meus irmãos me acompanhem nesta jornada.

Com um forte sopro de fumaça, Jaciara conseguiu revelar uma parede, que lembrava um espelho levemente transparente.

— Vamos!

Jaciara deu um passo e transpassou a parede. Todos se entreolharam assustados; Amana queria sair correndo, mas não conseguiu se mover; Ticê, tão surpresa quanto os demais, colocou as mãos no ombro de Amana e disse:

— Vamos confiar na mestra.

E a empurrou levemente pelo portal.

Ubirajara estava confuso, mas sua intuição mandou que seguisse o grupo.

Assim que transpassou a parede, Amana indagou:

— Que lugar é esse?

— A caverna... a verdadeira caverna, Amana. Só abri o portal.

O pássaro grasnou enquanto esfregava o bico nos cabelos de Jaciara.

— Irmã, esta não é a caverna. Ela não era assim, brilhosa e cheia de luzes.

Amana via tudo com muita exaltação, e era uma mulher bem difícil de ser surpreendida, pois já tinha vivido o bastante para ver de tudo. Aquilo, porém, estava longe de qualquer realidade. As paredes estavam encrustadas de cristais que se mexiam e vibravam todos os tipos de cores, como se tivessem vida. Os fios d'água que percorriam a caverna se expandiam e se contraíam, como veias pulsando. Os animais dali também eram diferentes, pareciam mais leves e sadios. Os próprios corpos de Amana e dos demais vibravam diferente, pareciam borrados e luminosos, como emanassem fumaça dos poros. Havia leveza e paz naquele local, que, de fato, era sagrado. Todos estavam perplexos com o que viam.

— Esta é a verdadeira face da caverna, os encantados a chamam de "Caverna dos Antigos". Dizem que boa parte das bênçãos deste mundo passaram por aqui. Nossas terras foram criadas pelos antigos, junto com Luz, a partir das bênçãos que se manifestavam aqui e, para mantê-lo seguro, os antigos fecharam as visões deste local no mundo material. Você, Amana, é guardiã de um de nossos maiores tesouros.

— Eu não sabia de nada disso!

— Nem eu. Foi a mestra Mutum quem me contou e deu a chave para entrar.

— Quem é Mutum?

— Quando voltarmos, eu conto.

O pássaro baixou a cabeça brevemente, Jaciara acariciou-o e ele saiu voando.

— Vamos, precisamos segui-lo, não temos autorização para ficar muito tempo aqui nem para sairmos de nosso objetivo.

A caverna possuía várias bifurcações e, sem ajuda, seria impossível encontrar o caminho. Por isso, Mutum enviou o pássaro, ele os guiaria pelo local. Conforme se aproximavam da câmara principal da caverna, pequenos feixes de luz, semelhantes aos que Amana viu na floresta, passavam por eles.

Chegaram à maior câmara de todas. Se pensavam ter visto muitas luzes e cores, esta os surpreendeu ainda mais. Até onde os olhos alcançavam, havia brilho, mas algo diferente sobressaía: no centro da câmara, havia um cristal arroxeado e reluzente imenso. O pássaro ficou em um canto, observando em silêncio, enquanto Jaciara se aproximava do cristal, sendo seguida pelo grupo.

Quando pensavam que nada mais os surpreenderia, a magia se fez. No meio do cristal havia um homem enorme que dormia com os braços cruzados sobre o peito, tinha a pele da cor de terra e muitos músculos, mas, ainda assim, passava uma sensação de proteção. Jaciara interrompeu o momento de contemplação:

— Este é o grande Itaguaçu, o senhor das pedras.

— Mestra, ele está morto? — perguntou Ticê, assustada.

— Calma moça, deve haver alguma explicação — ponderou Ubirajara.

— Ele parece adormecido, mas, na verdade, está trabalhando.

Todos olharam para Jaciara confusos.

— Itaguaçu tem o poder de manifestar as forças e as bênçãos da Terra. Como ele precisa estar no mundo dos espíritos e no mundo dos homens, escolheu ficar entre os dois. Aqui, ele colhe as forças dos espíritos e as torna físicas em nosso mundo. Como uma plantação, Itaguaçu semeia, rega e colhe as forças, por isso vemos essas pequenas luzes, ele as recolhe e devolve para a Terra, isso abençoa a todos. Estamos aqui para recolher essas bênçãos, mas essas são especiais, servirão para criar uma cidade inteira.

Ubirajara se espantou:

— Então, tudo isso era verdade, estamos aqui para criar a cidade?

— Foi o que eu disse. Agora, terei a sua resposta?

— Preciso falar mais alguma coisa?

— O que está acontecendo? — questionou Amana.

— Explico depois, Amana. Agora temos de recolher cinco cristais e preciso que me ajude com isso.

— Por que eu?

— Ordem dos espíritos.

— O que preciso fazer?

— Na base do cristal, onde está Itaguaçu, estão os cinco cristais que precisamos, são os maiores, de cores diferentes. Peça licença e pode retirá-los.

Amana se abaixou, fechou os olhos, mentalmente pediu licença para Itaguaçu e tocou no cristal principal. Quando abriu os olhos, estava fora da caverna, em uma pequena clareira da floresta, sentada em um tronco defronte a uma fogueira. Era noite e Amana, com certa dificuldade, viu uma senhora por detrás da chama.

— Pequena Amana, como vai?

— Vou bem. Quem é a senhora?

— Meu nome é Jurema.

— Eu estava na caverna e...

— Não se preocupe, você continua lá, mas também está aqui. Eu a chamei porque contamos com sua ajuda. Esses cristais são parte de meu filho, Itaguaçu. A força que eles contêm é suficiente para salvar vidas ou para criar mais caos; não permita que caiam em mãos erradas. A força desses cristais representa a esperança na vida; mas a vida, sem auxílio e direcionamento, pode pender para a ignorância. Cada cristal representa uma nação, uma força, uma diversidade. O solo da cidade sagrada também será abençoado por vocês; a junção de todas as forças, incluindo a nossa, dará origem a um lugar onde todas as nações ensinarão e todas aprenderão; a harmonia e o convívio com a natureza vão se sobrepor à ignorância. Vocês acreditam conhecer o equilíbrio, o amor e a harmonia, mas isso se desfaz assim que Trevas bate à porta: o desespero e o caos tomam conta. Aqueles que creem em minhas palavras, que têm coragem e fé para servir a Luz serão os herdeiros da cidade sagrada.

— A senhora pode contar com minha palavra. Farei o meu melhor e os guardarei com a minha vida.

— Agradeço muito, escolhi a guardiã certa. Conto com sua ajuda para a fundação da cidade.

— A senhora é diferente de nós, por quê?

— Sou a vontade e a personificação da Terra em espírito, minha tarefa é cuidar de meus filhos. Agora, volte para a caverna.

Jurema soprou uma leve brisa sobre Amana, que fechou os olhos e flutuou de volta para o corpo. Acordou com todos olhando para ela, sem entenderem nada. Amana já havia coletado os cinco cristais, sem ao menos tê-los visto, e chorava muito, o encontro a emocionara. Ticê tirou uma cabaça com água da bolsa e deu a ela, mas acabou largando a bolsa perto do grande cristal.

Todos aguardaram enquanto Amana bebia a água e, aos poucos, ia se acalmando. Passado o choque emocional, a moça disse:

— Temos muito a fazer, precisamos ir.

Cuidadosa e respeitosamente, ela guardou os cristais na bolsa e, virando-se para Itaguaçu, fez uma reverência, dizendo:

— Não se preocupe, irmão, seu esforço valerá a pena, conte comigo. Muito obrigada! — terminou de falar e já foi saindo da câmara.

Os demais se entreolharam e acompanharam Amana. Ticê, já na saída, se lembrou da bolsa e voltou para buscá-la. Ao pegá-la, viu um cristal reluzente cujo brilho lhe chamava muito a atenção, tinha cores vibrantes e parecia cheio de força. Ticê o recolheu e o guardou na bolsa, pensou que poderia ser útil no futuro. Ao se levantar, Itaguaçu estava de olhos abertos olhando para ela. Ticê se assustou, tropeçou e caiu enquanto olhava para o encantado. Pouco a pouco, o homem foi fechando os olhos, ela pegou a bolsa e saiu correndo.

— Onde você estava?

— Esqueci a bolsa, mestra.

— Vamos logo.

Assustada, transpassou a bolsa no peito, ficou com medo, mas, ainda assim, o fez sem arrependimento. Estava disposta a colocar o plano com Xandoré em prática, quanto mais recursos, melhor, embora não soubesse qual utilidade do cristal.

Quando o grupo saiu da caverna, percebeu que o tempo havia passado muito rápido, os grilos já cantavam, anunciando a chegada da noite. De frente para a entrada, fizeram uma reverência, agradecendo pelas bênçãos colhidas. A situação fora transformadora, a sabedoria dos ancestrais havia tocado em suas almas e os marcado para sempre.

Jaciara, com a maraca, evocou os espíritos e selou a entrada da caverna, que voltou ao estado normal.

De cima de uma árvore, ouviu-se um barulho.

— Que viagem, meus amigos!

— Embaré! — exclamou Jaciara.

— Eu mesmo! Sentiram minha falta?

Ele pulou da árvore, batendo os dois pés no chão, produzindo um estrondo que mais parecia uma rocha gigante caindo e fazendo o chão tremer, algo totalmente incompreensível para sua estrutura.

— O que quer aqui? — retrucou Ubirajara com firmeza.

— Meu irmão, pensei que esta terra era de todos, me priva de andar por ela?

Ubirajara não sabia o que responder, ainda assim ficou à frente do grupo com a mão sobre o cabo da faca na cintura.

— Você é muito nervoso, líder. Devia se sentar um pouco e relaxar.

Embaré se deslocou com uma velocidade que nenhum olho humano poderia acompanhar e, com a palma da mão aberta, deu um tapa no peito de Ubirajara, lançando-o pelo ar. O mais impressionante é que Ubirajara começou a cair muito lentamente. Todos acompanhavam a cena abismados. Quando o homem estava quase colidindo com o chão, Embaré reapareceu e o colocou sentado em um tronco.

— Descanse um pouco, touro bravo.

Ubirajara ficou atordoado, não entendeu nada, mas passou a temer o pequeno homem e sua força. Definitivamente, ele não era comum.

— Se eu quisesse, de verdade, nem o seu corpo eles achariam — sussurrou Embaré no ouvido de Ubirajara.

Um frio subiu pela espinha do indígena, que ficou pálido e acovardado. Embaré riu.

— Vim aqui dar um "oi". Como vão os presentes?

— Que presentes? — perguntou Amana.

— Esses! — respondeu, apontando para os cristais.

Mesmo na bolsa, eles reluziam como o dia. Amana apertou a bolsa fortemente contra o peito e as luzes se apagaram novamente.

— Estão vivos e fortes, como devem estar!

— O que deseja, Embaré? — indagou Jaciara.

— Vim avisá-la para tomar cuidado.

— Com o quê?

— Com a moça ali — falou, apontando para Ticê.

— O que tem ela?

Ele riu e respondeu:

— Ela tem facilidade em se afogar e beber mais do que pode.

Jaciara se interpôs entre Ticê e Embaré.

— Deixe-a em paz.

— Mas quando foi que eu fiz alguma coisa?

Rindo, Embaré entrou na floresta e desapareceu.

Jaciara ficou em silêncio, estava nervosa, porém mais atenta a tudo.

Voltaram exaustos, mas com a sensação de dever cumprido, à tribo, que os aguardava. As crianças pulavam e corriam em volta deles. Todos se sentaram ao redor da fogueira e comeram peixe com palmito.

Jaciara se levantou, chamou as crianças para perto dela e começou a contar uma história sobre os antepassados. Para impressionar os pequenos, usava a maraca e a fumaça do cachimbo, criando efeitos melhores e mais animados. Da bolsa, tirou um punhado de ervas e o jogou na fogueira, alterando o formato e a cor das chamas, além de trazer um aroma forte e adocicado para o ambiente. Os olhos das crianças brilhavam, elas vibravam e, no fim, batiam palmas, queriam mais, e Jaciara prometeu que em breve contaria outras histórias.

Quando todos foram dormir, os líderes se reuniram em volta do fogo baixo.

— Acreditam em mim agora?

— Não temos escolha, vimos e sentimos tudo. Essa situação ficará marcada em mim — disse Ubirajara.

— Amana, o que aconteceu com você na caverna?

— Também não sei, irmã. Quando toquei no cristal, senti como se tivesse adormecido. Acordei em outro local, em uma tribo que me pareceu familiar, mas não me lembro de onde...

— Você não saiu do lugar, irmã. Balbuciou algumas palavras, fez alguns gestos e foi tocando nos cristais até separar os que trouxe.

— Sinceramente, não sei o que aconteceu. Quando acordei, estava na frente de uma fogueira e uma senhora muito bonita, com um perfume agradável, falou comigo. Ela disse que se chamava Jurema, era a vontade da Terra. Dentre outras coisas que me contou, disse que a cidade está sendo finalmente ancorada aqui e nós, os líderes, temos a tarefa de preparar a terra para criar essa fortaleza. Os cristais simbolizam cada um de nós, simbolizam cada tribo, cada força, cada elemento, cada raça e muitas outras coisas. Ela me elegeu guardiã deles e minha função é entregá-los a cada um de vocês no momento certo.

O silêncio imperou, até para Jaciara aquelas informações eram novas. Ela e os encantados tinham dado o passo inicial, mas o poder estava fragmentado, e isso aliviava a tensão da responsabilidade. Sabia que poderia contar com os outros, e os outro poderiam contar com ela. Uma nova grande família estava nascendo.

— Ela disse o que devemos fazer?

— Não, Ubirajara. Apenas afirmou que, na hora certa, tudo será revelado. Disse que está feliz com a nossa evolução e com o nosso desenvolvimento e que sabe que pode contar com a nossa força. Avisou que momentos difíceis virão e que temos de ter fé em nossas atitudes.

— Pois bem, vamos aguardar. Voltaremos para a Morada do Sol em breve, de lá decidiremos o que fazer. Concorda, Jaciara?

— Sim, vamos descansar. Amanhã, teremos tempo para pensar em algo.

Ficaram conversando um pouco mais defrontes à fogueira; depois, ficaram observando o fogo se extinguir; mas, intimamente, pensavam em mil coisas. Despediram-se e foram dormir. Naquela noite, houve somente o som dos animais, e o sono foi muito relaxante.

MORADA DO SOL
cidade dos encantos

Retorno à morada

CAPÍTULO 14

Jaciara estava sonhando profundamente, havia um bom tempo que não tinha uma boa noite de descanso. Mas, na matéria, sentiu um leve impacto na cabeça que ecoou em seu cérebro. Abriu os olhos, apalpou o local dolorido, mas não havia ferimento. Uma dor aguda persistia. Não estava certa do que ocorrera, mas percebeu um barulho estranho na oca. Quando se sentou, viu um pássaro voar para a entrada. "Mutum!", pensou ela.

Ela se levantou, pegou uma maçã, suas coisas e seguiu o pássaro. Eram as primeiras horas da manhã. Ainda sonolenta, aguardava o espírito se reencaixar no corpo. Perto do rio, a ave pousou e começou a beber água, Jaciara se deitou na relva e fechou os olhos por alguns instantes. Ao abri-los, Mutum estava cara a cara com ela e Jaciara deu um grito.

— Tá doida?!

— A senhora me assustou.

— Se a chamei aqui, ao menos deveria estar bem-disposta.

— Desculpa, mestra Mutum. A empreitada de ontem me consumiu.

Jaciara se sentou, pronta para ouvir Mutum.

— As coisas se deram como eu lhe adiantei?

— A maior parte, sim. Algumas foram além do que a senhora falou.

— Refere-se à Amana e à Mãe Jurema?

— Sim.

— Você possui dons para conversar conosco, outros também, talvez de formas diferentes. Essa missão é muito grande, todos os envolvidos possuem uma força essencial para criar a cidade.

— O que é a cidade?

— É um local de vibração única, onde todas as vidas coexistirão em paz e harmonia. É um local pacífico, mas cheio de atividades e desafios. Lá, todos poderão usufruir das bênçãos e dos tesouros que Luz nos deixou e muito mais. Esse lugar terá força para resgatar e despertar os irmãos que estão em outros planos de existência.

— Outros planos de existência?

— Não existe somente este mundo, existem outros locais onde os seres se desenvolvem de maneiras distintas.

Jaciara ficou surpresa, não sabia dessa informação, mas deveria ter considerado, afinal o mundo dos espíritos também era outro mundo.

— Dessa cidade, poderemos acessar os mundos?

— Sim, e muito mais. Conforme os mundos se desenvolvem, outras cidades surgem, em outras comunidades e dentro da cidade da Jurema, ou seja, de acordo com o crescimento e as forças usadas, novas tribos nascerão.

— Entendo, isso é magnifico! Mestra, o que devemos fazer agora?

— Devem visitar as outras tribos, informar os líderes sobre o que está acontecendo e pedir que depositem sua sabedoria na criação da cidade.

— Como provaremos isso para eles?

— Três líderes com a mesma fala vão garantir que eles assumam seus papéis. Tenho algumas sementes comigo, são das árvores de força da época da criação. Quero que as plante nas tribos e guarde algumas, elas serão os alicerces da cidade.

— Assim faremos. Mestra, tenho mais uma pergunta: quem é Embaré?

— Quem?

— Embaré se apresentou para nós. É um homenzinho de pele escura que também leva um cachimbo.

— Nunca o vi.

— Estranho... ele parecia um encantado, mas, ao mesmo tempo, parecia do plano material. Ele tem poderes surreais.

— Como o conheceram?

— Ele apareceu do nada, depois de Ticê quase se afogar.

Mutum silenciou.

— Verei o que posso saber sobre isso.

— Agradeço, mestra. Acho que ele pode ser um problema para nós.

— Ele não é prioridade agora. Prepare a viagem de volta. Concentre-se no que é importante, faremos o que Mãe Jurema pediu.

— Sim, senhora.

Jaciara retornou à tribo e, quando chegou, a surpresa foi grande, o grupo estava pronto para viajar. Sem entender, Jaciara questionou:

— O que aconteceu, Ubirajara?

— Jurema apareceu em meus sonhos e pediu que acelerássemos o passo, pois ainda temos muito o que fazer.

Jaciara acenou positivamente com a cabeça.

— Tem razão, vamos partir. Cadê Ticê?

Ela estava na oca, queria dar um jeito de esconder o cristal. Arrumou uma pele de coelho e o enrolou bem, colocou no fundo da bolsa e a encheu de frutas para ninguém desconfiar.

Quando terminava de arrumar as coisas, Jaciara apareceu na entrada da oca:

— Está pronta?

Ticê jogou tudo rapidamente na bolsa.

— Estou sim, mestra.

— Vamos partir.

Ticê respirou aliviada.

O grupo seguiu de volta à Morada do Sol. Dessa vez, a viagem foi tranquila, sem novidades. Embaré os seguiu silenciosamente por cima das árvores, queria ver até onde iam.

Retorno às terras do Sol

CAPÍTULO 15

O grupo chegou bem, apesar da viagem cansativa, estavam focados em executar suas tarefas. Ubirajara visitou a família, conversou rapidamente com eles e se dirigiu à oca de reuniões, onde Amana e Jaciara o esperavam.

— Peço desculpas pelo atraso, estava vendo minha esposa e meu filho.

— Irmão, não devemos colocar uma responsabilidade sobre a outra, temos de tornar possível a convivência de todas. Eu e Jaciara sabemos que sua família é tão importante quanto sua tribo. Fez bem em dedicar um pouco de tempo a ela, isso não prejudica em nada os nossos afazeres.

— Agradeço a compreensão. Acho que devemos entrar em contato com as outras tribos.

— Sim, partirei daqui para ver os lobos cinzentos. Preciso conversar com Agara... aquele cabeça-dura pode me dar bastante trabalho — disse Amana.

— Certo, não posso sair no momento, preciso colocar as coisas em ordem por aqui, mas também não posso pedir que Jaciara vá até os pedras quentes, ela já fez muitas viagens. Portanto, chamarei Tibiriçá para vir até aqui falar comigo.

— Agradeço sua paciência e esforço, irmão. Se não se importar, gostaria de voltar para minhas terras, preciso resolver algumas coisas por lá — disse Jaciara.

— Você não precisa de minha autorização, mas peço que, se possível, fique mais quinze dias por aqui. Gostaria que me ensinasse um pouco mais sobre os espíritos e ao meu povo sobre a cura. Uma caravana com suprimentos deve partir na mesma época, assim vocês não viajarão sozinhas.

— Está certo.

— Alguma de vocês têm um recado dos espíritos?

— Não — respondeu Jaciara.

— Eu tenho.

Amana tirou um lindo cristal perolado da bolsa, era um dos cristais da fundação da cidade. Abriu uma das mãos de Jaciara e entregou a ela:

— Este é seu, é diferente dos outros, seu brilho se reestabelece com as águas. Cuide muito bem dele, irmã. Quando estiver com ele, não permita que seu espírito se atormente, ele é um ser vivo e vai aprender muito sobre você e seu povo.

Assim que Jaciara o segurou, uma luz azul fosca emanou tanto do cristal quanto da mão dela. Depois, o mesmo brilho preencheu seu corpo e ela fechou os olhos, sentindo sua força. Ao abri-los, não estava mais na oca, estava sentada em uma pedra, no meio de um grande rio de águas calmas, de frente para uma cachoeira. Estava nua, tanto no corpo quanto na mente. O ar úmido tranquilizava sua alma, ela respirava profundamente e sentia cada gotícula de água.

De repente, ouviu em sua mente: “Você é minha cria, filha das águas, luz da Lua, abençoada desde o nascimento. Meu reino é sua herança, juntas, acalentaremos toda a vida. Seja meu corpo e eu serei sua alma, seja meus olhos enquanto divide minhas bênçãos. Barreiras jamais pararão a água da vida, pois o ventre sagrado sempre há de verter. Na Terra, é humana; em meu reino, é peixe. Separadas, somos nada; juntas, somos tudo".

Um espírito feito de água se manifestou para Jaciara, tinha o corpo, o cabelo e os véus que o cobriam líquidos. Caminhou na ponta dos pés, colocando-se na frente dela e, amorosamente, a abraçou. Pouco a pouco, tornaram-se um único ser. Em um impulso, Jaciara foi enviada de volta ao corpo. Acordou desorientada, olhava para os irmãos, que a seguravam, enquanto de seu cristal saía uma grande quantidade de água que molhou todo o chão da oca.

— Por um instante, achei que não pararia mais de sair água, que íamos morrer afogados — comentou Ubirajara assustado.

Amana olhou para Jaciara, sabendo o que havia ocorrido.

— Me desculpem, eu apaguei...

— Já vi essa história antes, irmã — disse Amana.

— Agora entendo como se sentiu.

Amana e Ubirajara ajudaram Jaciara a se levantar.

— Preciso de um descanso. Vou me retirar para dormir um pouco, com licença. — Meio cambaleante, Jaciara foi para a oca onde estava hospedada.

Amana tirou um cristal transparente e pontudo da bolsa e estendeu-o para Ubirajara. De dentro do cristal saíam haste douradas bem grossas. Era um belo cristal, parecia ter sido feito sob medida.

— Este é seu, irmão.

Ubirajara o apanhou e, automaticamente, fechou os olhos, estava pronto para sua viagem interior. Abriu um dos olhos e, para sua surpresa, viu Amana. Piscou mais forte, e não entendeu por que não estava funcionando.

— Aconteceu alguma coisa, irmão? — perguntou Amana risonha.

— Nada!

— Ainda não é a hora, cuide bem dele.

— Cuidarei — respondeu Ubirajara decepcionado.

— Irmão, preciso ir. Vou me encontrar com Agara, devo voltar pouco antes da Jaciara partir.

— Está bem para viajar? Mandarei um dos irmãos acompanhá-la.

— Aceito a oferta, não me demorarei por lá. Parto assim que as provisões estiverem prontas. Já nos despedimos por aqui, sei que você tem muita coisa para pôr em ordem. Grata por tudo.

— Que Tupã a acompanhe!

Amana e Ubirajara se despediram. Ubirajara foi dar atenção aos afazeres da tribo. Amana e o acompanhante partiram logo, pois a viagem, apesar de o terreno ser favorável e plano, era bem longa.

MORADA DO SOL
cidade dos encantos

A ferida do mal

CAPÍTULO 16

Assim que Ticê viu a mestra chegando cansada e desorientada, arrumou o local rapidamente para ela descansar. Jaciara se deitou e dormiu imediatamente. A jovem tocou algumas vezes na mestra, mas ela não acordava nem se mexia; então, preocupada, Ticê pegou algumas folhas, fez uns rezos e as distribuiu sobre Jaciara, pedindo que os encantados olhassem por ela. Ficou um tempo observando-a e, quando percebeu que ela estava melhor, menos esgotada, decidiu escapar para pôr em dia os assuntos com Xandoré, mas, ao sair da oca, foi surpreendida por ele.

— Estava indo encontrá-lo. Precisamos conversar.

Xandoré parecia mais alto e forte, estava sério e pálido.

— Venha, Ticê, quero mostrar uma coisa.

Adentraram a mata, enquanto ela contava o que havia acontecido dentro da caverna na Morada das Estrelas. Depois, tirou da bolsa o cristal furtado e mostrou para Xandoré, porém o cristal estava diferente, mais pontiagudo e de um tom negro esfumaçado. Ela ignorou o fato, poderia ser a sombra das árvores sobre ele.

— Por que você pegou uma coisa que não lhe pertencia?

— Também não sei, achei que os poderes místicos dos espíritos poderiam nos ajudar.

— Acha que pode funcionar?

— Não sei como, mas acho que sim.

Caminharam até um bambuzal perto do lago onde havia, no centro, uma gaiola. Sem entender, Ticê se aproximou até que viu o macaquinho de Porã. Um frio percorreu sua espinha.

— Está doido?! Devolve! Se descobrirem, ficaremos muito encrencados.

— Como você disse, peguei no intuito de nos ajudar.

— Vai fazer o quê? Pedir a liderança da tribo como resgate? Pense bem...

— Não, quero o menino. Com ele, podemos desestabilizar Ubirajara e forçar uma votação para a liderança.

— Não vai funcionar. Solte ele, pensaremos em algo.

— Deu muito trabalho para soltarmos tão fácil. Peça outra coisa.

— Estou tentando, mas nada que envolva o macaco.

Xandoré, muito bravo, se levantou para soltar o animal. Quando quebrou a parte de cima da gaiola, o animal, irado, investiu contra ele e os dois rolaram até a beira do lago, onde a luta continuou. O macaco arranhou e mordeu Xandoré várias vezes, e Ticê, sem saber o que fazer, se desesperou e correu na direção do conflito. Como estava desarmada, sem nada para bater no animal, enfiou a mão na bolsa e pegou a primeira coisa que achou. Não pensou duas vezes e cravou o cristal no animal, que urrou, se debateu e se contorceu, sofrendo com uma dor aguda. Xandoré, com raiva, chutou-o com toda força para dentro do lago.

— Está ficando louco? O que aconteceu aqui?

— Você não viu? Ele me atacou!

— Como você o pegou antes?

— Fiz uma armadilha e ele estava mais calmo.

Enquanto discutiam, surgiu um redemoinho no meio do lago e as águas ficaram totalmente negras. Xandoré, que antes estava esbravejando, virou os olhos, como se sua cabeça tivesse parado de funcionar, levantou-se e abriu a boca. Ticê gritou apavorada. Uma densa fumaça preta saiu do lago e envolveu Xandoré e entrou pela boca do rapaz, até ser consumida por completo. Ele caiu no chão.

Ticê, desnorteada, ficou inerte, olhando o moço caído. Quis se levantar, mas as pernas estavam bambas, engatinhou para perto e tocou de leve os pés dele, mas Xandoré continuava imóvel. Chegou ainda mais perto e balançou o peito dele, estava gelado, sem respiração. Ticê começou a chorar e a esbravejar, tinha a certeza de que ele estava morto. Levantou-se ainda fraca e começou a caminhar, pensando em como explicar o que aconteceu, quando ouviu um barulho atrás de si. Xandoré estava de costas para ela, movia o corpo lentamente e, a cada movimento, seus ossos estalavam, como se estivessem se reajustando ao corpo.

Ele levantou a cabeça de forma muito sombria e mexia o pescoço de um lado para o outro, estalando ainda mais; respirou profundamente e abriu os olhos fundos, com olheiras pesadíssimas. Apavorada, Ticê começou a correr. Correu o máximo que pôde, arfava e toda a força do corpo se consumia, mas queria chegar à tribo o quanto antes, estava com medo de tudo, principalmente do morto-vivo.

Assim que viu a luz da clareira, Ticê diminuiu o passo para respirar melhor, parecia que o coração sairia pela boca. Continuou caminhando, procurando se recuperar, até que passou por uma árvore e ouviu:

— Mulher, foi embora? Nem esperou que eu agradecesse.

Um calafrio percorreu a espinha de Ticê, que se virou e viu Xandoré encostado na árvore. "Como ele chegou aqui tão rápido? Vou morrer!", pensou. E caiu de joelhos esperando sua sentença.

— Por que essa cara assustada? Está com medo de mim?

O corpo era de Xandoré, mas a voz e as expressões, não.

— Quem é você?

— Sou a pessoa que tem muito a agradecê-la. Meu nome é Anhangá, sou a sombra deste mundo, a força de Trevas. E você é Ticê, estou certo?

— Sim. Como você...

— Tudo correu como o esperado, e você contribuiu muito para isso. Como posso agradecê-la?

— O que eu fiz?

— Vou explicar... por acaso você tem alguma coisa para comer aí?

Ticê lhe entregou uma goiaba que tinha na bolsa.

— Deliciosa! Enfim... você e Xandoré querem um mundo mais justo, onde os inteligentes prevaleçam sobre os fracos. Querem revolucionar as coisas, desejam ser respeitados, imaginam uma sociedade mais... digamos... organizada. Certo?

— Sim, queríamos.

— Não querem mais?

— Queremos.

— Então! Eu vim ajudar.

— Pretende matar todo mundo? Vai escravizar as pessoas?

— Eu?! Por que eu faria isso?

— Porque você é parte de Trevas, você é parte do mal.

— Quem disse isso?

— Minha mestra.

— Então, ensinaram errado a todos vocês. Sou um cara bom, mas acredito que somente as pessoas que se esforçam têm direito a uma vida boa.

— Também acho.

— E você é má?

— Não.

— Nem eu. Ajude-me a construir esse mundo e colocaremos vocês no topo.

— Sim! Quero ser líder ao lado de Xandoré. Quero ajudar as tribos, mas punirei com mais trabalho os preguiçosos.

— Exatamente. Pensamos igual.

— Mas isso não explica como você veio parar aqui.

— Ah, sim... Quando Xandoré estava com muita saudade de casa, pediu minha ajuda. Logicamente, ele não chamou meu nome, mas sou um bom ouvinte e o atendi.

— A cobra...

— Ela é uma mensageira, é meu bichinho — respondeu Anhangá rindo.

— Por que você está no corpo dele?

— Na verdade, eu estava preparando o corpo dele para que pudesse vir a este mundo.

— Ele está morto?

— É claro que não!

— Parecia...

— Não está. Quando vocês prenderam aquele macaco...

Ela o censurou com o olhar.

— Corrigindo: quando ELE pegou o macaco, vi uma boa oportunidade para vir a este mundo, mas precisava de uma força grande o suficiente, como a do...

— ...cristal?!

— Exatamente, menina esperta. Precisava do sangue de um inocente muito amado, o macaco... que a Mãe Terra o tenha... — disse cinicamente —; um portal, a água do lago; e alguém que abrigasse meu espírito, Xandoré. Entendeu?

— Então, nós libertamos você?

— Sim, e eu vou libertá-los das amarras injustas da sociedade. O que acha?

— Ainda não sei bem o que achar.

Anhangá colocou as mãos sobre os ombros dela e pediu:

— Vamos, me dê uma oportunidade. Tenho umas coisas interessantes para ensiná-la, coisas que sua mestra também não sabe.

— Mesmo?

— Claro! A minha função é deixá-la mais forte.

— Quero muito saber.

— Por exemplo...

Anhangá assoviou alto e forte. Houve um farfalhar de asas e um bando de urubus apareceu.

— O que foi isso?

— São meus amigos. A líder dos cristais está indo para os lobos?

— Não a vi, mas acho que sim. Era esse o combinado.

— Certo.

Usando uma língua que Ticê desconhecia, Anhangá deu algumas ordens para os animais, que levantaram voo em direção à Tribo dos Lobos Cinzentos.

— O que disse a eles?

— Que visitem a tribo e vejam se está tudo bem por lá.

— Sei...

Ele abriu um largo sorriso.

— Vamos ajeitar as coisas, em breve vocês serão os líderes daqui. Ainda está com o cristal?

— Sim, mas não vou entregá-lo a você.

— Nem posso tê-lo, é seu por direito, mas vou ensiná-la a usar, venha.

Anhangá e Ticê passaram a tarde conversando e trocando informações. Antes de partir, ela disse:

— Pelo que entendi, uma senhora chamada Jurema está criando uma cidade.

— Hum... também podemos criar uma cidade. O que acha?

— Não tem como, somos poucos.

— E se tomarmos a deles?

— Boa ideia!

— Pensarei em algo, preciso descansar um pouco agora. Deixarei Xandoré com você, tudo bem?

— Tudo bem. Obrigada!

— De nada, princesa! Ou deveria dizer "rainha"?

— "Rainha Ticê" combina bastante comigo, gostei — comentou rindo.

— Em breve, será chamada assim. Até mais!

Anhangá fechou os olhos e o corpo de Xandoré caiu de joelhos no chão. Ele, de repente, voltou ao corpo e, perdido, não sabia como tinha chegado ali.

— O macaco... O lago... Feridas... Sangue...

Ticê o abraçou e lhe deu água.

— Calma, está tudo bem. Vou explicar o que aconteceu.

— Entendeu?

— Não! De onde ele veio? Como vou tirá-lo de mim? Não chamei ninguém!

— Não sei o que houve, mas vejo a oportunidade de transformarmos as coisas a nosso favor, pois acho que ele tem poderes. Cadê seus machucados?

Xandoré olhou curioso para os braços e para o peito. De fato, não havia mais marcas nem dor, o espírito o havia curado.

— Anhangá me ensinou algumas habilidades com o cristal. Encontramos, finalmente, alguém para nos ajudar com a situação.

— Você perdeu o juízo.

— Pode até ser, mas logo estaremos na liderança e seremos loucos juntos.

Ticê beijou-lhe levemente os lábios, o moço corou e ouviu:

— Vamos descansar, temos muito o que planejar.

Os dois seguiram de volta à tribo. Estavam animados com a presença de Anhangá, mas não tinham noção das consequências que aquilo viria a causar.

Condutas e desvios

CAPÍTULO 17

Na Tribo dos Lobos Cinzentos, as coisas seguiam bem, como sempre. Apesar de o local ser mais frio, a aldeia conseguia sustentar--se sem percalços. Porém, o estoque de frutas e legumes estava baixo, e Agara decidiu sair para caçar com os lobos. Reuniu-se com a tribo e disse:

— Irmãos, como nossas reservas estão baixas, iremos caçar para alimentar nosso povo. Minha esposa, Teçá, cuidará da tribo até que voltemos, em dois dias ou menos. Permaneçam alertas.

Enquanto Agara preparava a lança e o arco, Teçá o abraçou e pediu:

— Por favor, tome cuidado!

— Sou Agara, o líder mais bravo! Nada temo e voltarei com muita comida para todos. E dos chifres dos animais farei coisas bonitas para você.

— Ó, guerreiro! Ó, mais bravo de todos, volte logo! — debochou Tiçá rindo.

Agara pegou uma pele de cervo, se cobriu e seguiu em direção à boca da mata, onde todos o aguardavam. Estava determinado e desejava que esse período passasse logo para iniciar o plantio.

Turuna, o lobo líder da matilha, ia à frente com outros lobos à sua volta. Logo atrás, Agara observava e seguia os animais. Caminhavam devagar para não afugentar possíveis presas, pretendiam ser certeiros. Como parte da manhã já havia passado e nenhum animal fora avistado, decidiram parar para comer e descansar um pouco, mas logo retomaram a caçada.

Dessa vez, Turuna começou caminhado mais rápido e, pouco a pouco, foi diminuindo o ritmo, como que se farejasse alguma coisa. Ele parou e levantou o focinho ao vento, os outros lobos ficaram alerta. Imediatamente, Agara ordenou que todos parassem e se ajoelhassem. O lobo olhou para a frente e começou a rastejar, os outros lobos correram em disparada, um para cada lado, cercando o espaço. Agara se aproximou de Turuna e sussurrou:

— Está aí na frente?

O lobo olhou para o homem e olhou para a frente de novo.

— Vamos!

Os guerreiros e o lobo dispararam até verem o animal: um cervo grande, de chifres compridos. Turuna acelerou e pulou sobre o cervo, o animal reagiu e fugiu rapidamente, mas outro lobo, que cercava o espaço e se escondia detrás de uma pedra, também avançou contra ele. Porém, o cervo deu um coice certeiro no lobo, tirando-lhe os sentidos. Agara e os guerreiros dispararam suas flechas, mas apenas uma acertou a coxa esquerda do cervo, que se enfiou no meio do mato. Turuna se aproximou do lobo caído, que tinha um corte na cabeça. Agara pediu que um dos irmãos examinasse o ferimento, mas os tranquilizou:

— Não se preocupem, ele ficará bem. Precisamos ir ou perderemos o rastro.

Turuna retomou o estado de alerta e seguiu no encalço do cervo. Agara, bem atrás, viu o rastro de sangue no chão e indicou que os lobos e os caçadores seguissem por ele. Dentro da mata, mesmo ferido, o cervo insistia em lutar pela vida, mas, devido à perda de sangue, encontrá-lo era questão de tempo.

Turuna parou repentinamente e começou a rosnar, indicava algo anormal. Agara pediu que todos ficassem ali, pois, de longe, avistou o animal cambaleando. Não pensou duas vezes e partiu com a lança empunhada.

Foi um grande erro. Do alto de uma das árvores, uma onça saltou. Agara caiu no chão, apontando a lança para a fera, que investiu sobre ele. Turuna correu para proteger o amigo e fincou as presas no dorso da onça, porém ela reagiu e mordeu a pata traseira do lobo, que tombou. A onça, então, deu uma patada forte e arranhou profundamente a perna de Agara, que urrou de dor. Os guerreiros chegaram atirando flechas e lanças contra a onça, que rugiu ferozmente e fugiu.

Os homens correram para amparar Agara. O corte profundo na perna fez com que ele perdesse muito sangue. Um caçador e outro lobo foram socorrer Turuna que, apesar dos furos na pata, já estava bem e lambia as feridas. Colocaram algumas ervas sobre o machucado do lobo, mas Agara precisaria de mais cuidados, uma de suas veias fora rompida. Pressionaram algumas folhas sobre a perna dele e decidiram levá-lo para onde estava o lobo desmaiado, apesar do tempo que levaria.

O caçador que cuidava do lobo desacordado acendeu a fogueira, esperando que os outros voltassem com a caça. Deixou o lobo se aquecendo ao lado da fogueira e foi buscar mais lenha para mantê-la acesa durante a noite.

De repente, uma fumaça escura surgiu e tomou a forma de um escorpião. O peçonhento caminhou até o lobo, picou-o próximo do abdômen e partiu da mesma forma como apareceu, em nuvem. Por conta do veneno, o lobo convulsionou de febre e dor, mas, repentinamente, parou de respirar e ficou gelado, nem a fogueira podia aquecê-lo. A vida o deixou.

O caçador voltou com a lenha e um coelho que havia caçado por ali. Colocou a lenha de lado e olhou para o lobo, mas não reparou em sua respiração.

Começou a preparar a caça, tirando a pele do coelho e espetando as partes desmembradas em galhos. O lobo fez um barulho e se levantou lentamente, os ossos estalavam como se estivessem quebrados ou desencaixados.

— Finalmente acordou, irmão, estava preocupado com você. Arrumei comida para a gente...

O lobo, espumando pela boca, saltou a fogueira e caiu sobre o caçador, abocanhando-lhe o pescoço. O homem tentava gritar, mas a traqueia esmagada não permitia. No mesmo instante, dois guerreiros, que vinham à frente preparar o local para receber o líder ferido, viram a cena e partiram com porretes e lanças sobre o animal, mas era tarde. O homem havia morrido. O lobo também não resistiu às investidas dos indígenas e morreu no local.

Agara, Turuna, os demais caçadores e o outro lobo chegaram, viram aquela cena pavorosa — os homens cobertos de sangue, segurando o lobo pelas patas, e o caçador morto no chão — e tiveram a impressão de que os caçadores haviam atacado o lobo. Turuna tomou posição de ataque e o outro lobo investiu contra os indígenas, que se defendiam como podiam. Um deles usou a lança, perfurando parte do tórax do animal. Agara segurou Turuna, não deixando o animal se mover.

— Acalme-se, irmão! Não é isso... tem alguma coisa errada.

Um caçador pegou uma tocha da fogueira e enfrentou os animais, tentando afastá-los. Os lobos fugiram para a floresta e, enquanto os homens recuperavam o fôlego, Agara desmaiou devido à perda de sangue. O líder da tribo foi rapidamente atendido, os caçadores decidiram cauterizar o machucado com o fogo e fechar a ferida com um emplastro de folhas anti-inflamatórias. Também lhe deram uma bebida feita de raízes, boa para dar força aos debilitados, e passaram a noite ali.

Na floresta, o lobo ferido no tórax arfava e pingava sangue, até que caiu, sem conseguir respirar. Turuna se deitou ao lado do irmão sem forças, desolado, e dormiu encostado ao corpo gélido do companheiro.

Turuna acordou com um farfalhar de asas e o barulho de algo sendo rasgado. Ao abrir os olhos, viu um bando de urubus — os mesmos enviados por Anhangá —, destroçando o finado companheiro. Turuna se levantou e rosnou para os pássaros, que olharam para ele, e continuaram comendo o lobo. Turuna se preparou para correr e atacar os pássaros, no entanto, ao tentar um primeiro movimento, sentiu uma forte dor na pata machucada e caiu, a inflamação tomava conta do membro e a febre o debilitava. O animal, cabisbaixo, permitiu que o desânimo o dominasse e aceitou seu destino, estava pronto para ser a próxima refeição.

Um estrondo ressoou pelo ar e depois ao lado de Turuna. O impacto fez as aves se assustarem e revoarem, as que insistiram em ficar, receberam golpes de porrete. O lobo firmou a visão turva e notou um pequeno homem espantando os carniceiros. Em seguida, ele se aproximou de Turuna, acariciou-o e disse:

— Descanse, estou aqui para ajudá-lo.

Turuna desmaiou. Ao recobrar os sentidos, estava ao lado de uma fogueira e do homem que o ajudou.

— Vejo que está melhor, irmão, o remédio está fazendo efeito. Sou Embaré.

Turuna tentou ficar de pé, mas ainda estava debilitado.

— Disse que estava melhor, não curado.

Ao olhar em volta, o lobo viu um monte de terra e sentiu o cheiro do amigo. A dor da perda lacerou sua alma, culpou-se por não ter protegido a família.

— Irmão, sinto sua dor, sinto sua perda, sinto sua alma chorando, ela pode falar comigo. Estou aqui por um motivo, quero reverter a situação, já tivemos muitas perdas. Minha tarefa é manter as coisas harmoniosas e equilibradas, mas uma guerra que não começamos está vindo. Não quero guerra, quero que a natureza siga seu curso em paz. Vou proteger a vida, as plantas, os animais, tudo o que vem da natureza. Nosso mundo era bom sem os humanos, quero isso de volta, mas sozinho não posso. Salvei você, porque sei que posso contar com sua força, o restante de sua família ainda está na tribo, vocês os serviram por tanto tempo, e hoje percebe que estiveram do lado errado o tempo todo. Ajude-me a resgatar a harmonia, permita que sua matilha tenha um bom lugar para viver.

Turuna sentiu que as palavras do estranho tinham sentido e que mereciam sua atenção pelo simples fato de ele tê-lo salvado. O lobo não tinha para onde ir, e resolveu dar uma chance para Embaré. Levantou-se e deu um uivo tão alto que ecoou pela floresta. Os lobos da tribo imediatamente se levantaram e correram, adentrando a floresta, nem os filhotes ficaram para trás. Todos os aldeãos estranharam, aquilo era algo sem precedentes.

Os caçadores que voltavam para a tribo também ouviram o uivo. Agara, que estava com eles, falou com lágrimas nos olhos:

— Perdi meu parceiro. Turuna se foi para sempre.

Sentiu que aquele era um uivo de despedida e de decepção.

Purificando a matilha

CAPÍTULO 18

Depois de dois dias de viagem, Amana chegou à Tribo dos Lobos Cinzentos. O céu estava nublado e o clima, úmido e frio. A hora do almoço estava próxima, mas não havia movimentação na tribo. Ninguém veio recebê-la, ela estranhou, e foi direto para a caverna. Lá, encontrou um guerreiro perto da fogueira se aquecendo e cuidando da entrada. Ao ver Amana e o acompanhante, ele rapidamente se levantou e apontou a lança, ambos levantaram as mãos, mostrando que estavam desarmados.

— Quem são vocês?

— Meu nome é Amana, vim...

— O que querem? — interrompeu o guerreiro.

— Fui enviada por Ubirajara. Tenho assuntos a tratar com Agara.

— Pedirei autorização para vocês entrarem. Esperem aí.

— Por que está tão agressivo? Podemos esperar próximos da fogueira?

— Vocês esperam aí!

Os dois continuavam com as mãos levantadas. Teçá ouviu a discussão e correu para ver o que acontecia na entrada.

— Abaixe a lança! — ela gritou.

A sentinela obedeceu.

— Irmã Amana, perdão pela má recepção. Seja bem-vinda.

— Teçá, quanto tempo!

Abraçaram-se e a anfitriã a fez entrar rápido por conta do frio. Depois, dirigindo-se ao indígena:

— Continue guardando a entrada, qualquer movimentação estranha, avise.

— Sim, senhora!

— O que está acontecendo? — perguntou Amana.

— Tivemos um problema muito sério. Agara está em repouso, foi ferido em uma caçada.

— É grave?

— Sim, mas, aparentemente, está estável.

— Quando foi isso?

— Há dois dias.

— Onde estão os lobos?

— Pois é... essa é outra parte do problema.

Teçá levou Amana até Agara. Ele estava deitado, ainda se recuperando.

— Amana! Seja bem-vinda, irmã. Muito frio?

— Como está, irmão?

— Estou me recuperando... o destino me pegou de jeito.

— Eu achava que você era o maior guerreiro de todos — disse Aman rindo.

— Pelo jeito, tenho fraquezas...

— O que aconteceu?

Agara contou tudo para Amana, desde a caçada até o abandono de Turuna e da matilha. Amana ficou surpresa com toda a história.

— Não sei por que o lobo atacou o guerreiro da tribo. Os irmãos me contaram que reagiram na tentativa de defendê-lo, mas não tive como mostrar isso para Turuna. Ele achou que nós nos voltamos contra eles, por isso foi embora — confessou, chorando mais uma vez.

— Não fique assim, ele voltará! Não se preocupe.

— Turuna chamou a matilha para a mata, não acredito que volte. Pedi que os caçadores fossem à mata em busca de mais comida e que procurassem por eles. Devem voltar em breve. O que a traz à nossa tribo?

— Ubirajara me mandou, estou aqui para pedir sua ajuda.

— Não sei se posso ajudar. Como vê, estou muito debilitado.

— Os espíritos estão precisando de nós, e pediram que nos reuníssemos.

— Espíritos?!

— Sim.

Amana explicou toda a situação para Agara.

— Irmã, se chegasse na tribo há cinco dias, eu riria dos motivos que a trouxeram aqui. Pensava que a bravura era tudo na vida, mas olhe para mim agora, um bravo ferido em seu leito. Depois de tudo o que aconteceu, tenho a certeza de que as coisas não estão normais. Os espíritos podem fazer coisas ruins?

— Alguns deles, sim, principalmente os das trevas. Por que a pergunta?

— Em todos estes anos, desde que chegamos aqui, os lobos sempre foram leais a nós, e nós a eles. Eles nunca foram agressivos conosco, por que aquele lobo mataria um caçador?

— Também não sei explicar. Notou algo diferente antes de sair para a caçada?

— Não. Turuna sempre foi o termômetro da matilha e, sinceramente, não notei qualquer alteração.

— Então, talvez tenha sido algo que aconteceu fora da tribo.

— Sim, tivemos um acidente durante a caçada. O lobo que atacou o guerreiro havia tomado um coice da corça que caçávamos e perdeu os sentidos. O caçador cuidou dele até voltarmos. O que me intriga é que, antes de defendermos o irmão do ataque, o lobo não tinha marcas de luta; logo, não havia sido atacado pelo homem.

— Por que ele faria isso, então?

— Nossos laços eram muito estreitos, nossas comunidades aprenderam a conviver, e uma traição seria fatal. Foi o que aconteceu. Isso nos prejudicou demais.

— Irmão, onde está o corpo do lobo que atacou o caçador?

— Enterramos. Está a alguns metros daqui, por quê?

— Posso vê-lo?

— Quer ver um lobo morto?

— Sim.

— Não compreendo, mas tudo bem. Sua opinião será de um ponto de vista diferente dos nossos. Vou pedir que tragam o corpo dele aqui.

— Agradeço a confiança.

— Sou eu que agradece a gentileza em ajudar. Diga-me, depois de tudo o que me contou, por que precisa de mim?

— Uma coisa por vez. Na verdade, acho que está tudo interligado.

— Certo, acomode-se. Teçá está preparando um chá para aquecê-la. Os caçadores logo chegarão com a comida.

Agara pediu que dois guerreiros buscassem o corpo do lobo. Mesmo achando que seria um mau agouro, eles obedeceram. Voltaram algum tempo depois e deixaram o corpo do animal perto da fogueira.

— Está aí, irmã.

Em boa parte do tórax, o lobo tinha marcas de perfurações das lanças, a decomposição já havia iniciado e ele estava coberto de terra. Amana jogou diversos vasos d'água no animal a fim de retirar as camadas endurecidas de sangue e terra. Ela procurava por algo que também não sabia o que era. As perfurações estavam concentradas próximas do pescoço e da cabeça e os pelos eram muito espessos, o que dificultava encontrar alguma coisa. Amana virou o lobo de lado e, próxima do abdômen, viu uma grande mancha roxa.

— O que é isso, Agara? Foi da caçada?

Agara olhou o local mais de perto, analisou o ferimento e viu que havia uma picada no centro.

— Isso é veneno! — ele exclamou.

— O animal foi envenenado.

Amana mexeu na bolsa, tirou de dentro um cristal alaranjado do tamanho de um punho, com diversas pontas em formato de presas, e o entregou para Agara.

— O que eu faço com isso?

— Pegue-o.

Quando Agara segurou o cristal, uma forte luz saiu do centro, aquecendo todo o ambiente, e o mais surpreendente estava por vir: o lobo, antes morto, começou a se contorcer e a espumar. A luz parecia ter devolvido a vida a ele, mas, ao mesmo tempo, parecia incomodá-lo muito. A situação tomou uma proporção tão grande que o animal ficou de pé. Rosnando, o lobo se projetou contra Agara e o mordeu no braço.

No mesmo instante, Agara foi projetado para o mundo dos espíritos e lá ele encontrou o mesmo lobo. Apertou o focinho do animal contra o braço e disse:

— Você, depois de adulto, está perdendo sua essência? Parece uma fera descontrolada, se esqueceu de que sou seu irmão?

Agara se levantou e deu um chute no peito do lobo, que foi lançado para trás com força. O animal virou-se de novo para Agara e rosnou.

— Essa briga acaba aqui! Você sairá desta vida limpo. Sou o mais forte dos guerreiros, venha se encontrar com seu destino!

O lobo, mais uma vez, se lançou sobre Agara, que caiu no chão, mas isso era o que ele queria. Uma força descomunal surgiu em Agara, como se alguém o guiasse, com a mão esquerda, ele segurou a boca da fera e enfiou a mão direita até o estômago do bicho. O lobo se contorcia e tentava fugir da investida, mas com ainda mais força, o guerreiro virou o animal de bruços e passou a segurá-lo pelo pescoço, procurando por algo na barriga do lobo. Quando encontrou, retirou uma massa disforme de dentro dele e soltou o animal, que permaneceu imóvel, atento à massa gosmenta que tomava forma. Um escorpião saiu da massa, investindo contra Agara, que em um gesto rápido, segurou-lhe o ferrão.

— Você veio corromper a minha família, tirar meus irmãos de mim, trazer tristeza e avareza! Você é um animal imundo e profano, mas aqui não tem poder!

Apertou o escorpião com muita força, despedaçando-o completamente, e os restos do peçonhento se transformaram em fumaça.

O lobo foi tomando sua coloração natural e, pouco a pouco, foi voltando à forma de filhote.

— Você não tem culpa, meu irmão. Volte para sua família no mundo dos espíritos. Obrigado por tudo!

O filhote lambeu o líder.

De volta ao corpo, Agara ainda estava sendo atacado. Ele apontou o cristal para o abdômen do lobo e uma fumaça negra, drenada pelo cristal, saiu da ferida. O lobo caiu desfalecido, a alma estava liberta e o corpo podia ser devolvido à natureza.

— Agara, você está bem?

— Sim, estou.

Agara estava sério, com a postura diferente, tinha amadurecido muitos anos em questão de minutos.

— Agara, o que aconteceu com o lobo...

— Eu vi, estava em um lugar... não sei dizer onde... uma força tomou conta de mim e, lá, eu curei o lobo. Da mesma forma, consegui curá-lo aqui. Trevas, da qual você falou, faz isso com outras tribos, pessoas e animais?

— Sim, ela se alimenta do que não é bom.

Agara se levantou em um salto do chão.

— Agara! — gritaram Amana e Teçá, preocupadas com os ferimentos dele.

Ele olhou para as mãos e os ferimentos estavam cicatrizados.

— Está tudo bem, temos muito o que fazer. Volto logo!

Pegou o corpo do lobo e o jogou sobre o ombro. Apanhou a lança e seguiu para a mata. Ninguém ousou detê-lo.

— Amana, o que aconteceu com meu marido?

— Ele acordou mais rápido do que eu imaginava.

— Ele foi embora?

Amana ficou em silêncio.

Muitas horas se passaram, já era noite quando, na mata, ouviu-se um barulho e passos. Agara estava de volta, sujo de sangue e terra, puxando pelos chifres a corça que havia caçado dias antes. A sentinela da caverna, boquiaberta, ouviu o líder:

— Levante-se e dê de comer ao nosso povo.

Teçá correu e abraçou o marido.

— Você está ferido? O que foi fazer? Ficou louco?

— Está tudo bem. Fui terminar o que começamos.

— Podemos contar com sua ajuda?

— Sim, Amana. Na verdade, preciso de um favor seu, quero que acompanhe toda a minha tribo para a Morada do Sol.

— Não compreendo...

— Devolveremos estas terras a seus donos, os lobos.

MORADA DO SOL
cidade dos encantos

Abrindo caminhos

CAPÍTULO 19

A caravana estava pronta para partir, os aldeãos recolheram tudo o que podiam. Alguns caçadores iriam à frente, avaliando os caminhos, e o restante, atrás, zelando por toda a tribo. Antes de iniciarem a viagem, Agara disse:

— Boa viagem a todos!

— Você não vem? — perguntou Teçá.

— Antes, vou achar Turuna e devolver o que é dele. Encontro com vocês lá.

— Cuide-se, irmão, volte inteiro — falou Amana.

— Não se preocupe, cuide bem de minha família. Logo nos encontraremos, ainda temos muito o que conversar.

Agara não olhou para trás. Não entendia bem o que estava acontecendo consigo, mas tinha a certeza de que uma força o guiava, algo o movia e lhe dava mais vontade, como um rio interno de vigor e coragem. Instinto, sabedoria e razão se misturavam dentro de Agara, ele já não era uma força maciça descontrolada, suas emoções e pensamentos estavam organizados, já não tinha pressa ou ansiedade. O cristal funcionou como uma chave, abrindo todo o seu potencial interno.

Ele seguiu pela floresta em busca dos lobos, o que não farejava, o instinto guiava. No meio da mata, achou um punhado de pelos e sentiu cheiro de sangue, estava na trilha certa, porque o cheiro dos lobos ficava cada vez mais forte. No entanto, havia um cheiro diferente misturado ao deles que ele não podia decifrar.

Parou em um pequeno córrego para descansar e saciar a sede, quando se abaixou e levou a mão à água, ouviu um estalo de galhos no chão. Imediatamente, colocou a mão sobre a lança e virou-se para onde vinha o som, era um dos lobos que o observava. Enquanto o lobo corria para dentro da mata, Agara se pôs de pé e, sem titubear, perseguiu o animal.

Foi uma longa caminhada, mas ele sabia que poderia ser sua única chance, pois o animal retornava à matilha, e lá ele encontraria Turuna. Enfim, o lobo chegou perto de uma clareira, cheia de rochas planas, onde todos os lobos estavam. Agara abaixou a lança, não queria conflito. Seus olhos, buscando por Turuna, o encontraram ao lado de um homem. Ele não compreendia a situação, mas soube naquele momento de quem era o cheiro que não conseguira identificar.

Aproximou-se de Turuna, porém, quando chegou mais perto, todos os lobos rosnaram para ele. Ainda assim, ele tentou falar:

— Turuna, eu vim aqui...

Os rosnados se intensificaram.

— Parece que os lobos estão meio bravos, não acha?

— Quem é você? O que fez com eles?

— Sou Embaré. Não fiz nada, pelo que sei, foi você e seu povo que fizeram.

— Turuna, não foi isso que aconteceu! Vim explicar...

Turuna se levantou e se deitou do lado de Embaré.

"Quem é esse homem? Por que Turuna está tão calmo perto dele?", pensou Agara.

— Parece que ele não o reconhece mais, Agara.

— Como sabe meu nome? Que feitiço é esse que jogou em Turuna?

— Não há feitiço, apenas sinceridade. Já ouviu falar?

— Eu amo Turuna. Ele é meu irmão!

— E, mesmo assim, atacou sua família?

— Não foi isso que aconteceu! — retrucou furioso.

Os lobos voltaram a rosnar.

— Agara, você e sua raça estragam este mundo. Minha função é manter as coisas em ordem, porém, a cada dia, percebo que vocês que são os mais desordeiros. Cuidei de Turuna, mas a ferida aberta por vocês dificilmente irá se curar. Ele está livre para fazer o que quiser, mas achou que aqui é o melhor lugar para a matilha. Vá embora, você já causou muitos problemas.

— Turuna, uma força sombria fez seu irmão atacar os caçadores, um escorpião negro em forma de fumaça o picou.

Por alguns instantes, Embaré deixou o desdém de lado e começou a prestar mais atenção no que Agara dizia.

— O veneno do escorpião deixou o lobo fora de si e ele atacou o caçador no intuito de matá-lo.

— Como pode dizer isso? Você não estava lá.

— Não estava, mas, graças à pedra com presas, pude ver a alma do lobo, vi tudo o que aconteceu e lhe dei o descanso merecido.

— Como era esse escorpião?

— Era feito de uma fumaça preta, picou o lobo na barriga. A febre consumiu o corpo dele, o fez espumar pela boca e ficar completamente fora de si.

Embaré parou alguns instantes, refletindo sobre as informações.

— Turuna, não estou aqui para levá-lo de volta à tribo. Quero que volte para seu lar, a caverna pertence à matilha, os lobos antes de você a encontraram. Peço perdão pelo que aconteceu, sinceramente, não gostaria que fosse assim, mas também percebo que as coisas são como devem ser, e vocês precisam de seu espaço. A tribo viveu muito tempo sob a proteção da matilha, está na hora de crescermos e colocarmos em prática o que nos ensinaram.

Turuna se levantou e olhou para Embaré.

— Acho uma proposta razoável. Vai aceitar?

O lobo uivou e caminhou até o líder da tribo. Agara abaixou-se em reverência e tocaram a cabeça um do outro.

— Perdão, meu irmão, sabe que nunca o machucaria, fomos enganados por essa força e agora precisamos nos separar. Em minhas veias, corre o sangue de sua família, sou meio lobo e sempre serei — disse Agara entre lágrimas.

Turuna lambeu o amigo.

— Comovente — falou Embaré.

— Turuna, permite que o acompanhe de volta à caverna?

Turuna olhou para a matilha e uivou de forma forte e determinada.

— Vejo que reconquistou a confiança dos lobos, Agara.

— Não posso ter reconquistado o que nunca perdi. Somente os traidores pedem outra chance, e esse mal eu não cometi.

— Pois bem, vamos andando.

— Você vai nos acompanhar?

— Claro! Devo manter os lobos em segurança. Um humano, caminhando com eles, pode ser desastroso — falou Embaré, acendendo o cachimbo.

Agara não gostava daquele homem, mas sentia que lhe devia algum respeito, pois ele havia curado Turuna.

Seguiram viagem: Turuna e Agara na frente, os outros lobos no meio e Embaré atrás. Ele ainda estava muito incomodado com as palavras de Agara: "E se não foram os humanos que criaram os problemas? Esse veneno tem cara de magia, uma que perturbou o lobo. Somente um espírito negativo teria condições de criar esse tipo de veneno em terra. Mas quem?", indagava-se.

Ao mesmo tempo, Embaré estava confuso e atento. Era imparcial, mas aquela guerra estava afetando a natureza, e ele teria de agir. Observava Turuna e Agara durante o percurso, queria saber até quando a paz e a harmonia durariam, achava a relação dos homens muito sensível, abalavam-se com facilidade. Se um dia ele tivesse de escolher um lado, seria o dele próprio e o da natureza, esperava que tudo se resolvesse sem interferir, mas, caso fosse necessário, ele atuaria.

Chegaram à caverna. Agara sabia que os lobos estariam com fome, por isso havia deixado uma anta recém-caçada à espera deles. Enquanto se alimentavam, Embaré entrou na caverna acompanhado de Agara.

— O que aconteceu aqui?

— Não entendi. Como assim?

— Sinto uma energia de conflito.

— O lobo que foi picado pelo escorpião acordou e me atacou.

— Vejamos...

Embaré acendeu o cachimbo e começou a soltar tanta fumaça que, em pouco tempo, encheu o local, inebriando a visão de todos. Quando a fumaça começou a dissipar, Agara tomou um susto, estavam na visão que ele tivera dias atrás. Estava se vendo sob o lobo, a cena estava congelada no momento que o lobo o mordia no braço. Com os olhos arregalados, Agara tentava entender como havia parado ali outra vez e, principalmente, como o tempo fora congelado.

— Parece que você diz a verdade. Foi aqui que você lutou com o lobo?

— Quem é você?! — Agara perguntou surpreso.

— Embaré. Este é o lobo que foi picado? Como sabe do veneno?

— Depois que ele me atacou, o cristal revelou o ferimento e o veneno.

— Foi depois disso, então?

— Sim, foi.

Embaré levantou a mão na altura da cabeça e a cena prosseguiu. Notando que o embate seria longo, girou a mão e o tempo acelerou até o momento em que Agara viu o ferimento do animal. Virou novamente a mão e o tempo parou de novo.

— Como você mexe com o cristal?

— Não estou mexendo com o cristal, estou em suas memórias.

Caminhando até o lobo, Embaré viu o ferimento e o veneno do animal.

— Você sabe quem fez isso? — perguntou Embaré nervoso.

— Não, mas Amana disse algo sobre espíritos ruins, acredito que tenha sido um deles.

— Essa briga não é minha — Embaré falou, acendendo novamente o cachimbo —, mas, quando prejudicam inocentes, tenho a obrigação de interferir. Termine de se despedir dos lobos e parta, não quero considerá-lo inimigo também.

Embaré soprou uma grande quantidade de fumaça no rosto de Agara, que começou a tossir e a se sufocar. Abanava com as mãos, tentando melhorar a visão. Assim que recobrou o fôlego, percebeu que estava de volta na caverna, mas sem a presença de Embaré.

Terminou de recolher suas coisas e se despediu de Turuna:

— Adeus, meu irmão. Obrigado por tudo!

E, com lágrimas nos olhos, partiu. Ainda que soubesse que aquilo era o certo a ser feito, sentia como se estivesse abandonando um pedaço seu. Por muito tempo, escutou os uivos de tristeza, uma prova de que os lobos sentiam o mesmo.

Perdas e tristezas

CAPÍTULO 20

Na Morada do Sol, o clima estava tenso. Após o sumiço do macaco, Porã, filho de Ubirajara, ficou muito doente. Jaciara cuidava do menino, mas a febre emocional não passava, e o pequeno delirava chamando o animal. Se a questão fosse sobre outros mundos ou sobre ervas e fumaças, seria mais fácil; mas era o espírito do menino que estava doente, sentia-se mal por não saber o que havia acontecido com o amigo, queria procurá-lo. Toda a tribo, comovida com a situação, procurou pelo macaco sem sucesso. Porã não comeu nem bebeu por quatro dias, tinha olheiras, estava muito debilitado e chorava demais. Ubirajara não sabia mais o que fazer.

Durante esse período, Amana retornou à tribo com mais de trinta indígenas da Tribo dos Lobos Cinzentos. Para sua surpresa, não foi Ubirajara quem, como sempre, a recebeu, mas Jaciara.

— Bem-vinda, irmã.

Logo, Amana notou que havia algo errado.

— Obrigada, o que está acontecendo? Onde está Ubirajara?

— Porã está muito doente, Ubirajara e Bartira estão cuidando dele. Pouco depois de sua partida, o macaco do menino sumiu.

Desde então, a saúde dele vem se fragilizado cada dia mais. O que a Tribo dos Lobos Cinzentos está fazendo aqui?

— Bem...

Jaciara reencontrou Teçá e elas se abraçaram longamente.

— Que saudade, irmã! Como estão as coisas? Como está Agara?

— Nada bem... as coisas se complicaram e, agora, estamos sem casa.

— Como assim?!

— Teremos tempo para conversar depois. Agora, precisamos arrumar um lugar para a Tribo dos Lobos Cinzentos, mas não devemos incomodar Ubirajara, ele está muito ocupado com a família — interrompeu Amana.

— Onde está Agara? — perguntou Jaciara.

— Está resolvendo questões importantes, deve chegar em breve.

— Tibiriçá está aqui faz dois dias, está esperando Ubirajara lidar com os problemas do menino para conversarem.

— Tudo tem se complicado demais, dizem que Trevas se move nas sombras, mas está tão densa que quase posso tocá-la — comentou Amana.

— O jeito é auxiliar Ubirajara e esperar pela recuperação do menino.

Ticê e Xandoré estavam do outro lado da tribo, sentados sob um pé de goiabeira, imersos em seus planos.

— Quando você for o líder, o que pretende fazer pela tribo?

— Colocar os preguiçosos e os burros para trabalhar dobrado. Quem sabe isso não os estimule a servir melhor este mundo.

— Rá, rá, rá! Você me parece um jovem muito impulsivo — debochou Ticê. — Eu só queria que seguissem minhas ordens, sei o que é melhor para a tribo. Se reconhecessem isso, já ficaria satisfeita. Afinal, sou uma das mulheres mais lindas daqui, e dificilmente alguém não se apaixonaria por mim.

— Ainda estou pensando se será líder ao meu lado.

Contrariada, Ticê se levantou e chutou a perna do moço.

— Como é?!

— Você tem tudo o que precisa, não precisa de mim. Lute por suas conquistas.

— Você não merece ser líder, pois, se fosse inteligente, saberia que a tribo precisa de um líder bravo como você. Quando alguém não me obedecer, sua voz ecoará as ordens por toda a tribo. Não deixe sua esposa exposta sem um pulso firme.

— Ou seja: serei líder para servir você? É isso?

— Eu o amo, eu que o sirvo. Meu sonho é tê-lo como o meu guerreiro.

Ticê se abaixou e lhe deu um longo beijo.

— Sua inteligência serve apenas para lhe tirar de situações ruins, Ticê.

— E para que mais eu iria querê-la? O resto depende de sua força e de seus impulsos.

Ambos riram.

— Ouvi dizer que o menino está mal, com a alma doente — disse Xandoré.

— Devido ao sumiço do macaco, isso o deixou arrasado. Mal sabe o trágico fim do animal.

— Devíamos aproveitar este momento e tirar Ubirajara da liderança.

— Concordo, mas como? O único modo seria se...

— Se...

— Preciso de ajuda.

— Diga, eu a ajudo.

— Você não pode, Xandoré, mas ele pode.

— "Ele" quem?

De repente, Xandoré entrou em transe e o corpo voltou a estalar. Novamente, Anhangá se fez presente. E, com a voz sinistra, falou:

— Aqui dentro é muito apertado.

— Nunca me acostumarei com isso — disse Ticê com cara de susto e nojo.

— Como posso ser útil, princesa Ticê?

— Com uma informação. Quando a pessoa está sonhando, você pode se comunicar com ela?

— Algumas vezes... por quê?

— Tenho um serviço para você.

Rindo, Ticê explicava o plano para Anhangá.

Pesadelos que marcam a vida

CAPÍTULO 21

Ubirajara e Bartira revezavam-se cuidando do filho a noite toda. Estavam muito preocupados, pois tinham dado a Porã todos os remédios que conheciam. Ubirajara estava revoltado e se cobrava por tudo o que estava acontecendo. Chorou enquanto olhava o filho, que dormia febril. Bartira abraçou forte o marido, tentando acalentar seu pranto, e acabaram dormindo abraçados.

O menino teve uma noite agitada. No mundo dos sonhos, algo acontecia. Entristecido, estava sentado de frente às cinzas de uma fogueira. Cutucava com um pequeno graveto a brasa restante, em busca de chispas que se encandeciam no ar. A fogueira representava sua própria vida, que um dia se queimou em alegria e agora se apagava em tristeza. Estava sem forças, o espírito e a mente estavam devastados e, apesar de o macaco ser o principal motivo da melancolia, os pensamentos de Porã estavam sobrecarregados, direcionando-o para uma futura liderança que ele não desejava, mas, ao mesmo tempo, não queria desapontar a família e a tribo. Estava perdendo a coragem, infeliz com as próprias decisões.

Enquanto insistia em revirar a fogueira, um homem apareceu e sentou-se ao lado de Porã. Ele ignorou e continuou revirando as cinzas. O homem, com gestos delicados e falando baixo, disse:

— Olá, jovem guerreiro. Posso me sentar aqui?

O menino não respondeu, a presença do homem lhe era indiferente.

— Pois bem, me sentarei, então. Por que está aqui?

Porã continuou mudo, perdera a capacidade de se expressar.

— Hum, o menino é mudo? Que coisa estranha... é o segundo ser mudo que encontro hoje.

O menino continuou focado nas brasas.

— Mas um macaquinho mudo é bem esquisito.

Porã parou imediatamente o que estava fazendo, estático, sequer respirava.

— Ele era muito bonitinho, mas tão triste quanto o menino. Ia pedir sua ajuda para libertá-lo da gaiola, mas vejo que está ocupado. Passar bem, pequeno guerreiro!

O homem se levantou, bateu a poeira do corpo e começou a caminhar. Mal dera dois passos e Porã reagiu:

— Onde viu o macaco?

— Você fala?

— O macaco, onde você viu?

— O local é perigoso, é melhor que eu vá com você.

— Onde?

— Acalme-se, jovem guerreiro. Eu o vi na parte de cima de sua tribo, estava preso, no meio de algumas moitas, do lado direito do lago. Sabe onde fica?

— Sim, sei.

— Vou ajudá-lo...

— Vou sozinho buscar meu amigo. Obrigado pela ajuda.

— Como preferir, jovem guerreiro.

Porã acordou com a certeza de que não fora apenas um sonho. Como todos à sua volta dormiam, ele se levantou silenciosamente, pegou a sacola e se dirigiu à floresta. Já tinha visto aquele lago, sabia onde ficava, já tinha brincado com os amigos lá. Sentia-se um pouco mais animado, não sabia se devido ao sonho ou à possibilidade de ficar são novamente. Caminhou por algum tempo, chegou ao lago e começou a revirar as moitas do entorno. Não havia percebido que Ticê o espreitava desde a tribo, aguardando o momento para agir.

Quando Porã chegou a uma moita, percebeu que, realmente, havia uma gaiola quebrada com algumas cordas soltas e umas pegadas no chão. Quando ele se dirigia para a margem, foi surpreendido por uma voz:

— Oi, menininho, não está muito cedo para andar por aqui sozinho?

— Já a vi na tribo, veio com a curandeira. Por que está aqui? Cadê meu amigo?

— Não tenho boas notícias para você...

— Cadê meu amigo?! Você fez mal a ele?

— Eu? Por que eu faria alguma coisa com ele?

— Não sei, mas sei que o prendeu aqui, ele nunca se afasta da tribo. Devolva!

— Menino, seja mais educado... está me acusando sem saber.

— Você é má, eu sinto. Devolva meu amigo!

— Pois bem, seu malcriado, seu amigo não está aqui. Vi uma onça levando-o pendurado na boca.

— Mentira! — falou Porã chorando.

— Você está vendo algum macaco aqui?

— Você pegou o meu amigo, devolva!

O menino avançou contra Ticê e, a princípio, a moça achou aquilo divertido. Porã agarrou Ticê e, então, ela passou a vê-lo não como uma criança, mas como um pequeno guerreiro disposto a dar a vida pelo amigo. Ele apertou o pescoço de Ticê, a falta de ar e o impacto da investida a jogaram no chão. Porã gritava e arranhava o rosto da moça com tudo o que podia, ela tentava se esquivar, mas a mão dele apertava o pescoço dela cada vez mais. Ticê perdera completamente o controle da situação, estava ensanguentada e perdendo os sentidos, até que um chute acertou o queixo do menino e o jogou longe.

— Eu avisei que esse garoto daria trabalho. Você está bem? — perguntou Xandoré.

Ticê ainda estava voltando à consciência, ofegante e com muitas dores.

— Vejo que não posso contar com sua ajuda agora — falou Xandoré, vendo o menino se levantar.

Porã pegou uma faca muito afiada, feita de lascas de pedra, na sacola, estava pronto para definir a batalha e resgatar o amigo. Correu na direção de Xandoré, gritando como um verdadeiro guerreiro.

"O que eu faço?", questionou-se Xandoré, mas, no mesmo instante, foi tomado pela força de Anhangá. Quando o menino se aproximou, Anhangá o segurou pelo pescoço e jogou-o contra o chão.

— Está nervoso, menino?

Depois, tomou-lhe a faca e perfurou a lateral do tórax do menino, diretamente no pulmão.

— Sem ar, você ficará mais calmo.

Porã começou a engasgar e a cuspir sangue, mal conseguia respirar, e o desespero o dominou por completo.

— O problema nunca foi você, mas precisávamos de alguém para desestabilizar a tribo, e chegamos à conclusão de que Ubirajara era nosso alvo. Não tínhamos a intenção de matá-lo, queríamos que ficasse um tempo fora de nosso caminho, mas acho que você é uma perda necessária para o êxito de nossos planos. Mas não se preocupe, devolverei seu amigo para você.

Anhangá caminhou até o rio, recolheu o corpo em decomposição do macaco e o jogou em cima do menino. Lágrimas escorriam, enquanto Porã se afogava no próprio sangue.

— Esta cena, cheia de dor e sentimentos, é arte! Vou considerar sua força e lhe dar um fim mais digno.

Anhangá pisou o pescoço do menino e o sufocou até que ele desfalecesse.

— Seria um bom guerreiro ao nosso lado, mas nem sempre as coisas são como quero, uma pena.

Anhangá foi ao encontro de Ticê e jogou um pouco de água sobre o rosto da moça, enquanto balbuciava algumas palavras. O sangue parou de correr e parte das feridas se fecharam.

Concentrado na cura da jovem, Anhangá não percebeu um guerreiro à espreita que testemunhou o assassinato de Porã. No entanto, Ticê, quando virou o rosto para o lado, viu o homem pular da árvore, preparando-se para correr para a floresta. A moça tocou a coxa de Anhangá e apontou para o guerreiro.

— Não posso cuidar de você e daquele rato da tribo ao mesmo tempo. Sinto muito, volto assim que puder.

Da boca de Anhangá saiu uma fumaça preta fluindo na direção do indígena, que correu. Para trás, restou apenas o corpo desmaiado de Xandoré e Ticê ferida.

Sem olhar para trás, o guerreiro correu com uma velocidade descomunal. Precisava informar a tribo sobre o que acontecera. Ubirajara tinha de saber que o filho fora assassinado por Xandoré. Tirando fôlego do fundo da alma, corria, pulava pedras e raízes e desviava de córregos e árvores como uma flecha. Infelizmente, o duelo entre deuses e mortais é desproporcional. Anhangá se manifestou como uma cobra e se escondeu entre as raízes de uma árvore. Quando o guerreiro pulou, Anhangá projetou a boca com toda a força contra o tornozelo do homem, que caiu. Anhangá expeliu uma dose de veneno letal para o homem e, enquanto esperava o destino se cumprir, tomou a forma humana e, entre gargalhadas, disse:

— O que houve? Gosta de espreitar? Parece que a cobra mordeu o rato.

De repente, algo lhe chamou a atenção: um sapo de uns doze dedos de tamanho caiu sobre o peito do guerreiro. Seu coaxar era estridente, ensurdecedor, tão forte que tirou a consciência do moribundo. O som do animal parecia mexer com a pressão do ar e começou a incomodar Anhangá profundamente, fazendo-o, pouco a pouco, perder a força. Ele se levantou, pegou um galho grosso de árvore e correu para matar o sapo. Porém, uma mão o segurou pelo ombro.

— Além de matar macacos e crianças inocentes, também gosta de envenenar guerreiros e bater em sapos? São muitos crimes, mesmo para um ser podre como você!

Anhangá, sem querer saber quem lhe falava, girou o porrete na direção da voz com toda a força e, para sua surpresa, uma pequena mulher se abaixou com muita destreza. Anhangá ficou imóvel por alguns instantes, tempo suficiente para que ela pulasse sobre ele e fincasse as unhas em suas costas. Anhangá reagiu e a pegou pelo tornozelo, mas a pequena era tão escorregadia que deslizou facilmente, escapando-lhe das mãos e caindo ao lado do guerreiro.

— Xô, podre! Deixe o homem em paz! Volte para seu ninho, cobra imunda.

Anhangá se preparou para outro ataque, mas, ao dar o primeiro passo, sentiu uma forte dor de cabeça e muita tontura. Caiu de joelhos e o sapo coaxou.

— Pegamos você! Nem todos os dias são da cobra.

Nas unhas da pequena havia as mesmas toxinas que os sapos excretam em sua defesa. Quando ela cravou as unhas em Anhangá, liberou o veneno no corpo dele.

— Sua maldita, está condenada. Volto a qualquer momento para pegá-la.

— Xô! Xô! — debochou a pequena, e mostrou a língua para ele.

Anhangá se transformou em fumaça preta e evaporou.

— Homem muito ferido, preciso do seu veneno — disse para o sapo.

Ele se virou de costas para ela, que raspou as costas do animal, de onde saía uma secreção. A indígena colocou um pouco do líquido na boca do homem e outro pouco sobre o local da picada. O guerreiro, que antes estava pálido e inerte, começou a ficar mais corado, acordou e começou a vomitar. Assustado com a pequena e o sapo olhando para ele, gritou. O sapo pulou para o lado e a pequena caiu sentada no chão.

— Espírito do mal, veio me matar, socorro!

— Eu não mato, eu ajudo você. Dei remédio para curar.

O coração do homem acelerou, sentia-se muito mal, suava frio. Ficou com um aspecto esverdeado, como o sapo.

— Você me envenenou! Estava com a cobra do mal. Tupã, me ajude...

Antes de concluir a frase, vomitou ainda mais. O vômito era uma massa disforme e fétida. Estava expelindo o veneno da cobra. O homem, apesar de tonto, ficou mais aliviado e acabou adormecendo.

— Veja, seu veneno salvou homem.

O sapo coaxou.

Jaciara, que estava na floresta, encontrou a pequena e o homem, era como se a magia a tivesse guiado até eles. Com cautela, ela se aproximou e viu a cena, o sapo e a pequena a olhavam. Seus instintos lhe diziam que não havia conflito, e Jaciara confiou em seus olhos, que viram a pequena abaixada, cuidando do guerreiro.

— Sou Jaciara, este homem faz parte de minha tribo.

— Sou Aru, esse é meu companheiro — falou, apontando para o sapo.

Aru era diferente dos outros encantados. Não era uma criança, mas era pequena e parecia frágil, no entanto, era valente como um touro. Possuía olhos verdes e um corpo brilhante, esguio e musculoso. Usava uma tanga verde que parecia ter sido tingida por ervas. O rosto de Aru estava marcado com barro.

Jaciara a reverenciou e perguntou:

— O homem está ferido?

— Teve sorte, espírito maligno o atacou. Eu ajudei, enfrentei espírito mal. Homem foi picado, eu curei. Desmaiou.

— Espírito maligno?

— Espírito fez muita maldade. Matou macaco, pequeno guerreiro enfrentou a bruxa, pequeno guerreiro morreu — respondeu Aru com lágrimas nos olhos.

— Pequeno guerreiro e macaco? Está falando de Porã?

Aru abaixou a cabeça.

— Como?! Por que não o ajudou?! — gritou Jaciara chorando.

— Estavam em vantagem, foi tudo muito rápido. O espírito maligno é muito mais forte no corpo do homem. Menino os atacou, não pude fazer nada, vi tudo de dentro do lago.

Jaciara caiu de joelhos, as lágrimas corriam livremente em seu rosto.

— Perdoe, não pude fazer nada. A moça foi atacada pelo menino, o espírito mal estava curando-a, mas viram guerreiro e o maligno atacou, eu salvei guerreiro.

Jaciara deixou de ouvir. Aru pensou em acalentá-la, mas achou que errara quando não ajudou o menino. Ela e o sapo seguiram pela floresta cabisbaixos.

Por alguns instantes, Jaciara parou, e seu mundo parou junto com ela. "Moça e maligno?". Colocou a testa no chão e não percebeu quando Aru se foi, nem quando outra pessoa apareceu.

— Ouvi tudo, sinto muito.

Jaciara levantou o olhar, era Mutum. Sem dizer nada, abaixou novamente o olhar.

— Você precisa se levantar, precisa ajudar Ubirajara. Se continuar neste estado, tudo se perderá por completo...

— Cala a boca!

Mutum se assustou.

— Isso começou com vocês, que termine com vocês. Já perdemos demais, tudo o que tenho sentido é cansaço, dor, solidão, tristeza. Estou sobrecarregada, e agora vem pedir que eu fique bem? Cala a boca!

Jaciara cerrou o punho e tentou golpear Mutum, que habilmente pulou para trás, as investidas continuaram até que Mutum ficou encurralada em uma árvore. Jaciara tentou outro murro, mas Mutum pulou sobre ela e Jaciara acertou o tronco, machucando a mão. Quando se virou para trás, Mutum deu uma cotovelada em seu peito, faltando-lhe o ar por alguns instantes. Neste momento, Mutum disse:

— Você acha que não temos as nossas dificuldades? Acha que, em nosso plano, vivemos correndo por campos floridos?

Jaciara forçou o braço de Mutum, mas ela lhe deu outra cotovelada.

— O menino foi uma fatalidade, também não sabíamos. Acha que sou sádica e que permitiria que uma criança morresse?

Jaciara urrou, seu coração estava dilacerado. Mutum a soltou e Jaciara, sentada no chão, chorou muito.

— O que faremos, mestra? Ubirajara vai se despedaçar.

— Ainda não sei.

— Foi Ticê e Xandoré.

— Como sabe? Ela não estava com você?

— Não, ela não estava na tribo na hora que saí.

— Onde eles estão?

— Na beira do lago, acima da planície.

— Leve o guerreiro e avise Ubirajara, ainda temos tempo de deter os dois.

Mutum correu e se jogou no ar, transformando-se em pássaro. Voou rápido para o local.

Jaciara acordou o guerreiro e o ajudou a ir para tribo. Foram a passos lentos. Ele precisava de tempo; ela, de coragem.

MORADA DO SOL
cidade dos encantos

Resgate do inocente

CAPÍTULO 22

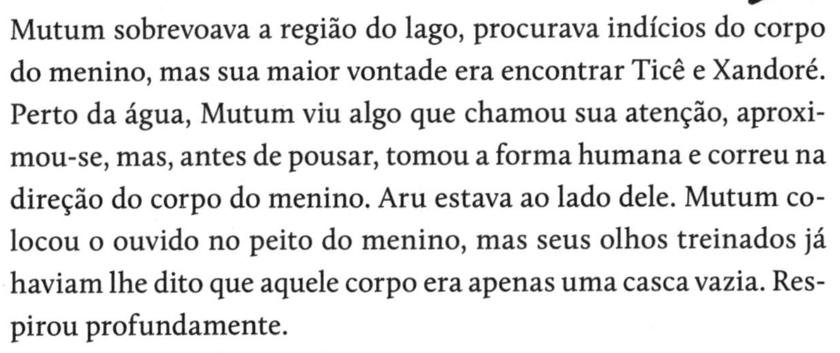

Mutum sobrevoava a região do lago, procurava indícios do corpo do menino, mas sua maior vontade era encontrar Ticê e Xandoré. Perto da água, Mutum viu algo que chamou sua atenção, aproximou-se, mas, antes de pousar, tomou a forma humana e correu na direção do corpo do menino. Aru estava ao lado dele. Mutum colocou o ouvido no peito do menino, mas seus olhos treinados já haviam lhe dito que aquele corpo era apenas uma casca vazia. Respirou profundamente.

— Tentei ajudar... — disse Aru.

— Sei que fez o melhor. Infelizmente, alguns segundos fazem muita diferença, principalmente no mundo deles. Sou Mutum e você?

— Aru. Vivo na força dos sapos.

— Muito prazer! Agradeço por cuidar destas pessoas.

— Feliz em conhecer, Mutum!

— Aru, você não acha uma coisa estranha? Você viu o espírito do menino?

— Não, saí em disparada atrás do maligno. Quando voltei, não estavam mais aqui. Os dois maus fugiram.

— Como eram?

Aru os descreveu para Mutum.

— Aquela pirralha mimada e aquele preguiçoso descarado!

— Conhece eles?

— Sim, são almas ruins para qualquer tribo.

Inesperadamente, Mutum se arrepiou e, rapidamente, se levantou. Ela ficou em silêncio, estava atenta a um som muito distante que a angustiava. Aru também se levantou, algo estava mexendo com as forças dali. Ambas se concentraram e o som ficou mais nítido, era um choro. Mutum colocou as mãos na lateral do corpo e todo o ambiente se modificou, precisou ajustar a força até encontrar a origem do lamento. O lugar, antes iluminado e cheio de vida, parecia o fim do mundo, era uma dimensão diferente. As árvores estavam secas, a terra, sem vida, não havia plantas ou animais e o dia era cinzento e frio. Mutum se ajoelhou, havia gastado muita força para entrar naquele mundo. Aru colocou as mãos sobre ela no intuito de ceder um pouco de sua própria força para Mutum.

— Onde estamos? — quis saber Aru.

— "Onde" não é a pergunta, e sim "por quê".

Mutum apontou para uma árvore cujas raízes expostas formavam uma caverna natural. Ambas se aproximaram e viram, lá dentro, Porã misturado às raízes apodrecidas, havia lodo por todo o corpo do menino, o rosto estava encharcado de lágrimas e sua expressão era de medo.

— Porã, sou Mutum, vim ajudá-lo.

— Meu pai, minha mãe, meu macaco...

— Porã, para tirar você daí, preciso que colabore e venha comigo.

— Não vou, não tenho mais nada, o mundo é terrível aí fora. Me deixa aqui!

O menino se encolheu e voltou a chorar e a soluçar.

— Puxá-lo não adianta. Ele precisa querer sair — disse Aru.

— O que sugere?

Aru correu e se jogou junto com o sapo no lago daquela dimensão. O lago era muito turvo, repleto de lama e lodo, mas, para um sapo, isso não era um problema. Mutum não entendeu nada, mas continuou observando.

Alguns minutos depois, Aru saiu da água, coberta pela viscosidade do local, mas o óleo que seu corpo produzia ajudava a escorrer a sujeira de modo natural. Do lago, Aru puxou algo enlameado, e, em seguida, seu companheiro sapo também saiu.

Depois, ela começou a tirar a lama do que estava em suas mãos, que, pouco a pouco, foi tomando forma. Era o macaco. O coaxar do sapo também ajudava a repelir o lodo do animal. Em pouco tempo, o bicho recobrou a forma, ficando corado e respirando vagarosamente, parecia em estado de letargia.

— Achei o espírito do macaco no fundo do lago, devíamos ter pensado em resgatá-lo antes. Ajuda o animal, ajuda a criança, os dois já sofreram demais.

— Vamos nos concentrar em curar o macaco. Hoje, dormiremos aqui.

Enquanto Mutum fazia uma fogueira, Aru se aproximou do menino. Embaixo da árvore, ele permanecia assustado, chorando, muito debilitado.

— Porã, tudo o que aconteceu foi demais para uma criança, mas não podemos desfazer o que já está feito.

O menino continuou no fundo das raízes, porém o choro diminuiu um pouco, sinal de que ele ouvia Aru.

— Estamos fazendo de tudo para tirar você daí, conheço sua dor e sua solidão. Está com medo, mas isso vai passar em breve, prometo.

Aru estava saindo, mas, antes de ir, falou:

— Achamos seu amigo, vamos curá-lo e depois, quando você permitir, vamos curar você também.

Porã parou de chorar instantemente.

— Acho que entendeu o recado.

Assim passaram os dias, tratavam o macaco, que se recuperava muito bem, e conversavam com o menino, que já não chorava mais, no entanto não mostrava qualquer sinal de melhora.

Quando o macaco se recuperou completamente, era hora de ajudar Porã. Mutum e Aru foram até o emaranhado de raízes e mostraram o amigo para ele, que reagiu agitado, era uma mescla de fúria, alegria, tristeza e dor. Começou a se debater, chorar, gritar e babar, machucando-se neste processo. Mutum, com seriedade e personalidade forte, tomou a frente:

— Ficar neste sofrimento é opção sua, tudo o que tem de fazer é sair daí para também cuidarmos de você!

— Aí fora, o homem mau vai me machucar de novo.

— Não tem "homem mau" aqui. Vamos protegê-lo e ajudá-lo.

O macaco começou a emitir uns sons. Porã olhou a cena confuso.

— Ele está dizendo que aí dentro é muito apertado para vocês ficarem juntos ou para brincarem, aqui fora é melhor.

— Você entende o que ele diz?

— Claro que entendo, você não? — respondeu Aru.

— Não!

— E se eu ensinasse a você?

— Você pode me ensinar?

O macaco emitiu mais alguns sons.

— Ele quer que eu lhe ensine.

— Então, me ensina?

— Ensino, mas só quando você sair.

Porã congelou, estava com muito medo.

— Meu pai também está aí?

— Não, mas, se colaborar, tentaremos levá-lo para ver seu pai e sua mãe — encorajou Mutum.

Porã se animou.

— Você é um guerreiro forte, corajoso, saia e venceremos esta guerra juntos!

Essas palavras despertaram a bravura do menino, que esticou a mão para Mutum. No entanto, aquele gesto representou um esforço imenso para o menino que, esgotado, acabou desmaiando. Ele começou a escorregar de volta para dentro das raízes, mas Mutum foi rápida e segurou-o pela mão. Ela começou a puxar o menino, que parecia ter o peso de um touro, com a ajuda de Aru e do macaco, e logo Porã saiu. Mutum caiu no chão, exausta, ofegante. Aru amparava a companheira, enquanto o macaco pulava sobre o menino e ouvia Aru:

— Ele vai ficar bem, não se preocupe.

Aru e Mutum fizeram os primeiros socorros em Porã, mas também estavam esgotadas e, para se reestabelecerem, dormiram mais uma vez no local.

No dia seguinte, o sol continuava fraco, como se uma grande nuvem o impedisse de brilhar. Porã acordou de um pesadelo, suado, parecendo febril, mal conseguia se mexer. Ele não esboçou reação alguma, ficou lá, parado, olhando para o alto. Queria entender tudo, como chegou ali, por que tanto sofrimento, pensou em muitas coisas, mas não chegou a uma conclusão. O pensamento o levara muito longe, tão longe que não percebeu Mutum sentando-se perto de sua cabeça.

— Está se sentindo bem?

Porã, com os olhos marejados, acenou positivamente.

— Até aqui, tudo foi muito difícil, sabemos disso. Infelizmente, você não teve muito tempo para ser criança. As pessoas acham que Anhangá é o mal, mas, a partir do momento que são egoístas, tornam-se piores que ele. Vocês possuem uma força que nós não temos, podem interagir com todo o reino livremente, são os verdadeiros herdeiros do planeta, ainda assim perdem tempo com coisas banais, falta maturidade para entender o significado da vida. Sua história é a prova de que o ser humano pode ser completamente vazio, mas o que você se tornará daqui para a frente é que vai definir tudo.

Ainda deitado, Porã perguntou:

— Por quê? Está tudo acabado, não posso mais voltar pra lá?

— Estará tudo acabado se assim você o quiser. A coragem é seu maior dom, se ela prevalecer, você se tornará o representante da força do homem.

Porã começou a tossir, ele expelia coágulos, resultado da toxina do sapo que Aru lhe deu. A toxina era algo que intrigava até Mutum: em grande quantidade, era mortal, mas, se retirada da maneira correta e ministrada em pequenas doses, ajudava a regenerar as células e a desintoxicar o corpo.

Rapidamente, Mutum e Aru retiravam aquele condensado de toxinas da boca do menino, pequenos tapas em suas costas o ajudavam a respirar e a expelir o excesso. Até que Porã perdeu os sentidos novamente, aquele processo demandava tempo e esforço, e ele ainda não estava preparado para tamanha carga.

— Isso é muito para uma criança. Não sabemos se ele vai resistir a esse tratamento e conseguir sair daqui. Aliás, essa toxina é muito eficaz, porém exige muito do corpo.

— O sapo é meu amigo, ele me ensinou a curar com ela. O menino vai resistir, só não sabemos como vai reagir ou como vamos sair daqui.

— Tudo a seu tempo. Nossos esforços serão recompensados.

Nuvem sobre o Sol

CAPÍTULO 23

O clima na Morada do Sol era de luto, e a vida se emudeceu por alguns dias. Jaciara havia cuidado dos ferimentos do guerreiro e o reportou imediatamente na presença de todos os líderes.

— Irmão, trago notícias sobre o desaparecimento de seu filho.

— Então, diga. Por que esta demora? — disse Ubirajara, ansioso.

Jaciara silenciou.

— Jaciara, diga logo... — implorou Bartira sem forças.

— Eu...

Ela tentava dizer, mas as palavras amargas insistiam em não sair. O guerreiro tocou-lhe o ombro, tomou-lhe a frente e começou a dizer:

— Líder, percorri a parte superior de nossas terras e encontrei pegadas, sendo algumas em dupla e outras pequenas. Ao subir para região do lago, ouvi pessoas conversando e, por não ter a visão ideal, subi em uma árvore. Vi a visitante que Jaciara trouxe e vi Porã, que investiu contra a moça e ela acabou caindo no chão. Xandoré, traidor covarde, atacou seu filho e o acertou no peito, ele matou Porã.

— Como?!

Ubirajara se aproximou e apertou os braços do guerreiro com muita força.

— E você não fez nada?!

— A distância era grande, Xandoré apareceu do nada, não tive tempo...

Ubirajara deferiu-lhe um soco no rosto. O homem caiu no chão, ainda estava muito debilitado. O líder desfez-se em lágrimas, tudo à sua volta perdera o sentido e a lógica, o sofrimento consumia sua alma e, neste turbilhão, acabou perdendo os sentidos. Os que estavam próximo tentaram ampará-lo de todas as formas, mas não tiveram sucesso. Bartira desmaiou. Tudo era caos. A fúria de Ubirajara se sobrepunha a tudo e a todos. Com um grito, ele se voltou para Jaciara.

— Você e seus espíritos imundos só criaram confusão, dor e perdas para todos aqui! O único mal aqui é você e aquela menina sem alma! Vá embora desta tribo e nunca mais volte, e saiba que, assim que eu encontrar Ticê e Xandoré, eu os matarei com minhas próprias mãos.

Jaciara chorou de modo contido. Sabia que parte do que ele dizia era verdade. Os outros tentaram contornar a situação, mas parecia impossível. Ubirajara e Jaciara ficaram um tempo se encarando, ela olhava com pesar os olhos furiosos dele. Jaciara recolheu as coisas e se foi. Amana a seguiu, e Agara ficou para tentar dialogar com Ubirajara.

Do lado de fora, enquanto Jaciara caminhava em direção à sua tribo, Amana gritou o nome dela várias vezes, mas Jaciara não parou nem olhou para trás. Então, Amana correu atrás da mulher, a alcançou e a puxou pelo braço.

— Para, Jaciara!

— Estou partindo, irmã. Ubirajara tem razão, só criei dor e sofrimento, devemos parar com isso por aqui.

— Ele está despedaçado, sem rumo, vai precisar se reencontrar. Não temos como desfazer o que está feito, só podemos mudar daqui para a frente.

— Aqui não é mais meu lugar.

— E a menina?

— Ela fugiu com Xandoré. Apesar de ser minha responsabilidade, não sei como reverter a situação. Deixarei as coisas assim por enquanto. Que o destino se encarregue dos dois.

— Entendo.

— Cuide de Ubirajara, não permita que ele caia nessa loucura, é justamente o que Trevas deseja. Se conseguir desestabilizar nosso líder, perderemos tudo. Voltarei para a minha tribo.

— Sinto muito por tudo.

As duas deram um longo abraço.

— Também sinto. Adeus!

Jaciara entrou na floresta, levando um tacho de frutas, mas o fardo mais pesado que carregava era a culpa, que lhe machucava o coração. Para piorar, sabia que a viagem seria longa. Passadas algumas horas, ouviu um barulho vindo das árvores. Estava arrepiada, seus instintos avisavam que algo estava por vir. Embaré saltou e, quando caiu na frente de Jaciara, um estrondo ecoou pelas matas.

— Olá, mulher! Temos assuntos a tratar.

A face oculta

CAPÍTULO 24

Ao acordar, Ticê sentiu muitas dores no corpo, principalmente no rosto. Manteve-se com os olhos fechados por um tempo, queria que aquilo tivesse sido um pesadelo, sabia que havia perdido o controle da situação e não haveria mais volta para as crueldades que cometera. Um som atraiu sua atenção, sentou-se e viu Xandoré, estava vomitando compulsivamente. Ela se levantou e, quando ia na direção do rapaz, percebeu que seu rosto estava cheio de folhas. Tocou-as e as imagens do ataque ao menino lhe voltaram à mente. Dor, medo, tristeza, desespero. Ticê chorou como uma criança.

Xandoré também estava se recuperando, não tinha a exata noção do que se passava. Percebeu que Ticê havia acordado e entendido a gravidade da situação.

— Acordou, princesa?

— Não me chame assim, sou um monstro! Somos dois monstros! Perdemos a nossa humanidade, e agora tenho um rosto deformado para me lembrar disso todos os dias.

— Não diga isso. A culpa não foi nossa. Anhangá é o culpado.

— Anhangá é um mal, o mesmo mal que somos, não somos melhores que ele.

Xandoré não esboçou reação, sabia que ela tinha razão. Eles não só tinham aberto a porta para Anhangá, como o convidaram para entrar e para fazer morada.

— O que aconteceu depois do lago?

— Fiquei cuidando de seus ferimentos. Anhangá voltou e disse que tínhamos que sair de lá o mais rápido possível, peguei você no colo e andamos por meio dia na direção que ele me apontou, assim chegamos a esta caverna. Ele tomou meu corpo e, enquanto cuidava de suas feridas, perguntei diversas vezes o que havia acontecido, mas ele não respondeu. Anhangá foi enfraquecendo conforme cuidava de você. Então, ele me disse: "Xandoré, para me manifestar, preciso da força deste plano, e eu tiro essa energia de seu corpo. Posso me deslocar com a minha energia, mas, fora do seu corpo, o desgaste é grande. No caminho, encontrei o espírito imundo de uma mulher-sapo; eu já tinha gastado parte de minha força curando Ticê, me tornei um alvo fácil. O veneno dela ainda está preso em meu espírito, vou deixar essa tarefa para você, seu corpo vai eliminar essas toxinas. Boa sorte, vai precisar". Desde então, não paro de vomitar e de ter essa dor no corpo... é insuportável! Aquele desgraçado deixou esse "presente" para mim.

— Para onde ele foi?

— Não sei. Se tivermos um pouco de sorte, ele não volta.

— O que faremos agora?

— Por que não moramos aqui? Vivemos das frutas e das caças que conseguirmos, nós dois juntos.

Xandoré falava com muito esforço, estava debilitado, a situação o fez até perder peso.

— Você não tem orgulho mesmo! Todo esse esforço para nada?

— Já tivemos muitos prejuízos, melhor pararmos. O que mais você quer? Não vai me dizer que... — Xandoré encarou Ticê longamente. — Ah, não! Pode parar, chega! Não tenho condições de continuar com mais nada.

— Ainda temos muito a fazer, meu futuro esposo.

— Esposo?!

— Sim, só temos um ao outro, somos tudo o que nos resta neste mundo. Nada mais justo do que nos casarmos.

Ele ficou imóvel, não tinha pensado naquilo, muito menos em desposar Ticê. Ficou feliz e preocupado ao mesmo tempo.

— Quando posso tirar essas coisas do rosto? O ferimento foi muito profundo?

— Precisa ficar mais alguns dias, Ticê.

— Eu fiquei feia?

— Nunca ficará feia.

Xandoré sabia que as feridas desfiguraram a futura esposa. Na verdade, Porã era uma onça furiosa, e suas unhas deram conta de expor toda essa ira.

— Está com dor?

— Um pouco, mas deixe doer, essas marcas vão me lembrar de jamais errar outra vez. Onde está o corpo do menino?

— Ficou na beira do lago, foi o melhor a fazer.

Ticê deitou-se novamente e disse:

— Vamos aguardar nossa recuperação e sair daqui o mais rápido possível.

— Por quê?

— Ubirajara não pensará muito, vai procurar pelos autores da atrocidade cometida contra o filho. Minha mestra vai notar nossa ausência. Neste momento, estamos em desvantagem.

— Concordo.

— Obrigada por me salvar. Eu te amo — murmurou Ticê.

— O que disse?

— Vamos dormir.

Ao nascer do sol

CAPÍTULO 25

Ubirajara mobilizou sete homens para acompanhá-lo à mata. O guerreiro que o informou sobre o ocorrido sumira, ninguém o viu, dizem que foi viver isolado, pois fora tomado pela amargura de não ter servido plenamente ao líder. Ubirajara acabou se arrependendo de ter mandado Jaciara embora, não por isentá-la da culpa, mas ela saberia indicar o local onde o corpo de Porã estava. Ele queria achá-lo para lhe dar os devidos ritos de passagem. Ainda assim, junto com os companheiros, subiu o rio no fim da noite para buscar o corpo do filho.

Mutum e Aru ainda cuidavam do menino. Porã já não tinha aspecto de doente e respondia bem aos estímulos e a outras questões. Mutum notou que o ambiente à sua volta, aos poucos, também mudava — pequenos brotos nasciam a seus pés, o sol estava mais radiante e, mesmo ao longe, ouvia-se sons de pássaros. Ela não entendia bem aquilo, mas suspeitava que o ambiente e o menino tinham profunda ligação.

— Mutum, eu posso viver aqui com meu amigo?

— Talvez, pequeno guerreiro, mas seu coração está bem para isso? Gostaria de viver só ao lado dele?

O menino saiu correndo para brincar com o macaco, fugia como se o assunto o perturbasse. As feridas ainda não estavam completamente curadas.

— O menino parece melhor, mas está curado?

— Não, é o coração que está doente, Aru.

— Como curamos ele?

— Não curamos, isso ele terá de aprender sozinho.

— Não podemos ficar aqui para sempre, temos muito a fazer do lado de fora.

— Sim, mas algo me diz para ficarmos aqui mais um pouco — falou Mutum, acariciando o pássaro.

— Você notou o ambiente?

— Sim, está diferente... sinto a vida pulsando aqui, bem discreta, mas sinto.

— Acho que esse lugar vem de dentro do menino...

— Como?

— Quando o encontramos aqui, era um lugar sem luz, sem energia, um mundo beirando a inexistência. Aos poucos, enquanto o curávamos, o mundo também mudou.

— Como isso seria possível?

— Também não sei, humanos sempre me surpreendem.

— Com base nisso, estamos ajudando o menino da forma certa, mas ainda não está de fato curado.

Naquele dia, ao cair da noite, à fogueira, Mutum deu algumas frutas para o menino e o macaco. Depois, os dois foram dormir e Aru passou a noite velando o sono deles. As encantadas pareciam mães, cuidando da cria. Mutum descobriu um lado seu que não conhecia. "Fomos criadas para proteger a harmonia da natureza, nós temos a obrigação de ensiná-los a cuidar dessa herança, que é muito rica. Mas, ainda assim, essas criaturas também nos ensinam muitas coisas", pensou Mutum enquanto olhava desconfiada para o menino adormecido. Porém, ao perceber a inocência e a valentia daquela criança, sorriu: "Estou perdendo minha bravura?".

Quando amanheceu, Aru ainda estava ao lado de Porã, Mutum havia saído para caminhar e espairecer um pouco. Ao acordar, o menino viu Aru o encarando serenamente.

— Bom dia, Porã.

— Bom dia, tia Aru.

— Você viu como este local está mais bonito, Porã?

— Sim, mas parece que parou de crescer. Ouço bichos, mas não os vejo. As árvores têm folhas, mas não dão frutos...

— Isso, a terra está como você: pronto para crescer, mas algo não deixa. O que acha que pode ser?

Aru, convivendo mais com Mutum e Porã, se esforçava para aprender a lidar melhor com as palavras e os pensamentos da sociedade, às vezes, se confundia, mas fazia o melhor para ser compreendida.

— Eu não sei, acho que aqui poderia ser muito mais bonito.

— Também acha que você poderia ser muito mais bonito?

— Talvez, mas tenho medo.

— Medo de quê?

Imediatamente, o clima começou a mudar, nuvens esconderam o sol e um frio repentino se fez. Distante, Mutum notou a mudança e correu ao encontro dos outros. Ao chegar lá, viu o menino conversando com Aru e resolveu observar de longe.

— Tenho medo de não ser forte como o papai, de não poder ficar com o meu amigo, de não ter mais o amor da mamãe. Temo que o mal me machuque de novo!

O menino começou a chorar e, no mesmo instante, um temporal desabou.

— Pequeno guerreiro é forte, suporta tudo! A vida vai recompensar você com mais coragem. Hoje está curado e bem. A vida dos humanos é difícil, mas são muito amados. Essa energia de amor embala vocês. Nós temos força, conversamos com a natureza, mantemos a ordem das coisas, mas vocês são livres para escolher.

— E do que adiantou tudo isso?

O menino se alterou e o clima também, raios e trovões tomaram os céus. Ao contrário, Aru se manteve calma e continuou:

— Seu pai e sua mãe se amam e, deste amor, você nasceu. Esse mesmo amor fez você crescer e ter amigos. Esse amor fez você correr pelas matas e conhecer a natureza e os animais. Foi por amor que nasceu sua amizade com o macaco.

O menino parou de chorar e prestou mais atenção na encantada.

— O amor faz com que toda a vida se movimente. Luz se desfez em vida por nós, isso é amor. Tupã deu a vida por amor, e continua vivendo em nós. Guaraci brilha todos os dias, acreditando na vida e em nossas capacidades. Este mundo é abençoado! E a senhora Jurema quer ensinar mais a vocês, principalmente sobre as capacidades que não sabem que têm.

— Quem é Jurema?

— Não sabe quem é a Jurema?

O menino estava mais sereno e o ambiente reagiu como ele.

— Jurema é a mãe de todos nós, ela nos deu a vida.

— Os encantados têm mãe?

— Temos sim, mas Jurema, além de mãe dos encantados, também é sua mãe.

— Rá, rá, rá! Aru errou, minha mãe é Bartira — divertiu-se Porã rindo.

— Jurema é a mãe de todos, ela é a terra e o céu, ela é a semente e o fruto, é a água e o fogo, ela está em mim e em você também.

— O papai disse que eu nasci da minha mãe.

— E sua mãe nasceu da sua avó, certo?

— Sim.

— E quem foi a primeira de todas as mães?

— A primeira foi... foi... — respondeu Porã, confuso.

— Jurema!

— Então, Jurema é a mãe de todas as mães?

— Exato!

— Posso conhecê-la?

Mutum se aproximou e disse:

— Pode sim. Se quiser, podemos levá-lo até ela.

— Quero sim! O que você acha, amigo?

O macaco pulou de alegria.

— Ótimo! — disse Aru.

— Mas, antes de irmos, precisamos arrumar essa bagunça — pediu Mutum.

— Como faremos isso, tia Mutum?

— Acho que, se você se concentrar e liberar toda a sua felicidade e todo o seu amor, essas terras voltarão a viver. O que acha?

Antes mesmo de Mutum concluir o pensamento, o menino já estava de olhos fechados. Sua feição mudou, não havia sinais de ansiedade, tinha a serenidade de uma leve brisa. Sua pele começou a brilhar e todos olhavam atentamente para ele. De onde estava sentado, uma onda de flores, gramas e perfumes começou a correr. Aru e Mutum se entreolharam maravilhadas. Ao longe, ouvia-se o som de animais se aproximando, as árvores se renovaram e surgiram folhas e frutos. Um pequeno fio d'água começou a correr próximo do menino.

"Mamãe, papai, obrigado por tudo", pensava repetidamente Porã. O menino liberou um brilho forte que, como Guaraci, foi se tornando cada vez mais intenso até ofuscar os olhos de Mutum e Aru. Quando elas recuperaram a visão, estavam de volta ao lago, ao lado do corpo do menino.

— O que aconteceu, Aru?

— Não sei! O espírito do menino sumiu! O que faremos?

— Vamos enterrar o corpo dele, devolvamos à terra o que a ela pertence.

Aru e Mutum abriram um buraco no pé de uma árvore de sumaúma próxima, mas, no exato momento em que colocariam o corpo na cova, uma flecha cortou o ar e acertou o tronco. Era Ubirajara, com olhos marejados, bufando. Furioso, disparou várias flechas na direção das encantadas, que desviavam como podiam. Começaria uma guerra por um mal-entendido. Aru e Mutum se esconderam atrás da árvore.

— Mais essa... deve ser Ubirajara. Pedi para Jaciara cuidar dessa situação.

— Demônios! Acreditaram que se safariam? Quando eu as pegar, todo sofrimento será pouco — gritou Ubirajara.

Ensandecido, ele correu em direção a árvore. Os guerreiros estavam longe, procurando o corpo de Porã.

— Prefiro lidar com as crianças a ter de lidar com os adultos... — disse Aru.

Quando Ubirajara olhou atrás da árvore, pensou que as havia alcançado, mas só havia um sapo no chão, deixando-o confuso. Enquanto isso, Mutum pousara atrás dele e, voltando à forma humana, segurou o pescoço do homem e o jogou no chão.

— Precisa melhorar seus modos! Um líder impulsivo não é o que se espera!

Ubirajara pegou uma das flechas com a mão e tentou acertar a perna de Mutum, a encantada pulou habilmente.

— Pelo jeito, ainda não aprendeu. Terei de tratá-lo como caça, então!

Mutum caiu com um pé nas costas dele e outro sobre o pescoço de Ubirajara. O homem bufava nervoso, estava imobilizado.

— Vocês mataram meu filho! Eu as odeio!

— Homem, cale-se e escute! Estamos aqui para ajudar, viemos devolver o corpo de Porã à terra, seu filho merece.

— Mentira! Não falem dele, vocês não o conhecem.

— Conhecemos melhor do que imagina.

Ubirajara se balançou e tirou a encantada de cima de si, estava pronto para pegar outra flecha, mas Aru pisou em sua mão.

— Mutum já disse para ficar calmo, viemos ajudar.

"Mutum, esse foi o nome que Jaciara mencionou, elas são encantadas?", pensou Ubirajara. Ele soltou a flecha e começou a prestar atenção. Aru, percebendo que não havia mais resistência, tirou o pé de cima dele.

— Viemos ajudar Porã, a própria Jurema nos pediu isso. Estamos aqui para dar um enterro digno a ele.

— Você é Mutum, mestra de Jaciara?

— Sim, sou eu.

— Achei que era invenção de Jaciara...

— Muito me impressiona que também consiga ver os espíritos. Um líder tão impulsivo quanto você não merece entrar em nosso mundo ou em nosso campo de visão.

Ubirajara abaixou a cabeça e chorou. Estava envergonhado, triste, frustrado, sentia um misto de dores que agora desaguavam. Sentia-se inútil por não ter salvado o próprio filho.

Aru abaixou-se, colocou a mão no ombro de Ubirajara e falou:

— Vamos cuidar do corpo de seu filho e dar um ritual decente para ele.

Ubirajara se levantou e, sem nada dizer, continuou a cavar o buraco que as encantadas haviam iniciado. Mutum começou a ajudar, enquanto Aru foi buscar pedras para o túmulo e folhas de bananeira para embalar o corpo.

Assim que terminaram o buraco, as encantadas cobriram o menino com uma espécie de óleo com aroma de flores. Mutum colocou algumas penas nas mãos dele e as duas começaram a envolver o corpo nas folhas. Tudo ficou em silêncio, a tristeza imperava. Com muito cuidado, colocaram na cova e começaram a enterrar Porã. Durante o processo, Ubirajara pedia que a Mãe Terra desse o conforto merecido ao filho. Ao fim, arrasado, o pai se deitou sobre o túmulo e chorou copiosamente.

— Meu filho, me perdoe! Por favor, me perdoe! Desonrei-o como pai, desonrei sua mãe, sou uma vergonha como líder. Meu espírito morreu junto com você, e não vejo mais motivos para permanecer aqui. Sei que não sou digno de ir para onde você está, mas já não pertenço a estas terras.

Aru e Mutum também choravam, estavam emocionalmente ligadas a Porã. De repente, ambas pararam, havia algo diferente no ar. No túmulo do menino, muitas flores começaram a nascer, mas Ubirajara estava tão fora de si que não percebeu. Uma mão tocou o ombro de Aru e outra o de Mutum, ao olharem, ambas caíram de joelhos e mais lágrimas escorreram de seus olhos, estavam pasmas.

O ser se aproximou do túmulo e disse ao homem:

— O senhor devia se levantar. Ainda tem muito trabalho a fazer.

Ubirajara permaneceu em silêncio, como se o coração dele tivesse parado de bater. Ele tentou se virar para ver quem falava com ele, mas, por alguns instantes, a luz o cegou. A voz era conhecida, mas estava diferente, mais grossa e imponente. Assim que seus olhos se acostumaram, viu um guerreiro alto e forte e, vendo um macaco correr e subir nos ombros dele, soube na hora quem era aquele indígena.

— Oi, papai!

Era Porã, não o menininho, o adolescente. Estava grande, forte e coberto por folhas e penas. Com tatuagens por todo o corpo, tinha aspecto de guerreiro, mas ainda exalava a doçura de uma criança.

Ubirajara abaixou e beijou os pés do filho. Porã colocou a mão sobre as costas do pai em um gesto de carinho.

— Levanta, pai, me dá um abraço.

E assim o fez Ubirajara. Ambos choraram de alegria.

— Porã, o que houve com você?

Porã soltou o pai, caminhou até Aru e tocaram testa com testa.

— Senti muito a sua falta, mestra.

Mutum ainda estava sentada no chão boquiaberta.

— A senhora devia se levantar também, é um momento feliz. Devemos aproveitar ao máximo, mestra Mutum.

Porã a levantou cuidadosamente.

— Mestras, depois que partiram, comecei a aprender com a natureza, com as águas, as árvores, os animais, e me tornei um deles. Queria ser parte da natureza, como vocês. Fiquei anos por lá, até que Mãe Jurema disse que estava na hora de voltar, que meu pai precisava de mim. Agora, estou aqui.

Ambas ficaram mudas. Nunca tinham visto aquilo antes.

— Porã! Porã! — gritou Ubirajara.

— Sou eu, pai.

Ubirajara passou a mão pelo corpo do filho, procurava machucados e, principalmente, o ferimento que o matou, mas não encontrou nada.

— Estou bem, pai. Não se preocupe — falou Porã rindo.

— Estou tão feliz! Sua mãe não vai acreditar! Venha, vamos para casa.

Ubirajara puxou a mão de Porã, mas ele não se mexeu.

— Vamos, filho!

— Pai, não estamos aqui por mim, e sim pelo senhor.

— Por mim?

— Sim! O senhor tem uma tarefa importante: fazer a base da cidade sagrada.

Ubirajara soltou a mão de Porã, contrariado.

— O senhor precisa concluir o que começou, a Mãe Jurema confiou em você.

— Essa missão já tirou muito de mim, não tenho mais condições de fazê-la.

— O senhor me ensinou tudo sobre honra, sobre ser um bom líder, sobre acreditar nas pessoas e sobre o bem que o senhor implantou na Morada do Sol. Agora, tudo se vai, como uma canoa que corre no rio? Como fica a sua palavra? Perdeu o interesse sobre seu povo?

— Você era tudo o que me importava, tudo o que fazia era por você, desejava um mundo melhor para você. O que tenho agora? Nada!

— Confesso que nunca imaginei nossas vidas assim, pai, mas as coisas caminharam para este destino. Cabe a nós aceitar e ter a certeza de que Guaraci brilha para o nosso bem. Mãe Jurema me disse que, no outro mundo, tenho uma missão igual à sua, tenho um povo para olhar e para me dedicar. Que cada um de nós dê o melhor de si e que a coragem se renove a cada dia, até que nos reencontremos.

— Nos reencontremos? Onde?

— Na cidade da Jurema, a arca que guardará toda bondade, toda sabedoria e todo amor. La, não haverá desgraças, fome, doenças ou morte. Poderemos conviver em paz e harmonia. Para isso, precisamos que o senhor faça o prometido.

— Farei o possível para isso, meu filho. E o que digo à sua mãe, como poderei confortá-la?

— Não se preocupe com isso agora, meu pai — falou Porã sorrindo.

Ubirajara ficou muito confuso com a resposta e a atitude do filho.

— Papai, venha. Precisamos cavar.

— Cavar?

Porã começou a cavar perto de sua cova, onde agora era um lindo jardim florido e cheio de vida. Ubirajara o seguiu. Cavaram até quase um braço de profundidade, Porã parou e deixou o pai concluir. Quando encontraram o que procuravam, Ubirajara ficou imóvel por alguns instantes, olhando dentro do buraco. Depois, esticou a mão e retirou o objeto de lá, estava coberto de terra.

— Continua do mesmo jeito, filho.

Porã foi até a beira do lago, trouxe um pouco de água nas mãos e despejou sobre o objeto enquanto dizia:

— As coisas não podem ser vistas somente pela superfície.

Enquanto a água escorria, o objeto ia tomando forma, era o cristal que estava sob a guarda de Ubirajara para a fundação da cidade. Estava ainda mais radiante.

— Como ele ficou assim, filho?

— Não foi ele que mudou, foi o senhor. Permitiu que o amor fluísse, se lembrou do que deve fazer pela família, lembrou-se do que realmente importa, quer ajudar e proteger a todos. Se é isso o que realmente quer, tome-o para si, pois é seu.

O cristal irradiou uma luz ofuscante. Ubirajara estava renovado e pronto para concluir seu papel, sentia-se mais corajoso que nunca.

— Esse é o verdadeiro Ubirajara. Bem-vindo de volta, pai!

Ambos se abraçaram fortemente.

— Nos vemos em breve, filho?

— Nunca deixaremos de nos ver, pai!

Ubirajara beijou a testa de Porã.

— A partir de hoje, este lago terá seu nome.

— Fico muito lisonjeado! "Lago Porã", gostei.

Aru e Mutum sorriam felizes com tudo, estavam satisfeitas com o desfecho e sentiam que haviam contribuído para aquilo.

— Mestras, preciso ir, cuidem de meu pai. Se ele escorregar de novo, repitam a lição. Precisamos ir, meu amigo. — O macaco pulou novamente nas costas de Porã. — Temos muito a fazer. Cuide bem da menina, papai.

— Cuidarei... Menina?

Porã tocou o tronco da grande árvore de sumaúma, onde era o descanso de seu corpo, e sumiu.

— Que menina? — perguntou-se Ubirajara.

As encantadas também ficaram sem entender. Ubirajara voltou para a tribo, enquanto elas procuravam por Ticê e Xandoré.

MORADA DO SOL
cidade dos encantos

Um acordo para ambos

CAPÍTULO 26

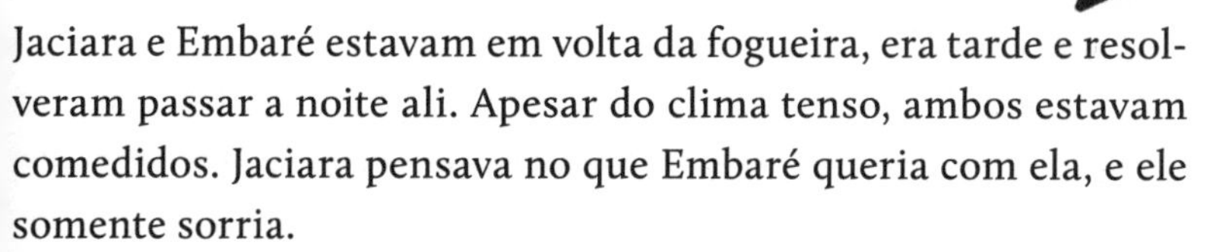

Jaciara e Embaré estavam em volta da fogueira, era tarde e resolveram passar a noite ali. Apesar do clima tenso, ambos estavam comedidos. Jaciara pensava no que Embaré queria com ela, e ele somente sorria.

— O que você quer?

— Nossa, que mal-educada. Quer batata?

Embaré havia embrulhado algumas batatas e colocado perto da fogueira, gostava muito dos alimentos da terra.

— Não quero.

— Ótimo, sobra mais.

Jaciara percebeu que não tinha motivos para acelerar a conversa e resolveu se adequar ao ritmo dele.

— Pensei melhor, quero uma batata, sim.

— Vai adorar, estão macias e saborosas. Quando envoltas em folhas, elas não ficam úmidas e mantêm o calor.

— Minha avó fazia da mesma forma.

— Quem acha que ensinou sua avó?

Um frio repentino percorreu a espinha de Jaciara.

— Quem é você?

— Será que essas batatas fazem as pessoas perderem a memória? Sou Embaré, muito prazer.

— Não! Quero dizer...

— Ei, sua batata está queimando!

Rapidamente, Jaciara tirou as folhas que queimavam a batata.

— Preste atenção, mulher! Está com uma cara péssima, o que aconteceu?

— Problemas, muitos problemas.

— Por onde quer começar?

— Quem disse que quero conversar sobre isso com você? Não entenderia.

— Já está pronta para matar a menina?

Jaciara foi pega de surpresa.

— Como?!

— Eu avisei no dia em que nos conhecemos. O traidor esconde a cara, mas não o cheiro.

Jaciara permaneceu em silencio.

— Está na hora de você se responsabilizar pelos seus.

— Não posso mandar nela.

— Devia ter feito antes, mas, para mim, estava tudo bem... agora, se eu não agir, ela vai me trazer problemas no futuro. Minha proposta é ajudá-la a pará-los.

— Por que não faz isso sozinho?

— Porque não posso pender para um lado.

— Você tem mais força do que eu, acho que poderia fazer isso sozinho.

— Tudo bem, foi um prazer. Até logo!

Embaré levantou-se e começou a andar em direção à mata.

— Espera! Qual é o seu plano?

Ele retirou o cachimbo da bolsa, encheu-o de fumo e o acendeu, voltou e sentou-se novamente em frente à fogueira.

— Para a sua sorte, estou de bom humor — disse Embaré debochando.

— Está tudo fora de controle, precisamos agir, mas estou sem recursos. Matá-la está fora de cogitação.

— Tudo bem, não vou matá-la.

— Do que precisa?

— Quero que você ensine o máximo de coisas para a outra menina. Ela continuará seu legado, porque esta situação custará a sua vida.

— Como é?! — Jaciara se alterou.

— O que é feito na carne só nela pode ser desfeito. Acho justo que você pague esse preço. Ou prefere que todos os outros morram ou sejam escravizados?

Jaciara se calou.

— Você é honrada, vai cumprir o combinado e vamos terminar com isso logo, antes que mais pessoas se machuquem ou, pior, morram. Pegue a menina assim que chegar e a leve para as montanhas, não avise ninguém. Ensine o que puder para ela, eu vou mandar alguém dar o complemento necessário.

— E se o mesmo acontecer com ela? E se ela quiser seguir a irmã?

— Isso deixará claro que o problema é você, não elas. Perder uma é dúvida, duas é incompetência.

— Quer dizer que é minha responsabilidade Ticê ser assim?

— É você quem está dizendo. Temos um acordo?

— Não! — Jaciara retrucou. — Como isso ajudará a resolver a situação?

— Não vai, mas na hora certa tudo terá sentido.

— Você é o ser mais contraditório que conheço.

— Tem sentido, ainda assim sou tudo o que tem neste momento. Vou indo, quando terminar meus afazeres, aviso. Cumpra sua palavra, bruxa!

Embaré saltou no ar e sumiu.

— Monstro, vive do sofrimento alheio! Mas não tenho escolha...

Jaciara, sozinha, descansou aquela noite e continuou sua viagem de volta para casa, pensando em tudo o que aconteceu e nos próximos passos. Tinha medo de sua vida estar em risco, mas talvez fosse apenas uma mentira de Embaré. Decidiu tomar mais cuidado ao lidar com aquilo, uma falha custaria demais.

O outro lado da moeda

CAPÍTULO 27

Ticê e Xandoré estavam em busca de um novo lar, passaram dias com fome e frio, ainda se adaptando à nova realidade. As folhas foram removidas do rosto de Ticê, mostrando as marcas profundas do último combate, que a devastaram por dentro e por fora. A beleza de outrora havia sumido. Ticê chorava resignada, porque achava que merecia aquilo tudo, não era por arrependimento, mas acreditava que os riscos de guerras como aquela fariam parte da trajetória. Muito lhe fora tirado, e ela desejava reequilibrar a balança, de preferência, pendendo para seu lado. Estavam à beira da fogueira, Xandoré ainda se recuperava da traição de Anhangá.

— Coma mais um pedaço de peixe para se restabelecer.

— Estou bem. As dores no corpo passaram, logo estarei recuperado.

— Assim espero...

— Por que está tão quieta?

— Pensando em uma maneira de recuperarmos o que perdemos. E não me refiro ao meu rosto desfigurado.

— Seu rosto continua belo...

— Quieto!

— Eu...

— Precisamos de aliados, mas não sei como.

— Também não sei, deixamos muitas brechas, será difícil encontrarmos alguém que colabore com a gente.

— Colaborar não, mas isso não significa que não pensem como a gente.

— Verdade. Aposto que existem mais pessoas que apoiariam nossos planos. Vou pegar um pouco de água enquanto você pensa.

Xandoré se levantou, deu dois passos e o improvável aconteceu, Anhangá se manifestou novamente.

— Voltei. Saudades, princesa?

— Nem um pouco.

— Já se acostumou com minhas manifestações? Minha presença não a assusta mais?

— Para mim, você se tornou indiferente, assim como suas ações.

— Devia ter dito isso quando a salvei do pequeno selvagem.

— A que custo?! Perdemos família, casa, tudo!

— Melhor que perder a vida. Perdeu a esperança de dias melhores?

— Não, mas acho que sua ajuda não está adequada às nossas necessidades.

— Não se preocupe, começaremos agora o nosso plano.

— Como assim?!

— Sua mestra está voltando para casa, Ubirajara ainda deve estar de luto, todos estão desestabilizados. Voltaremos para sua tribo, juntaremos aquele povo que ama a sua presença e os tornaremos nossos aliados.

— Você está louco?! Jaciara estará lá.

— Não vai estar... um passarinho me contou.

— Confia em pássaros agora? Outra coisa, depois que virem meu rosto deformado, nem vão querer chegar perto de mim.

— Cuidarei disso, não se preocupe. Vamos?

— Não vou me expor desse jeito.

— Eu não vou expô-la, fique tranquila. É hora de sua fama de bruxa ser reconhecida pelas tribos.

Anhangá deu um sorriso trevoso. Ticê continuou séria, mas aos poucos se deixou levar por sua natureza maligna e começou a rir junto com Anhangá.

— Então, vamos! Temos muito trabalho pela frente, meu reino não começará de um dia para o outro.

Anhangá passou a mão no rosto de Ticê, carinhosamente.

— Finalmente, está parecendo uma rainha.

Ambos riram.

O Sol volta a brilhar

CAPÍTULO 28

Ubirajara retornou à aldeia junto com os guerreiros. Todos se dirigiram às suas famílias, exceto Ubirajara, que seguiu a passos mansos, não sabia ainda o que diria a Bartira. Quando chegou no meio da aldeia, ele a viu correndo em sua direção, o coração gelou, não estava preparado para lidar com o vazio que Porã havia deixado em suas vidas; nem imaginava como explicaria tudo o que passou e que viu.

Bartira saltou sobre ele, desequilibrando-o. Ambos caíram no chão e ela, eufórica, abraçou e beijou muito o marido.

— Que bom que você voltou. Senti muito a sua falta!

Ubirajara, sem entender, respondeu:

— Também senti muito a sua falta...

O que mais estranhou foi o fato de ela não ter perguntado sobre Porã.

— Venha, meu esposo, temos muito a conversar.

Bartira se levantou, beijou a mão de Ubirajara e, de mãos dadas, seguiram para a oca em silêncio. O trajeto parecia durar uma eternidade, mas o rosto de Bartira transbordava paz de espírito, felicidade e satisfação.

Ao chegarem à oca, Ubirajara se encheu de coragem e disse:

— Percebo sua alegria imensa, ainda que eu não saiba o motivo, acho que não devo iludi-la.

O marido sentou-se em um toco e a esposa a seus pés, segurando-lhe as mãos.

— Por esses dias, passei por situações que não desejaria ao meu pior inimigo. Busquei verdades, busquei reparar minha falha como pai, como marido e como líder. O melhor que dei não foi o suficiente. Cuidei de todos, mas não pude fazer nada por nosso filho. Com isso, uma parte nossa ficou exposta e fragilizada, e essa parte morreu. Tudo o que eu devia fazer era proteger nossa cria, e disso não fui capaz.

As lágrimas escorriam do rosto de Ubirajara, e Barita as secava em silêncio.

— Encontrei o corpo de Porã e, junto dele, havia duas encantadas... entendi a situação de forma equivocada e as ataquei.

Bartira colocou dois dedos sobre os lábios do marido.

— Eu sei tudo o que aconteceu.

— Sabe?! Como?

— Enquanto você estava fora, fiquei muito debilitada, essa situação mexeu demais comigo. Pedi muito a Guaraci para lhe proteger e, principalmente, para essa dor passar. Pedi por algo que trouxesse paz para nossa alma que tanto sofria. Enquanto ainda estava de cabeça baixa, uma luz dourada encheu nossa oca.

— Luz dourada?

— Sim, era nosso filho Porã! Ele me contou tudo o que aconteceu, o quanto Mutum e Aru o ajudaram; falou de todo o seu esforço e de sua tristeza; falou como sua missão é importante; e que ambos tinham coisas muito importantes a fazer.

Ubirajara e Bartira se entregaram às emoções e choraram muito.

— O que acontece com Porã agora? Ele não me disse.

— Ele me disse que tenho uma missão a cumprir aqui e que ele também tem uma missão grande no mundo dos espíritos. O tempo passou mais rápido para ele, a postura dele era mais serena e segura que a minha, ele realmente daria um ótimo líder e guerreiro.

— Quando ele apareceu para mim, disse muitas coisas, inclusive que um tesouro estava chegando em nossas vidas — disse Bartira, acariciando o ventre.

— Você está... "A menina"!

Bartira e Ubirajara se beijaram, muito felizes com a notícia.

— Somos muito abençoados, querido esposo.

— Será uma linda menina, e o nome dela será Buriti.

— Como sabe que é uma menina?

— Intuição... — respondeu Ubirajara rindo.

Um longo abraço encerrou a conversa, selando-a com um pacto de amor.

A outra parte

CAPÍTULO 29

Jaciara acordou antes de o sol nascer, estava com o corpo dolorido, teve uma noite repleta de pesadelos. Sua mente estava uma bagunça, os acontecimentos abalaram seu espírito e as palavras de Embaré não ajudaram com os dilemas que ela vivia. Sentia-se só. Hoje, mais do que nunca, a responsabilidade lhe pesava como um fardo. Não havia jeito de resolver as coisas, seguiria em frente.

Bem perto da aldeia, Jaciara respirou profundamente, deu um passo firme com o pé direito e seguiu adiante. Ao chegar nela, foi direto para a oca de Potira, entrou calmamente e sentou-se por alguns minutos até ser notada por Moacir.

— Irmã, já está de volta?! Seja bem-vinda!

Potira e Jandira acordaram com o a voz de Moacir.

— Mestra, que saudade!

— Bem-vinda, irmã. Fez boa viagem?

Jaciara ficou um tempo quieta, acendeu o cachimbo e, com muito esforço, deu um sorriso.

— Estou bem. Estou feliz por ver vocês.

O clima ficou estranho, um silêncio triste.

— Deve estar cansada da viagem. Vou preparar uma refeição para você.

— Não se preocupe, Potira, estou bem.

— Cadê Ticê? Aquela preguiçosa não tem vergonha de deixar a mestra sozinha? Aposto que ficou para trás, reclamando.

Potira se levantou, foi até a entrada da oca e, para sua frustação, a única coisa que viu foi o escuro da noite dando lugar ao sol da manhã.

— Irmã, onde ela está?

— Ela não está comigo.

— Ela ficou na Morada do Sol? Espero que ela esteja trabalhando bastante, já estava na hora de crescer...

— Ticê está sendo procurada por todas as aldeias, ela matou o filho de Ubirajara.

Moacir ficou sem reação, boquiaberto, e Jandira caiu sentada no chão.

— Rá, rá, rá! Deixe de brincadeiras, Jaciara. Ela está de castigo em sua oca?

Jaciara continuou com o cachimbo na boca e soltou uma longa fumaça. Aquele ato foi suficiente para demonstrar a seriedade do que foi dito. Jandira começou a chorar e Potira ficou em choque.

— Como assim?! Onde ela estava? Como isso aconteceu? Foi um acidente?

— Não foi um acidente, Moacir. Xandoré e ela assassinaram o pequeno Porã, guiados por Anhangá, um espírito maligno.

— Foi o demônio que a fez tomar essa atitude, então?

— Foi ela que invocou o espírito.

O sangue de Moacir ferveu e ele esbravejou:

— Como você permitiu que isso acontecesse?!

— É o que tenho me perguntado desde então. Dei liberdade à sua filha, que me pagou com esses atos.

— Isso tudo é mentira! — bradou Moacir.

Potira se lembrou de tudo o que havia passado desde a gravidez, um frio percorreu sua espinha.

— Você prometeu cuidar de minhas filhas, Jaciara.

— Estou aqui, justamente, para tentar reparar o erro.

— Faz ideia de onde Ticê está?

— Não faço. Tudo o que sei é que a única oportunidade de ela ficar viva é que eu a encontre primeiro.

— Você está indo procurá-la?

— Não, tenho outra missão, irmã. Preciso treinar Jandira, pois, no momento que encontrar Ticê, precisarei de toda ajuda possível. Por isso estou aqui, para levar Jandira comigo para as montanhas.

— Como?! Você se descuidou de uma das minhas filhas, e agora pede para levar a outra?

— Está entendendo errado, irmão. Não vim pedir autorização.

— Então, quer dizer que vai levá-la à força? Jamais permitirei...

— Eu vou com você, mestra.

Potira permaneceu calada, mas Moacir reagiu:

— Somente sobre o meu cadáver!

— Mestra, imagino que minha função seja muito importante. A senhora não pediria algo assim se não fosse crucial.

— Sim, se eu tivesse alternativa, não pediria, mas também acredito que a forte ligação que você tem com sua irmã pode ajudar a trazê-la de volta à razão.

— Pois então, eu irei.

— Já disse que não vai, Jandira! Sua irmã se desviou do caminho e agora você está sendo jogada ao mesmo destino! Jaciara está dando muita responsabilidade a uma criança; nem nós, adultos, daríamos conta...

Potira tocou o braço do marido. Ele olhou com estranheza, mas calou-se.

— Jandira não é uma criança, ela já pode considerar qual caminho deve seguir. Foi para isso que a criamos e a educamos. — Potira, então, voltou-se para Jaciara. — Irmã, há muito tempo, você prometeu que cuidaria de minhas filhas como se fossem suas. Isso ainda é verdade?

— Por mais que eu me sinta envergonhada e triste, estou tomando minhas decisões para protegê-las. Portanto, minha promessa continua a mesma.

— Prepare suas coisas para a viagem, Jandira.

Enquanto Jandira foi preparar o saco de viagem, Moacir saiu da oca.

— Ele vai entender. O que você pretende, Jaciara?

— Vou preparar Jandira para o que virá. Confesso que perdi minha fé em Ticê e, por alguns momentos, pensei em matá-la. Porém, a ligação delas pode resolver a situação de maneira diferente.

— Você matará minhas filhas?

— Não, darei a minha própria vida por elas.

Potira se aproximou e segurou a mão de Jaciara.

— Você é a irmã que eu não tive, sinto que é parte de mim. Não permita que minha família caia em desgraça, traga minhas filhas de volta. Eu imploro!

— Se necessário, darei meu sangue para que isso aconteça. Não quero nada para o meu destino além de paz e felicidade para suas filhas.

— Nossas filhas.

— Sim, nossas.

Jandira apareceu com o saco pronto.

— Mestra, estou pronta.

— Nosso caminho é longo e temos muito a conversar. Vamos!

— Jaciara, não se esqueça da promessa que me fez.

— Eu a honrarei, irmã.

Abraçaram-se com os olhos marejados, não queriam se soltar.

— Irmã, o que Guaraci espera de nós? Por que me dá tantas dores?

— Não sei, mas acredito que, depois dessas adversidades, todas teremos bons momentos. Devemos acreditar nisso.

Segurando as mãos, novamente, Potira respondeu:

— Sim, devemos.

Jaciara e Jandira partiram para o alto da montanha, a leste da Morada da Lua Crescente. A caminhada era longa e tortuosa, o desnível do terreno dificultava ainda mais. Na beira de um riacho, elas pararam para beber água e descansar.

— Está muito quente, beba água e se refresque, partiremos depois de comermos algo.

— Mestra, o que aconteceu com Ticê? Por que ela fez aquilo com o menino?

— Eu não sei...

— Ela é uma pessoa má?

— Não acho que seja isso, acho que está perdida. Está com as ideias fora de ordem, em busca de uma vida fácil e sem esforços.

— Tal vida não existe, mestra. Todos temos nossos papeis, trabalhamos como formigas para vivermos neste mundo, cada um fazendo sua parte.

— Que bom que sabe disso, Jandira. Infelizmente, Ticê não aprendeu essa lição e acabou criando problemas irreversíveis.

— Não entendo o porquê de minha irmã ter provocado tudo isso. O que a senhora vai fazer?

— Sinceramente, também não sei. Tenho fé de que nós duas mudaremos a situação. Um encantado me pediu que seguisse com você para as montanhas e que a ensinasse tudo o que sei. Tempos atrás, escolhi ensinar vocês duas sobre o mundo dos espíritos, essa decisão gerou coisas boas e coisas muito ruins, mas entendi que algumas coisas não dependiam do que eu fiz, cumpri meu papel e as ensinei o melhor que pude. Você e Ticê possuem capacidades fantásticas, detêm o poder de curar ou de destruir este mundo. Não lhe direi o que é certo ou errado, pois isso partiria seu coração. Portanto, eu lhe darei o meu melhor, o que fará com isso cabe somente a você, mais ninguém.

— Mestra, eu...

— Não almejo nada além do melhor para você... aliás, sempre desejei isso a vocês duas.

— A senhora matará Ticê?

— Você permitiria que eu fizesse isso?

— Não.

— Então, vamos pensar em algo juntas, pois acho que ela não vai parar, está envolvida demais. Vamos salvá-la juntas.

— Sim!

— Coma e seguiremos viagem.

— Sim, senhora!

MORADA DO SOL
cidade dos encantos

Ticê arrebata o povo

CAPÍTULO 30

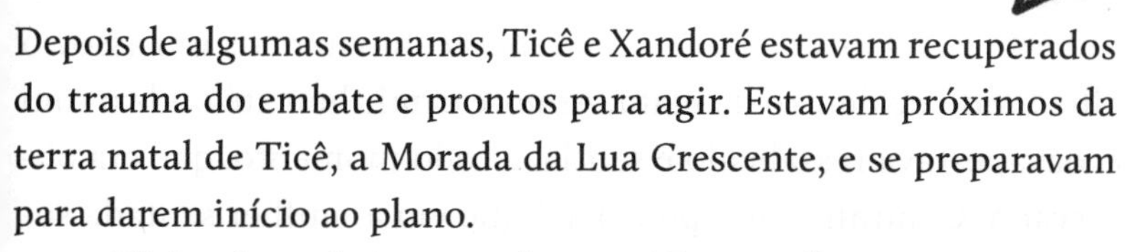

Depois de algumas semanas, Ticê e Xandoré estavam recuperados do trauma do embate e prontos para agir. Estavam próximos da terra natal de Ticê, a Morada da Lua Crescente, e se preparavam para darem início ao plano.

— Ticê, acho tudo isso uma loucura! E se escolhermos as pessoas erradas? Se denunciarem a gente, ficaremos em muita desvantagem.

— Concordo, por isso começaremos por quem podemos persuadir de uma maneira mais assertiva.

— Como assim?

— Na tribo, tem um homem chamado Aimoré, ele sempre foi apaixonado por mim, e será nosso ponto de ligação com os homens da tribo.

— O que a faz pensar que ele vai participar do plano?

— Ele vai, confie em mim.

— Como vai falar com ele?

— Ele encontrará comigo, mas não podemos trazê-lo aqui, para que não saiba onde estamos. Vou em busca dele.

— Você vai para a tribo?!

— Irei o mais próximo possível.

Ao cair da tarde, Ticê se aproximou da tribo e ficou em um local visível, onde Aimoré costumava relaxar. Conforme previu, ele estava lá, sentado no pé da árvore, comendo jabuticaba. Ticê sorriu, o destino convergia a seu favor. Ela ficou de costas para o local onde o homem estava e assoviou alto; Aimoré parou o que fazia e buscou a origem do som com os olhos. Ticê o encarou alguns segundos e seguiu mata adentro. Aimoré não acreditou no que viu, pensou que estava delirando:

— Ticê?!

O indígena se levantou e correu na direção dela. Quando chegou mais perto, Ticê não estava lá, e certa frustração cresceu dentro dele. Porém, ao olhar para o chão, viu o brinco que ela usava, ficando ainda mais confuso. De repente, ouviu mais um assovio alto, vindo de dentro da mata, Aimoré caminhou até onde o som ecoava, estava ressabiado e sentia, a todo momento, que era observado. Caminhou um pouco até que viu a mulher sentada sobre uma pedra.

— Ticê, é você?

Ticê se levantou e se mostrou para o homem.

— Olá, Aimoré, sentiu minha falta?

— Seu rosto — falou Aimoré, assustado, ao olhar para ela.

— Estas marquinhas? Está me achando feia?

— Nunca! Desculpe-me, mas alguém a feriu profundamente, e imaginei que estivesse com problemas.

— Não estou, mas, se continuar falando, é você quem ficará com problemas.

— Estão falando de você na tribo, dizem que matou o filho de Ubirajara.

— Você acredita nisso?

— Não, você não seria capaz...

— Devia ter acreditado, é verdade. Eu matei Porã.

— Matou?! Por que você faria isso?

— Ubirajara está oprimindo nosso povo, nos tornando fracos, sem desafios ou melhorias para nosso povo. Os fracos estão no comando e os fortes, trabalhando, submissos. Não aceito mais isso. Sequestrei o macaco do menino. Tentando resgatá-lo, Porã me atacou e eu o matei, não era meu intuito, mas, assim como Ubirajara faz com nosso povo, eu fiz com o filho dele. Isso gerou uma revolução, me querem morta, não somente pelo que fiz, mas pelo que pretendo fazer.

— O que pretende fazer?

— Somos fortes, e aos fortes pertence o poder. Quero colocar Ubirajara no lugar dele, serei a líder e farei nosso povo crescer e prosperar com bastante força, como os guerreiros de verdade que somos. Xandoré é uma das vítimas de Ubirajara, me contou tudo o que se passava e eu tive o desprazer de sentir na pele o que ele faz com as aldeias. Pretendo criar um exército de guerreiros e retomar o que é nosso.

— Por que me chamou aqui?

— Quero que seja o capitão dos guerreiros.

— Eu?!

— Sim, você sempre mostrou ter mais valor e fidelidade que os demais, é uma pessoa muito honrada e leal. Essas virtudes são a essência para a posição de capitão, não acha?

— Sim, mas não sabia que me via dessa forma.

— Mas essa posição é somente se você quiser.

— Sim, aceito. Ficarei honrado em devolver o poder ao nosso povo, e ainda mais honrado em servi-la.

— Fico grata pela oportunidade que está me dando.

— Quais são as ordens da senhora?

— Gostaria que me ajudasse a criar o meu exército, quero que volte à aldeia e descubra quais homens podem ser fiéis à nossa causa, diga que eles terão lugar ao nosso lado e que, quando conquistarmos a vitória, as famílias deles gozarão dias de felicidade e abundância.

— Assim será, minha rainha! O que faremos com aqueles que não aceitarem a proposta?

— Isso deixará evidente que são favoráveis à vida de submissão instaurada por Ubirajara em todas as aldeias. Essas pessoas estão contaminadas pelo medo e a covardia, é como se estivessem doentes e para isso, infelizmente, não temos a cura. Devemos ceifá-la antes que se propague ainda mais, e começaremos em nossas terras, na Morada da Lua Crescente.

— Mas isso poderá levar à morte de nossas famílias e de nossos amigos!

— Livraremos o futuro de nossa aldeia desse veneno e fortaleceremos nosso povo para uma prosperidade longínqua. Todos terão as mesmas chances, mas nem todos aceitarão sair debaixo das asas de Ubirajara. Assim, conheceremos nossos inimigos antes mesmo de a guerra começar.

— E quanto a Xandoré? Ele concorda com a senhora?

— Xandoré foi um dos mais oprimidos por Ubirajara, ele sabe o quanto seu povo sofre com isso, vai me ajudar a governar e não permitirá que cometamos os mesmos erros. Com a ajuda de vocês e de nossa nova família, livraremos o mundo desse mal e criaremos um futuro mais sólido para nossos filhos e seus descendentes — explicou enquanto acariciava o ventre. — Vá, Aimoré, seja meu guerreiro mais nobre, honre seus ancestrais. Que seu nome seja recitado em nossas canções para todo o sempre!

— Assim será, minha rainha!

Aimoré voltou para tribo e Xandoré apareceu por detrás de uma árvore.

— Acha que conseguiu convencê-lo, Ticê?

— Ele mataria ou morreria por mim, não se preocupe. Vamos aguardar nosso plano fazer efeito.

— E quanto a matar seu povo?

— Um pequeno preço a pagar por uma grande revolução. Se Ubirajara souber que estamos aqui, teremos um sério problema. Dos mais de quarenta guerreiros que a Morada da Lua Crescente tem hoje, uns quinze deles, pelo menos, têm de ficar ao nosso lado.

— Mas e os outros?

— Infelizmente, não podemos deixar que se voltem contra nós. Vão morrer.

— Isso incluiu seus pais? Sua irmã?

Ticê se calou, tinha resposta para tudo, mas não estava preparada para aquele questionamento.

Morte e renascimento

CAPÍTULO 31

Depois de duas semanas de intenso treinamento com Jandira, Jaciara resolveu dar um descanso merecido para ambas, pois as tarefas eram diárias e costumavam avançar a madrugada.

Jandira dormiu até mais tarde, seu corpo estava surrado, dolorido, os exercícios exigiam muito dela. Sonhava que corria pela floresta e que estava com muito medo, pois algo a perseguia. Certo momento, ela tropeçou e caiu, foi quando um rugido a acordou. Sentou-se apavorada com o coração aos pulos, limpou o suor que escorria pelo rosto e tentou respirar mais devagar.

— Era apenas um pesadelo... só isso!

Foi se acalmando, mas o coração palpitava sempre que relembrava a cena.

— Já acordou, Jandira? Está tudo bem?

— Bom dia, mestra. Estou bem.

— Parece que nossas frutas acabaram, poderia colher algumas para o café da manhã?

— Claro.

Levantou-se rapidamente e apanhou a bolsa.

— Se eu demorar, não perca a fé, eu volto — brincou a menina.

— Pare de besteiras! Vá logo e tenha cuidado.

— Até mais.

Jandira saiu da tenda ainda se espreguiçando. Tomou um gole d'água e guardou a cabaça na bolsa. Seguiu adiante em busca das frutas, sabia que na curva do rio havia alguns pés de jabuticaba, maracujá e abacaxi. Caminhava pela floresta desatenta e pensativa: "Por que minha irmã fez aquilo?", "Por que estou aprendendo tudo isso sobre o mundo dos espíritos?", "Como estão meus pais?", "O que foi aquele pesadelo?".

Naquela manhã, acordara muito incomodada. Um forte barulho ecoou às suas costas e ela, automaticamente, sentiu um frio na espinha, como se fosse incapaz de reagir. Jandira virou lentamente e olhou para trás, mas não havia nada. "Estou tendo alucinações? Tenho a certeza de que ouvi um estrondo!", questionou-se.

Alguns metros de onde partiu o estrondo, Jandira notou algumas pegadas humanas no chão.

— Apareça! Vejo as marcas, sei que tem alguém aí!

Ninguém se pronunciou. Continuou o trajeto, desta vez, atenta a tudo ao redor. Chegou ao local e, além das árvores frondosas, todo o entorno era lindo e cheio de vida. Próximo dali, havia um morro de, mais ou menos, sete metros de altura e uma cachoeira um pouco mais baixa. O local era belíssimo, havia tantos peixes que era possível vê-los de onde Jandira estava. Ela tinha pressa, queria voltar à tenda para que Jaciara não chamasse sua atenção. Já havia coletado as jabuticabas e estava terminando de colher os maracujás quando ouviu outro barulho, desta vez na água, como se algo imenso tivesse despencado dos céus e caído no rio. Jandira correu para a beira do barranco, deitou-se e viu uma grande agitação na água. "Jacaré?", imaginou.

De onde estava, não conseguia enxergar direito o que se passava, levantou-se para se posicionar melhor, mas, ao se virar, foi surpreendida por um homem.

— Oi! — alguém a cumprimentou com voz grave.

Jandira se apavorou e, com o susto, deu alguns passos para trás, o suficiente para perder o equilíbrio e rolar barranco abaixo. Tudo girava, como se a queda fosse eterna. Terra, suor e poeira se misturavam com a visão turva de Jandira, até que um grande impacto na água acabou com o sofrimento. Por alguns segundos Jandira se viu desacordada e ouviu em seus pensamentos: "Acorde, doce Jandira. Seu tempo ainda não acabou, tem uma longa caminhada pela frente, tome o que é seu e viva!".

Jandira abriu os olhos, estava no rio, sem entender bem o que acontecia. Ela nadou instintivamente para a margem enquanto tentava recobrar a consciência e entender o que estava se passando. Quando se deu conta, já estava engatinhando em direção à beira, cuspindo muita água. Não teve tempo para se recuperar, porque, ao olhar para o lado, Jandira viu o real motivo do barulho que deu origem à confusão: uma onça enorme.

Ela pegou a bolsa que estava ao seu lado, se levantou e começou a correr, a onça não demorou muito para acompanhá-la na corrida. Porém, ambas estavam atordoadas, o animal também rolara barranco abaixo, as duas estavam muito machucadas, mas, por algum motivo, a onça parecia ter levado a pior.

A perseguição não durou muito, Jandira ainda estava descompassada e, até começar a correr, a onça não tinha percebido que mancava. Por isso, ela se deitou e Jandira, sabiamente, subiu em uma árvore para se recuperar.

— Saia daqui, não serei seu almoço hoje.

A onça olhou para Jandira com uma feição de desdém.

— Vá embora!

A onça lambia as feridas, tentando repará-las.

Jandira chegou à conclusão de que aquilo iria demorar a se resolver, e decidiu forçar. Quebrou um galho logo acima da cabeça para se defender, em seguida, abriu a bolsa e viu que só havia algumas jabuticabas. Comeu-as para reestabelecer as forças um pouco e tomou fôlego.

— Do jeito que está sua pata, não vai conseguir nada comigo. Siga seu caminho.

A onça, que permanecia deitada, moveu a orelha em direção à voz de Jandira, mas não esboçou outra reação.

— Então, fique, mas, assim que eu me recuperar, vou correr mais que você. Em seguida, vou atrás daquele homem que me fez cair aqui.

A onça levantou a cabeça e olhou para Jandira, como se tivesse entendido o que ela disse. Algo as uniu naquele momento: um sentimento de vingança.

As forças de Anhangá se reúnem

CAPÍTULO 32

Aimoré estava semeando os planos de Ticê na aldeia, agindo nas sombras. Como uma cobra, rastejava em busca de presas para destilar o veneno. Sabiamente, usou o fato de Jaciara estar fora da aldeia em seu favor. Para dar mais força ao plano, espalhava a discórdia: "Jaciara se esqueceu de nós?", "Nossa líder está preocupada com outro povo?", "Ela deixou tudo nas mãos de Potira e Moacir para viver os problemas de outras pessoas", "Dizia que éramos a família dela, agora estamos abandonados", "Acho que o líder desta aldeia é Ubirajara, ele manda até em Jaciara".

Pouco a pouco, o clima na Morada da Lua Crescente foi mudando, as pessoas passaram a refletir sobre as ideias de Aimoré. O veneno começou a agir e, agora, era apenas uma questão de tempo.

Quatro homens da aldeia abordaram Aimoré em sigilo.

— Aimoré, por que está dizendo essas coisas de Jaciara?

— Irmãos, acham que estou mentindo?

— Claro que está! Jaciara nunca nos abandonaria!

— Quanto tempo nossa líder está fora? A Morada do Sol está com problemas, mas temos os nossos, não?

— Sim, temos, e estamos dando conta deles.

— Não estou aqui para servir Ubirajara, nossa líder está desistindo de nós.

— Por que está falando isso?!

— O filho de Ubirajara tentou matar Ticê.

— O quê?!

— Isso mesmo que ouviram! Ela se defendeu e acabou matando o menino. Todas as aldeias estão atrás dela, Ubirajara a quer morta.

— Como sabe disso?

— Ela me contou. Ela quer se defender, está buscando pessoas que a ajudem a ter um julgamento justo perante todas as aldeias, mas está praticamente impossível, porque Ubirajara já ordenou que quem a encontrar deve matá-la e, por isso, Jaciara também a está procurando. Ticê, que conheceu a tirania de Ubirajara, quer tirá-lo do posto para que ele não faça isso com outros. Ela quer um povo unido com justiça.

— Então, Ticê realmente matou o menino? Não me parece algo que ela faria. Ela sempre foi mimada e mandona, mas não teria coragem de matar uma pessoa.

— Ela precisou se defender do menino, foi uma investida mortal, ela não teve escolha. Ticê não é "mimada e mandona", ela possui características de liderança, ela nos envolve e direciona para os melhores objetivos. Apesar de ter sido criada por Jaciara, possui uma personalidade mais assertiva, e pode nos conduzir por um caminho muito melhor que o atual. Veja este momento: ela está se expondo para unir as aldeias, e Jaciara, onde está?

Potira viu a pequena reunião e se aproximou.

— Aconteceu alguma coisa?

— Jaciara, definitivamente, faz parte da Morada do Sol?

— Aimoré, por que diz isso? Jaciara sempre foi e sempre será nossa líder.

— É mesmo? Onde ela está agora?

Potira se viu encurralada, não tinha outra opção a não ser responder.

— Jaciara esteve aqui, agora está com Jandira nas montanhas. Elas estão resolvendo algo muito importante.

— Por que nossa líder não falou conosco antes de ir para lá? Que problema é esse?

— Houve um grande problema na Morada do Sol, Jandira e Jaciara estão nas montanhas, pedindo forças para os espíritos para resolver a situação. Agora, pare com esses pensamentos sem sentido, Jaciara é nossa líder e está preocupada com todos nós, só não pode estar conosco neste momento.

Os homens da aldeia se entreolharam e confirmaram as palavras de Aimoré.

— Você está certa, Potira. Vamos torcer para que as coisas se ajeitem. Irmãos, estou indo para a minha oca.

O grupo se dissipou com o único pretexto de se livrarem de Potira. Na entrada da oca, reuniram-se mais uma vez.

— Acreditam em minhas palavras agora?

— Sim.

— Vamos encontrar Ticê e Xandoré. Avisaremos que descobrimos onde estão Jaciara e Jandira.

— Onde Ticê está?

— Amanhã cedo você saberá.

Na manhã seguinte, Aimoré e mais dois homens foram até Ticê. Apesar de o grupo já contar com cinco pessoas, ele preferiu ir com apenas dois para não chamar atenção. Pouco tempo depois, chegaram a uma clareira onde estava Xandoré.

— Xandoré, estamos aqui para falar com Ticê.

Quando Xandoré viu os homens, animou-se, mas preferiu não demonstrar.

— Ticê logo estará aqui. Adiante o assunto.

— Nós descobrimos onde Jaciara está: nas montanhas com Jandira. Potira nos contou, o que devemos fazer?

Xandoré respirou fundo, agachou-se, pegou um graveto e permaneceu em silêncio por alguns segundos. Enfim, quebrou o graveto e disse:

— Nossa líder possui apenas um ponto fraco, a família. Mande esses dois atrás delas. Preferimos elas vivas, mas não é preciso que se esforcem tanto. Se necessário, cravem uma flecha no peito delas, falaremos que foi um acidente. Anhangá intuía os pensamentos de Xandoré. Para Anhangá, era mais fácil tirar a vida do que gerá-la, e ele sabia lidar com isso.

— Ouviram Xandoré? Sigam em direção às montanhas, achem as duas e o restante vocês já sabem.

Assim aconteceu. Se tiveram alguma dúvida em seguir Ticê, não tinham mais, ela havia conseguido. Os dois indígenas pegaram os arcos e partiram, queriam um trabalho rápido e limpo, pretendiam voltar o mais breve possível.

— Como serão as coisas daqui para a frente? Ticê está pronta para assumir o posto? Entraremos em uma guerra, não será fácil derrubar Ubirajara — Aimoré continuou a conversa com Xandoré.

— Será uma batalha árdua, mas Ticê é muito inteligente, estou certo de que podemos contar com as manipulações dela. Eu, dificilmente, cederei aos caprichos de Ubirajara, temos Anhangá ao nosso lado e isso faz toda a diferença.

— Está duvidando de nossa capacidade, Aimoré? Caso percamos essa guerra, saiba que boa parte da culpa será sua, nosso capitão é você — surpreendeu-os Ticê.

— Minha senhora, eu estou fazendo...

— Onde estão seus guerreiros?

— Converti alguns, mas ficaram na tribo para mantermos a discrição.

— Precisa se esforçar mais. Nosso tempo está acabando e continuamos vulneráveis para um possível embate.

— Senhora Ticê, darei meu melhor.

— Não espero menos de você, Aimoré — disse, tocando-lhe o alto da cabeça como um sinal de carinho.

— Agradeço sua confiança.

— Diga-me, por que está aqui?

— Sei onde estão sua mestra e sua irmã

— Onde?!

— As duas estão nas montanhas, conversando com os espíritos.

— Como sabe disso?

— Potira me contou, notei que sua irmã estava sumida, mas não sabia que Jaciara tinha voltado.

Por alguns instantes, Ticê se calou, não esperava a volta de Jaciara tão cedo, desejava menos ainda que a irmã estivesse com ela.

— Quais são suas ordens, senhora?

— Vamos fortificar nosso povo, iremos às montanhas em uma semana, acelere seu trabalho, logo resolveremos a situação.

— Sim, minha líder. Voltarei agora para a aldeia e organizarei um grupo para ir à montanha. — Aimoré pegou os pertences e partiu.

— O que fará se Jandira e Jaciara não colaborarem? — quis saber Xandoré.

— Eu… — falou Ticê reticente.

— Se nossos planos correrem perigo e, se for preciso, agirei mesmo contra seus sentimentos e suas ordens.

Xandoré se pôs a caminhar, enquanto Ticê se mantinha com as palavras engasgadas. Seus pensamentos foram longe: "Não posso machucar minha irmã nem minha mestra, elas são meus maiores tesouros. O que devo fazer?".

— Toda escolha exige sacrifícos.

Ticê parou repentinamente.

— Quem é? Anhangá? Onde você está?

— Estou falando com você em pensamento.

— O quê? Como? Saia já! — exigiu Ticê enquanto batia na cabeça inclinada.

— Deixe de bobagem, não é assim que as coisas funcionam. Você me chamou!

— Eu nunca o chamaria, você é uma cobra peçonhenta.

— Somos, minha rainha! Entenda uma coisa, Ticê, o que você está criando é sem precedentes, achou que seria fácil? Aliás, ousaria dizer que o melhor só virá após as conquistas. Até lá, tudo será batalha, dor, ferida, cansaço e, principalmente, sacrífico, ou acha que haverá um caminho de flores até seu trono? Acorde, Ticê, está na hora de viver a realidade. Ou estão com você ou estão contra!

— Anhangá, você é um ser desprezível, um erro em nosso caminho. Tudo começou por sua causa.

— Minha causa? Como disse, você me invocou.

— Agora, estou mandando você sumir!

— No fundo, você quer alguém para fazer o trabalho sujo — falou Anhangá gargalhando —, funciona com os outros, comigo, não. Ir embora não é opção, estamos atrelados até o fim. No momento certo, você será minha! — gargalhou novamente e desapareceu.

Ticê chorou sofregamente, pois sabia que Anhangá estava certo. Sua dor não era pela dúvida, senão pela certeza do que viria a fazer.

A marca da fera

CAPÍTULO 33

Era manhã. Jandira abriu os olhos e sentiu o corpo muito dolorido, pensamentos e sentimentos a perturbavam: dor, guerra, raiva, mágoa, tristeza, perda. Tudo lhe parecia ilógico, mas real. Respirou profundamente, permitindo que o ar acalmasse sua alma e seu coração, e pediu ao grande Tupã que afastasse aquilo dela. Esticou os braços e as pernas, bocejou, disposta para um novo dia, virou-se para o lado e, quando se preparava para saltar do galho, percebeu que o pesadelo não terminara, a onça ainda estava lá. "Demônio! Infelizmente, é ela ou eu, e hoje não estou disposta a escolher", pensou, muito irritada e cansada daquela situação.

Por algum motivo, a onça permanecia deitada com os olhos fechados. Jandira, então, pegou um galho, que não era suficiente para matar o animal, mas cuja pancada iria atordoá-lo, e ficou de pé, equilibrando-se e segurando a arma com as duas mãos. Era tudo ou nada. Quando se preparava para pular, um barulho chamou sua atenção: olhou para trás e viu uma lebre perto das raízes da árvore onde estava. Era o momento perfeito de saciar a fome. Não pensou duas vezes, se jogou de lá de cima e golpeou o pequeno animal com força, matando-o na hora. Ficou aliviada por ter o que comer naquela manhã.

De joelhos, enquanto se preparava para tirar a pele do animal, sentiu um ar quente na nuca. "A onça!", lembrou-se. Jandira começou a suar frio. Ficou paralisada de medo. Sentiu saudades da família; raiva por ter se metido naquela confusão; aceitação por compreender que a natureza da onça era continuar viva, assim como ela havia feito com a lebre. Seu corpo, simplesmente, permitiu que o destino cumprisse seu curso e ela fechou os olhos.

— Jandira, role para a frente agora!

Abriu os olhos como se acordasse de um pesadelo e seguiu as ordens da voz com toda a fé que tinha.

Era como se o tempo tivesse convergido a seu favor, pois, as garras da onça passaram perto de suas costas no momento em que ela se esquivou do ataque. Jandira passou por cima da caça, enquanto a onça se debruçou sobre a lebre para devorá-la.

Estava em choque, ofegante, mas Jandira se encheu de coragem:

— Eu avisei que não ia me comer. Só não a mato agora porque preciso guardar essa coragem para aquele idiota que me jogou aqui. Adeus!

Jandira correu floresta adentro, sem olhar para trás, em busca de alimento e pensando em como subiria o paredão de onde caíra. Sentia-se mais rápida, mais ágil, com mais energia que antes. "Parece que o susto me deixou mais poderosa, como se pudesse subir nas árvores em um salto", refletiu.

A menina achou um jambeiro no meio do caminho, colheu algumas frutas e começou a comê-las. O coração desacelerava lentamente, mas permanecia em êxtase. Guardou três jambos na sacola e continuou a caminhada.

Aos poucos, Jandira se acalmou, até que um barulho nas proximidades voltou a chamar sua atenção. Algo se mexia perto dela, eram passos de gente.

— Já andamos muito, não as acharemos assim.

— Anda logo! Se não as encontrarmos, Xandoré vai nos punir. Potira falou que elas estavam aqui nas montanhas, nesse local tem bastante água e comida, não devem estar longe.

— Quando as acharmos, daremos uma flechada no pescoço de cada uma, e tudo estará terminado — falou um dos guerreiros rindo com o companheiro.

Perto dali, Jandira ouvia tudo. Ela se virou lentamente, mas acabou pisando em um galho. O estalo alertou os homens, que logo viram Jandira espreitando-os.

A perseguição começou. Jandira, afoita, acabou retornando na direção da onça enquanto flechas zuniam em seu ouvido. Quanto mais corria, mais próximos eles pareciam. Desesperada, olhou para trás: eles a estavam alcançando. Olhou para a frente: lá estava a onça. O animal atacou e, com o susto, Jandira caiu de costas, bateu a cabeça e desmaiou.

A onça pisou no peito de Jandira e se projetou sobre o pescoço de um dos homens. Foi fatal. O outro ficou tão apavorado, achando que o animal havia matado Jandira e o companheiro, que correu mata adentro, abandonando o amigo e as ferramentas de caça.

A onça apertou a traqueia do homem até ter a certeza de que ele estava morto. Depois, deitou-se ao lado de Jandira e esperou até que a moça despertasse.

Jandira tentava acordar, mas o espírito resistia em voltar para o corpo, já seus sentidos estavam cada vez mais aguçados. Mesmo inerte, a audição da moça captava tudo à sua volta: o som do vento, o barulho da água, o ranger das árvores, o assovio dos pássaros e toda a vida ao redor. Também escutava o próprio coração e, de repente, percebeu o hálito quente da onça ao seu lado. Nesse instante, desesperada, Jandira deu um pulo, caiu novamente de costas e, com a ajuda das mãos e dos pés, afastou-se do animal. A onça ainda a olhava com desdém, e a aparência do animal não era das melhores, estava banhada de sangue.

Jandira arfava em desespero, não tinha para onde correr. Uma forte pontada a fez sentir um hematoma na cabeça. "Que dor!", pensou. Ficou tão nauseada que, por alguns instantes, se esqueceu da onça. O animal encostou a cabeça sobre ela e isso a paralisou, estava com medo, mas intrigada.

— Você vai me morder?

O animal ronronou alto.

Jandira olhou para o lado e viu um corpo com a garganta dilacerada.

— Você o matou para me proteger? Acho que conquistamos uma amizade inimaginável, não é mesmo? — falava enquanto colocava a mão sobre a onça, e o animal retribuía o afago. — Você precisa ser mais cuidadosa, me jogou no chão com muita força. Está certo que foi por uma boa causa, mas veja a marca em meu peito.

Nesse momento, Jandira percebeu que a marca não doía nem ardia, não estava roxa nem vermelha, apenas estava ali, como se fosse uma marca de nascença.

A onça se encostou em Jandira, soltando parte do peso. O animal continuava a ronronar fortemente.

— Prefiro seu carinho bruto ao meu pescoço em sua boca. Vou dar um fim no corpo desse homem e, depois, buscar algumas ervas para nossos machucados. Espere aqui e, se me ouvir gritar ou me ver correr, me ajude — disse Jandira rindo.

Pouco tempo depois, a moça voltou. Em uma das mãos, havia um punhado de ervas, na outra, uma lebre.

— Nosso jantar.

Com o que tinha, preparou a lebre, deixando as partes mais fáceis de assar para si e o restante para a nova parceira. Enquanto esquentava a comida na fogueira improvisada, Jandira amassava as ervas em uma pedra.

— Minha mestra disse que isso ajuda a curar o corpo. Vou pôr em minha cabeça e em sua pata.

Depois de passar o emplastro, Jandira colocou a pata do animal entre as mãos e suplicou: "Amado Tupã, nem sempre entendo seus desígnios, principalmente ao colocar um bicho como este em meu caminho. Mas o senhor sabe que não recuso uma boa amizade e, como assim quis, peço que cure minha irmã onça. Que a força dos espíritos e da natureza curem nossas dores. Muito obrigado, amado pai."

— Está feito. Vamos comer.

Quando Jandira estava pronta para morder sua parte, a onça avançou. A moça puxou o alimento rapidamente e, com dois dedos, bateu na orelha do animal.

— Está doida?! Já comeu sua parte. Se pretende ser uma boa amiga, tem de aprender a dividir e a respeitar.

A onça amansou e Jandira pensou: "Devo estar louca, acabei de estapear uma onça! Ainda estou viva... melhor não fraquejar".

Jandira permaneceu séria enquanto jantava. A noite já estava muito escura, um vento gelado corria pelas matas.

— Vamos dormir, já está tarde. Amanhã, logo cedo, buscaremos uma forma de sair deste vale.

A moça encostou em uma árvore e a onça se deitou entre as pernas de Jandira. Ambas adormeceram, vendo as últimas brasas da fogueira.

Jandira sonhou novamente com o mundo dos espíritos, mas era tudo muito confuso, sem lógica, e ela estava muito abalada com o que havia acontecido, nunca tinha visto uma morte tão trágica quanto a daquele homem.

Na fria madrugada, Jandira despertou, pois, encolhida aos pés da árvore, sentia-se congelando. Estranhou a onça não estar em suas pernas. Piscou algumas vezes, tentando entender o que acontecia. Viu a fogueira bem forte e alta, mas algo a espantou e a amedrontou: uma mulher, sentada próxima à fogueira, mexia nas madeiras que alimentavam a chama. Apavorada, quis gritar, mas a voz não saía.

— Acordou, pequena?

Jandira arregalou os olhos, imaginou que a mulher lhe faria mal, assim como aquele homem. Não teve reação, mas em pensamento implorava: "Ajude-me, onça!".

A mulher correu na direção de moça. Parou a alguns centímetros da face de Jandira e começou a farejá-la como se buscasse algo.

— Pequena, esse cheiro que sinto em você é medo? Perdeu a bravura em uma noite? — disse, cuspindo para o lado.

Jandira se lembrou por que estava ali e o que devia fazer. Em um movimento rápido, levantou-se e tentou chutar o rosto da mulher, que se defendeu com o antebraço e deu um grande salto para trás, caindo com uma postura extremamente alinhada.

— Muito bem, pequena!

Jandira arregalou os olhos e começou a prestar atenção na mulher. Então, viu a mão dela cheia de folhas e ficou perplexa.

— On-ça?!

— É assim que nos chamam. Não gosto. Sou Kianumaka-mana, a rainha onça, mas pode me chamar de Jaguar. Caço com um único pulo, como você viu.

Jaguar se levantou e deu um tapa com dois dedos na orelha de Jandira.

— Não é assim que você resolve as coisas?

— Não... não... eu... Desculpa!

Jaguar rugiu no rosto da menina, e Jandira ficou sem reação.

— Está com medo de mim? Até pouco tempo, era minha amiga e parceira; agora, age como uma caça. Onde está sua bravura? Reaja!

Jandira aquietou o coração e pensou em tudo o que vivera com Jaguar. Levantou-se e, com a postura de uma guerreira, encheu o coração de coragem. O animal se reaproximou dela e tornou a farejá-la.

— Achei que minha bravura tinha comido a sua, pequena. Sei que tem muito mais escondida aí, mas já fico feliz por demonstrar alguma. Tomei minha forma humana para cuidar de você. Um vento sombrio percorre as matas; você estava tremendo e eu decidi reacender a fogueira. Sente-se, vamos conversar.

— Sim, senhora.

— Já pedi para me chamar de Jaguar.

— Sim, Jaguar!

Jaguar e Jandira passaram dois dias se conhecendo, trocando informações, e a moça pôde contar tudo o que estava acontecendo para a amiga.

Ticê nas sombras

CAPÍTULO 34

Esbaforido, o homem retornou para informar o ocorrido a Xandoré.

— O que houve? Onde está seu companheiro?

Desesperado, sangrando e cheio de feridas, o homem se ajoelhou na frente de Xandoré e tentou explicar:

— Xandoré, eu...

Xandoré, de braços cruzados, fitava o homem com um misto de curiosidade e desprezo.

— Viu um espírito? Jaciara lhe deu umas bofetadas? — debochou Xandoré.

— Meu companheiro... uma onça o matou.

— Ainda se diziam caçadores? São dois fracos, e morte para os fracos é pouco.

Xandoré e Anhangá vibravam juntos enquanto diziam essas palavras.

— Não era uma onça comum. A onça estava com Jandira!

— O quê?! Isso está cada vez mais ridículo! Apanharam de uma menina?

— Xandoré, você não está entendendo. A onça saiu de dentro da Jandira e pulou na garganta de meu companheiro!

O desespero do indígena havia sido tanto que, durante o conflito, ele não vira a onça surgir detrás de Jandira. Para ele, o animal havia saído de dentro da moça, como se fosse um espírito, e tudo tinha ficado ainda mais confuso quando ouvira a traqueia de seu companheiro sendo esmagada pelo felino.

— Tudo tem limite. Você é um fraco, e não tenho motivos para mantê-lo vivo.

Enquanto Xandoré falava, a força e a ira de Anhangá se manifestavam, e o destino do infeliz se aproximava. Desta vez, o desespero havia paralisado o indígena.

— Xandoré, o que está havendo? — Ticê perguntou enquanto se aproximava.

Xandoré voltou à forma humana.

— Este homem disse que viu sua irmã nas montanhas.

— Ela está bem?

— Parece que sim. Aparentemente, sua família tem uma tendência assassina. Jandira matou o companheiro deste infeliz e ele quase teve o mesmo destino. Escapou por pouco, não foi?

— Sim, senhor.

— Rá, rá, rá! Vocês devem estar loucos, Jandira não mataria uma formiga!

— Ticê, não temos motivo para mentir.

A moça abaixou a cabeça por alguns instantes. Tentava entender como aquele turbilhão havia iniciado. Começava a se arrepender de muitas coisas, mas estava envolvida demais, seguir em frente e se dedicar até o fim seria a melhor solução.

— Vamos até Jandira! Vamos trazê-la para nosso lado.

— E se ela não colaborar?

— Será nossa prisioneira.

Xandoré e Anhangá estavam juntos havia tanto tempo que os pensamentos de ambos se misturavam. Para eles, a tentativa de resolver as coisas com harmonia revelava a fraqueza de Ticê. Aceitaram naquele momento, mas agiriam na hora certa.

— Concordo, vamos atrás dela. Você nos guiará — falou apontando para o indígena.

— Mas, senhor, a onça matará todos nós!

Xandoré voltou a mostrar o lado sombrio.

— Vou guiá-los até lá, meu senhor — consentiu o homem amedrontado.

— Não se esqueça de que você está do lado dos fortes! Mas, se tem dúvidas, volte para a tribo e permaneça bem quieto, como um coelho acuado, em seu canto.

— Peço perdão, meus senhores!

— Não se preocupe, você só teve a oportunidade de vê-los agindo. Agora, é a nossa vez. Levante-se e vamos!

Despedidas e reencontros

CAPÍTULO 35

Amanhecia mais uma vez, e Jaciara estava a um passo do desespero. Não desejava apelar às forças dos encantados, mas não via alternativa.

— Mestra Mutum, apareça por favor. Preciso de sua ajuda.

Um silêncio tomou conta das matas.

Jaciara sussurrou, quase sem esperança:

— Ajude-me, por favor...

O pássaro, companheiro de Mutum, pousou no ombro de Jaciara.

— O problema de vocês, humanos, é sempre o mesmo: a falta de paciência e de fé. Não é mesmo, Jaciara? — falou Mutum sorrindo.

— Mestra! — Jaciara correu e a abraçou.

Mutum ficou sem reação, pois ainda não havia se acostumado àquelas manifestações de carinho.

— Mestra, Jandira sumiu! Ela saiu em busca de alimento e...

Jaciara olhou para Mutum e estranhou a conduta da encantada, que olhava para o céu, como se procurasse algo, e mexia o nariz.

— Mestra?!

— Jaciara, precisamos achar Jandira o quanto antes. Algo se aproxima.

— O que está vindo, Mutum?

— Cheiro de morte e maldade... Anhangá está chegando.

— Mutum, por favor, encontre Jandira!

Mutum e o pássaro levantaram voo e se dividiram no ar.

Jaciara levantou-se para procurar a discípula, mas deu de cara com Embaré.

— Por que a pressa, bruxa? A aldeia está pegando fogo?

— O que você quer aqui?

— Que modos são esses de falar comigo?

— Sou até bastante educada com você, mas as coisas não vão bem, e você tende a piorá-las.

— Sua impressão sobre mim está equivocada. Eu equilibro as coisas.

— Não entendo bem esses seus "equilíbrios". Provavelmente, você os vê de um jeito somente seu.

— Não! Eu preservo a vida, ainda que precise sacrificar outras.

— Você é pior que Anhangá!

— Isso é um ponto de vista. Mas, enfim, vim apenas entregar algo para você. — Embaré entregou a ela um coco e algo enrolado em uma folha. O coco parecia seco e tinha um furo tapado com um tipo de rolha. A folha era grossa, e não dava para saber o que escondia. — Isso servirá para deter Anhangá.

— O que é isso? Devo jogar o coco na cabeça dele, conversar, chegar em um acordo e, em seguida, fazer um curativo com a folha?

— Achei engraçado. É uma boa ideia... tão boa que guardarei estas coisas e as levarei embora. Até logo!

Jaciara percebeu que havia sido muito ofensiva. Não tinha alternativas e não perderia a chance.

— Embaré, espere...

O homem parou de costas para ela.

— Não temos alternativas. Peço desculpas. Por favor, nos ajude.

— Claro! Como sou bonzinho, ajudarei.

Jaciara pensou em contestar, pois o "bonzinho" não se encaixava em toda aquela situação, mas preferiu se calar.

— Preste atenção: este coco recebeu algumas influências e é capaz de absorver espíritos negativos. É evidente que Anhangá não se entregará facilmente; portanto, somente quando ele estiver muito enfraquecido você poderá tentar drená-lo. Tire a rolha e direcione o coco para ele. Quando todos os espíritos impuros estiverem presos, feche o coco e sele-o com a cera de abelha irapuã que está enrolada nesta folha. Entendeu?

— Mas isso não o matará, ele poderá voltar!

— Anhangá não morre jamais. Essa é a melhor solução que temos para pará-lo. Ensine isso para sua discípula. No momento certo, qualquer uma das duas poderá dar um fim a esta situação.

— Jandira sumiu! Pode me ajudar a procurá-la?

— Ela não está sumida, está tendo aulas. Lembra-se do que lhe disse antes de vir para cá? Que eu enviaria alguém para dar o complemento necessário.

— Sim, eu me lembro, mas não vi ninguém.

— Eu falei que as aulas eram para ela. Aliás, pedi que não contasse a ninguém, mas sua língua grande garantiu a vinda de Anhangá para cá.

— Não contei para ninguém! Contei apenas a Potira e...

— Pois é... quanto custará sua língua grande, Jaciara? Boa sorte!

E, em uma fumaça densa, Embaré sumiu.

Jaguar e Jandira subiram o morro onde todos os infortúnios haviam começado. Pararam para um descanso e Jaguar comentou.

— Jandira, você é uma moça forte e inteligente.

— Obrigada, Jaguar, mas por que está me elogiando?

— Você possui a minha marca. Bravura, astúcia e habilidade são suas maiores qualidades. Você não começou esta guerra, mas tem forças para acabar com ela. Esta batalha tem várias formas de terminar, e a mais fácil é se livrando do problema com um ataque rápido e certeiro.

— Mas e se esse não for o meu jeito de agir, Jaguar?

— Então será da maneira mais difícil. Deter uma força que só conhece a força e nada mais. Você tem outro plano, Jandira?

— Eu ainda não sei. Qual seria o seu?

— O meu seria a batalha. Pelo que me disse, sua irmã dificilmente irá escutá-la. Mas não se ensina uma onça a ser uma onça; e não posso ensiná-la a ser você. Ganhou minha proteção por seu esforço, sua bravura e sua doçura. De repente, este é o seu jeito de construir o próprio caminho.

Jaguar tirou da bolsa uma linda pele de onça, vívida e rica em detalhes e cores, cobriu Jandira e disse:

— Receba este presente. Sua sabedoria me curou. Quando precisar, me chame, pequena. Não lutarei suas lutas, mas ficarei ao seu lado como uma boa companheira.

— Vai embora?

— Sim. Ficar com você está me deixando mal-acostumada. Imagino se ainda sei caçar... — brincou.

— Se a senhora não souber, ninguém mais sabe — replicou Jandira sorrindo.

Jaguar segurou a cabeça de Jandira e beijou, carinhosamente, a testa da moça. Depois, enquanto se afastava, deu um rosnado e mostrou os dentes afiados.

— Se você hesitar e tiver medo, eu mesma volto para matá-la — Jaguar ameaçou-a rindo.

Jandira não sabia se aquela era uma ameaça verdadeira ou não.

— Acima de tudo, fique bem, pequena.

Jaguar apertou a mão de Jandira como se estivesse transferindo suas forças para a jovem. A mulher-onça correu para as matas e sumiu.

Jandira respirou fundo. Lembrou-se da mestra e do tempo que passara desde que havia sumido. Distraída, virou-se para correr, mas chocou-se com algo. Quando abriu os olhos, viu uma linda mulher com um pássaro no ombro.

— Jandira, sua mestra está à sua procura. Vamos!

— Quem é você?

— Não temos tempo para conversas. Vamos!

A mulher cochichou algo para o pássaro, que voou no mesmo instante.

— Não a conheço. Não vou segui-la.

— Não lhe devo explicações e minha paciência é pouca! Sua mestra pediu que eu a levasse. Portanto, posso lhe dar duas opções: ou vem por vontade própria ou a levo à força. Como será?

Jandira sentiu a energia da mulher e, de alguma forma, confiou nas palavras dela.

— Vou segui-la. Você é a mestra Mutum?

— Sim, sou eu.

A mulher partiu na direção onde Jaciara as esperava. Conforme Jandira reconhecia o caminho, a confiança que sentia por aquela mulher aumentava. "Se ela fosse inimiga, teria me matado aqui mesmo; vou segui-la, mas com cautela", pensava.

Não demorou para que chegassem à clareira onde Jaciara estava. Jandira disparou na frente de Mutum e pulou em um abraço caloroso sobre a mestra.

Jaciara deu dois tapinhas sobre a cabeça da moça.

— Mestra, eu...

— Não temos tempo. Temos muito o que resolver. Fique atrás de mim!

Jandira não havia se dado conta, mas, quando levantou a cabeça, percebeu que a mestra e Mutum olhavam fixamente para a frente. Quando ela finalmente viu, um calafrio a percorreu por inteira: Ticê e Xandoré estavam à sua frente, junto com o homem que havia tentado matá-la.

— Oi, irmã!

Forças se chocam

CAPÍTULO 36

Era como se o tempo tivesse parado. Xandoré olhava a todos com desdém, a proximidade com Anhangá o tornara irreconhecível, e os dois pareciam apenas um agora. Mutum e Jaciara permaneciam em silêncio, pois sabiam do perigo; Jandira, ao contrário, começou a falar impetuosamente:

— Ticê, o que está havendo?

— Diga-me você, irmã.

— É verdade o que a mestra me contou? Você fez aquilo?

— Irmã, inventam tantas verdades sobre mim... sobre qual você se refere?

— É verdade que você matou Porã?

— Sim, matei.

Jaciara sentiu o amargor subir pela garganta.

— Por que fez isso? — murmurou Jandira com os punhos cerrados.

— Apenas me defendi.

— Que mal uma criança poderia lhe fazer?

— Você não entenderia, Jandira.

— Então me explique... — falou Jandira, andando na direção de Ticê.

Jaciara, alerta, chamou Jandira para perto, desejava protegê-la.

— Não se preocupe. Já volto — disse Jandira para a mestra.

Jaciara sentiu um arrepio.

— Deixe a menina cumprir com o que se comprometeu, Jaciara — aconselhou Mutum. — Vejamos o que ela tem a oferecer.

Percebendo a aproximação de Jandira, Ticê se adiantou e disse aos companheiros:

— Preciso conversar com minha irmã. Não se intrometam.

— Claro, minha rainha! Como queira — respondeu Xandoré com um sorriso no canto da boca.

Enquanto Jandira passava por Xandoré, ele somente desejava acabar com o espírito da moça, mas precisava se controlar. Jandira, por sua vez, não se afetou.

Jaciara sentia que estava perdendo as duas afilhadas. Conseguia enxergar a densa nuvem que envolvia Xandoré e temia pela vida das meninas.

— Mutum, precisamos intervir, ele vai matá-la!

— Não se preocupe tanto. Confie na capacidade de Jandira.

— Como assim?

— Observe, Jaciara.

Jandira se aproximou e deu um abraço apertado na irmã. Ticê não esperava e, desconsertada, retribuiu, mas não com a mesma intensidade, porque um misto de dor, saudade e vergonha a dominou.

— Você está diferente, Ticê.

— Você também, minha irmã. Está musculosa... e essa pele de onça?

— Tenho corrido mais pela mata, e ganhei essa pele de uma amiga.

— Esse homem ao meu lado insiste em dizer que você matou o companheiro dele em um ataque violento. Ele afirma que viu uma onça saindo de você, mas agora sei que ele vira essa pele. Por que fez isso, Jandira?

— Sou uma pessoa boa, sabe disso, mas seus homens, sem motivos e de forma covarde, atacaram pessoas indefesas. Acha justo?

— Não. Por que fariam isso?

— Ia perguntar o mesmo a você. O destino foi bom com eles: um morreu rápido e o outro recebeu a oportunidade de viver. Porém, não sei se Tupã concederá a mesma bênção duas vezes — respondeu Jandira, olhando para o homem.

— E, você, Jandira, acha justo que homens preguiçosos sejam um peso para as tribos? Somos pessoas inteligentes e precisamos colocar as coisas em ordem.

— É o que você acha? Por isso matou Porã?

— O que aconteceu com Porã foi um acidente.

— Agora, você mata por acidente, Ticê?

— Eu...

— Devo tomar cuidado com você?

— Nunca! Você é minha irmã.

— O que você deseja, Ticê?

— Ajude-me a tomar a Morada do Sol. Vamos tirar Ubirajara do poder e colocar todos sob nossas ordens. O bem e o crescimento da tribo prevalecerão.

— Quem define o "bem" para as pessoas, Ticê? Você?

— Elas mesmas. Mas, neste momento, as pessoas não sabem do que precisam. Se vier comigo, a mestra poderia nos seguir e nos ajudar com a revolução.

Jandira se aproximou de Ticê e tocou a barriga da irmã, que parou de respirar por um instante.

— Nossas maiores riquezas são o amor e a vida. Quando colocamos isso em risco, contrariamos os ensinamentos do grande Guaraci, senhor de todas as vidas e de todas as almas. Acha que ele está satisfeito com sua conduta?

— Ele não liga para nós, Jandira. Devemos criar nossa maneira de amar!

— Acha que isso é o que seu filho quer para você? Isso é tudo o que você pode oferecer para ele?

— Como... você sabe?

— Não contribuirei nesta causa. Arrependa-se, Ticê. Encare seus erros e pague por eles.

— Eu...

Xandoré, pressentindo a fragilidade de sua rainha, em um ataque rápido, mirou a nuca de Jandira e tentou golpeá-la com força. Mas ela, sem olhar para trás, se abaixou fazendo Xandoré golpear o ar. Todos se surpreenderam com tamanhas velocidade e habilidade de Jandira. Ela, então, deu uma rasteira em Xandoré, fazendo-o cair e desmaiar com a queda.

— Ticê, você ainda tem tempo, vem com a gente!

— É tarde, Jandira. Seguirei com meus planos.

— Por favor, venha conosco.

— Vá, Jandira!

O guerreiro se pôs em posição de ataque, mas Jandira, com destreza, saltou para trás e correu na direção da mestra. Mutum aproveitou a fragilidade momentânea e se preparava para atacar Xandoré, mas foi interrompida por Jandira.

— Vocês duas, não se mexam! Haja o que houver, não interfiram!

Como uma água suja, Anhangá começou a sair de Xandoré e tomar a forma humana. Mutum, rapidamente, tentou detê-lo, mas toda a velocidade da encantada não foi suficiente para conter o despertar do espírito maligno, que parecia ainda mais sinistro e mais forte que nunca.

— Esta casca é muito apertada. Vim para ver como está o dia e tomar um ar.

Mutum parou no mesmo instante.

— Que cheiro é esse? Está por toda parte: medo, covardia, incapacidade, dúvidas! — exclamou Anhangá.

Ele olhou para todos ao redor, e pousou os olhos sob o homem perto de Ticê. Aproximou-se e o levantou, segurando-o pela garganta. O indígena não teve tempo de reagir.

— Um erro, às vezes, é perdoável, mas dois...

Anhangá abriu a boca e sugou toda a vida do homem, deixando o corpo em pele e ossos. Em seguida, o jogou longe.

— Um lixo a menos. Não é mesmo, rainha Ticê? — falou Anhangá acariciando o rosto de Ticê.

A moça não esboçou reação.

— Não se envolva nesta batalha — continuou Anhangá —, acorde Xandoré e vá embora daqui. Não devemos permitir que nosso melhor fruto corra algum risco.

— Como posso acordá-lo? Veja a situação em que o deixou. Parece que bebeu a vida dele!

Anhangá foi até o rapaz e de sua boca surgiu um líquido que parecia água e que fluiu na direção da boca de Xandoré. Em seguida, o espírito deu três tapinhas no rosto do moço.

— Levante-se! Sua mulher o espera, vão embora daqui.

Xandoré acordou debilitado, com o raciocínio lento e muito confuso.

— Precisamos ir, Xandoré. Vai ficar perigoso aqui — disse Ticê enquanto o levantava. Depois, o escorou no ombro e os dois foram cambaleando mata adentro.

— Jandira, você consegue ir atrás deles? — perguntou Mutum.

— Vocês são patéticos — interrompeu-a Anhangá —, enviaram uma mulher cansada, uma criança e um espírito fraco e medíocre para enfrentar um deus?

Mutum ficou parada, analisando cada gesto de Anhangá, até que gritou:

— Afastem-se!

Naquele instante, Anhangá começou a sugar uma grande quantidade de ar, inflou-se como um sapo e expirou pela boca uma fumaça escura e tóxica que consumiria a vida das mulheres. Porém, a encantada tomou a forma de um pássaro, dessa vez muito maior, e farfalhou as asas, dissipando a névoa. Voltou ao chão na forma humana e, mais uma vez, alertou Jaciara e Jandira.

— Sumam daqui! — gritou sem tirar os olhos de Anhangá.

Jaciara e Jandira também correram para a mata.

— Anhangá, vamos terminar tudo isso aqui. Sou uma guerreira e acabarei com você.

— Você fala bem. Vamos ver como reage.

Anhangá se transformou em um touro preto de olhos vermelhos, ele soltava fumaça pelas narinas e batia o casco no chão. Em um único embalo, investiu contra Mutum. A encantada saltou por cima do animal, escapando com muita habilidade. Anhangá repetiu o ataque e, na investida, saltou junto com a encantada. Mutum se transformou em um pássaro e voou; Anhangá se transformou em um gavião preto, surpreendendo Mutum. O gavião fincou as garras nas patas de Mutum e, como em uma dança desengonçada, rodopiou a encantada e arremessou-a contra o chão. Ferida, Mutum retomou a forma humana.

Anhangá pousou perto de Mutum e voltou à forma humana.

— Você não é a única que consegue voar!

— Não sou a única, mas sou a que tem mais habilidade.

Mutum retornou à forma de ave e balançou as asas fortemente, enchendo os olhos de Anhangá de terra. A encantada aproveitou a situação e começou a arranhá-lo com as garrafas afiadas. Anhangá urrava de dor, esfregando os olhos com um braço e tentando pegá-la com o outro. Mutum voltou à forma humana e investiu contra ele com socos e chutes. Um forte chute derrubou Anhangá.

— Onde estão suas habilidades, Anhangá?

Anhangá, furioso, levantou-se:

— Sua imunda, vou destroçá-la!!

Mutum aproveitou a cegueira de Anhangá, tomou a forma de ave e investiu velozmente contra ele. Ao chegar perto, percebeu que Anhangá já podia enxergá-la, e ele esticou as mãos para pegá-la. Mutum, habilmente, parou no ar e voou alto. Depois, girou no ar algumas vezes e desceu como uma flecha em direção a Anhangá. Acreditava que a força de seu bico somada à velocidade de descida a ajudaria a vencer. Quando Mutum estava próxima, Anhangá se transformou em serpente e picou o pé da encantada. Com muita dor, ela subiu com a cobra presa à pata. Mutum bicava a serpente, tentando se desvencilhar dela, no entanto cada vez mais Anhangá se enrolava nela. O veneno ácido da serpente começou a fazer efeito, Mutum perdeu os sentidos com o bico fechado no corpo de Anhangá. Ambos caíram e, já na forma humana, se chocaram violentamente contra o chão. Mutum arfava de dor e de febre; Anhangá ficou alguns segundos deitado e logo se levantou cambaleando.

— Sua imunda, acha que pode ferir um deus e ficar por isso mesmo?

Anhangá chutou a barriga de Mutum, deixando a encantada sem ar por alguns segundos. Quando ia chutar novamente, o pássaro de Mutum investiu sobre o maligno, bicando seu rosto, mas Anhangá consegui pegá-lo e quebrar o pescoço do pássaro, jogando o corpo longe.

— Animal estupido! Fui misericordioso e lhe dei a morte. Não farei o mesmo por você, Mutum! — disse Anhangá com um sorriso maléfico.

Lágrimas escorriam dos olhos de Mutum, pela dor do corpo, da perda e da incapacidade de lidar com Anhangá. Seu espírito guerreiro estava destroçado.

Anhangá voltou a chutar Mutum na altura da barriga, fazendo a encantada se contorcer. Depois, levantou-a pelo cabelo, dizendo:

— Não, não desmaie agora, a brincadeira ainda não terminou.

De repente, surgiram garras nas mãos de Anhangá e ele começou a torturar Mutum, marcando a pele da encantada com arranhões profundos. Além disso, devido aos efeitos do veneno, o suor pingava do corpo castigado de Mutum. Anhangá, então, a esbofeteou, derrubando-a novamente.

— Esperava mais de você! Acabemos logo com isso, Jaciara e Jandira me aguardam.

Anhangá lambeu as garras, agachou-se e as colocou no pescoço de Mutum. Quando estava prestes a cortar o pescoço da encantada, algo o fez parar.

— Que cheiro de flores é...

Antes de terminar a frase, um forte impacto atingiu as costas de Anhangá, lançando-o longe. Ele rolou algumas vezes até ser contido pelas raízes de uma árvore, na qual se escorou para tentar se levantar.

— Quem foi o desgraçado que ousou me atacar pelas costas?!

Anhangá viu um homem acudindo Mutum. Ao lado dele, havia uma corça.

— Quem é você, desgraçado? — quis saber Anhangá, enquanto se arrastava para perto deles.

O homem o ignorou.

— Meu irmão... — balbuciou Mutum.

— Descanse, Mutum. Resolverei isso rapidamente.

Anhangá pretendia se aproveitar da situação, mas a corça se colocou entre eles, batendo o casco no chão, pronto para defendê-los. O homem colocou Mutum delicadamente no chão e disse para Anhangá:

— Sou Lua Nova. Sei quem você é, Anhangá. Peço que vá embora, pois meu objetivo, neste momento, é ajudar Mutum.

— Não seja ridículo! — disse Anhangá rindo. — Você é mais um fraco que irei devorar.

Lua Nova, ignorando os insultos de Anhangá, tirou a maraca da bolsa e começou a girá-la. O instrumento vibrava em alta frequência, tomando todo o ambiente e, pouco a pouco, subjugando Anhangá, que não a suportava.

— O que você está fazendo? Pare com isso! — dizia Anhangá enquanto urrava de dor.

Perdendo as forças e o sentidos, o maligno se transformou em um bando de pássaros pretos e voou em fuga.

— Em breve, nos reencontraremos — comentou Lua Nova —, mas antes preciso ajudar Mutum.

A encantada arfava de dor e febre e, da ferida no pé de Mutum, pingava um tipo de sangue preto. Ele retirou algumas ervas da bolsa e as misturou em uma cuia, adicionando raspas do chifre da corça. Lua Nova balbuciou algumas palavras, abençoando a mistura, e deu para Mutum beber.

— Vamos irmã, precisa reagir.

Lua Nova percebeu a gravidade da situação. Ele tinha poucos recursos no momento e o veneno de Anhangá, além de poderoso, era desconhecido por ele. Mutum estava morrendo.

O veneno da serpente

CAPÍTULO 37

Jaciara e Jandira acompanhavam a situação a distância.

— Mestra, Mutum precisa de nossa ajuda!

Jandira ia sair correndo, mas Jaciara a segurou pelo pulso.

— Jandira, quer ajudar Mutum?

— Claro, mestra!

— Não temos recursos aqui, mas pensei em uma possibilidade. Para que ela dê certo, preciso de sua ajuda.

— Pode contar comigo!

Jaciara explicou o que fariam para Jandira.

— A senhora tem certeza?

— Posso contar com sua ajuda?

— Sim, mas acho muito perigoso.

— Vamos tentar... podemos salvar Mutum.

Jaciara e Jandira correram em direção onde Lua Nova e Mutum estavam.

— Mestre Lua Nova, que bom vê-lo novamente, ainda que preferisse outras circunstâncias.

— Eu também, Jaciara.

— Mestre Lua Nova, sou Jandira. É um prazer conhecê-lo.

— Abençoada seja, menina.

Jaciara se sentou, colocou a cabeça de Mutum sobre as pernas e, se preparando para mexer na ferida, pediu:

— Mestre Lua Nova, pode me ajudar?

— Eu ajudo, mestra Jaciara.

— Não, Jandira. Lua Nova tem mais conhecimento. Sente-se e espere.

— A senhora sempre me trata como criança! Por que me ensinou tantas coisas se, no fim, devo me sentar e esperar? Acha justo?

— Aquiete-se, menina! Não é o momento.

— Nunca é! Já disse para a senhora, não sou mais uma menina!

Jandira se levantou e correu mata adentro.

— Jaciara, a menina...

— Peço desculpas, mestre. Ela ainda não é madura o suficiente para entender algumas coisas.

Jandira pegou algumas folhas da bolsa e começou a preparar uma mistura com ervas e mel. Depois, aplicou uma folha sobre a ferida e a aqueceu com as mãos.

— Isso é tudo o que temos de recursos no momento, mestre. Acho perigoso transportá-la neste momento. Precisamos esperar a mistura fazer efeito.

Jaciara foi interrompida por um grito muito alto e um rugido. Lua Nova se levantou na hora.

— A menina!

— Preciso ajudá-la! Jandira está em perigo!

— Fique aqui com Mutum, Jaciara.

Lua Nova deixou a corça com elas e correu para as matas. Ao mesmo tempo, Jaciara ria pelo canto da boca.

— Vamos resolver nossas pendências agora, Mutum.

Lua Nova correu em direção à Jandira, sabia que algo estava errado, precisava ser rápido, mas a mata fechada dificultava encontrá-la. De repente, ouviu outro rugido próximo. Ele parou e passou a caminhar lenta e atentamente até que, finalmente, viu a moça no chão. Sobre Jandira, uma onça. Lua Nova decidiu atrair a atenção do animal. A onça rosnou e o encarou fixamente.

— Suma! Não quero brigar — disse Lua Nova, segurando a machadinha.

Como se tivesse entendido, a onça rosnou e correu mata adentro. Lua Nova foi até Jandira, que parecia desmaiada, ferida ou, até mesmo, morta.

Jaciara se levantou e gargalhou. Mutum estava atordoada em meio à agonia e à confusão.

— É, Mutum, parece que nosso momento chegou. Aliás, o meu...

— O que está dizendo? — respondeu Mutum gemendo.

— Ora, suas ações não passariam impunes.

Lágrimas e suor escorriam de Mutum. A febre a consumia.

— Essa é a oportunidade que mais desejava. Vocês, do mundo dos espíritos, sempre nos tiveram como escravos, que deveriam atender seus caprichos e ordens. Agora, cá estamos, você aí, deitada, e eu pronta para matá-la. Sem ninguém para protegê-la, sem sua soberba para garanti-la e sem seu espírito guerreiro para nutri-la. Anhangá estava certo, você é fraca!

Mutum chorava de tristeza e de raiva.

— Jaciara, sua ingrata! Você é como todos os humanos, tudo o que fizemos foi por vocês! Vocês se sacrificaram muito, mas nós também!

Mutum, transtornada, se levantou. Uma fumaça escura emanava do corpo da encantada, a boca espumava e os olhos haviam se escurecido. Parecia um animal ensandecido.

— Jaciara, eu vou matá-la!

A indígena se preparou, sabia que seria atacada a qualquer momento. Retirou a maraca da bolsa e começou a girá-la. O som ecoava uma entonação de mil vozes. Jaciara balbuciou algumas palavras e, do meio de seus pés, a jiboia dourada voltou a se manifestar, rodilhando o corpo de Jaciara.

— Venha, Mutum. Vou acabar com você!

Lua Nova moveu cuidadosamente o corpo de Jandira e viu que no peito da moça havia a marca de uma pegada de onça. Ela estava imóvel e tinha sangue no pescoço. Lua Nova ficou estarrecido.

— Sinto muito, menina. Não consegui chegar a tempo.

Em seguida, com a mão sobre o abdômen da moça, pediu que a alma dela fosse encaminhada para os campos do mundo dos espíritos. Porém, algo estranho aconteceu: Jandira tossiu.

— O que está acontecendo, Jandira?!

— Que pena! Achei que conseguiria ficar imóvel por mais tempo...

— Como é?!

— Oi, Lua Nova — disse Jandira rindo.

— O que significa isso?

Ela se sentou de pernas cruzadas, limpou o sangue falso e ajeitou o cabelo.

— Mestre Lua Nova, na verdade, não fui atacada.

— Percebi... por que aquela onça estava aqui e não a atacou?

— Aquela onça é Jaguar, minha mestra.

— Jaguar? Como...

— Na verdade, tudo isso tem um motivo.

— E qual seria?

— Neste instante, estou apenas prendendo o senhor para que dê tempo de a mestra Jaciara matar Mutum.

— Como é?!

Lua Nova não esperou a explicação e correu para onde Mutum estava.

“Mestra, me desculpe, não consegui segurá-lo por mais tempo. Seja rápida!”, pensou Jandira.

Sem acreditar nas palavras de Jandira nem entender os motivos de Jaciara, Lua Nova corria o mais rápido que podia.

Chegando à clareira, a cena o chocou: de um lado, uma grande jiboia dourada envolvia o corpo de Mutum e tinha as presas fincadas no pescoço da encantada; do outro, Jaciara, ensanguentada, estava agachada e muito machucada, tentando recobrar as forças.

— Jaciara, pare com isso! — gritou Lua Nova.

— Precisamos acabar com isso, Lua Nova.

Ele correu em direção à Jaciara, e Mutum caiu no chão se debatendo.

— Está acabado — falou Jaciara.

— O que você fez?

— Era o único jeito de salvar Mutum.

— Salvá-la?

A jiboia soltou Mutum e voltou para Jaciara. Mutum continuava se debatendo e se contorcendo, como se algo corroesse seu corpo. Seus ossos estalavam. Ela gemia, chorava e gritava, até que vieram os vômitos escuros, como uma gosma pegajosa. Depois de soltar um grito ensurdecedor, Mutum desmaiou.

— Jaciara, você assassinou Mutum?!

— Não, mestre... — Jaciara caiu no chão exausta. — Mutum foi envenenada por Anhangá. Eu já tinha visto a ação do veneno dele com menor intensidade, sabia o quão mortal ele poderia ser, até mesmo para vocês, encantados. Esse veneno age despertando o pior dos seres, toda maldade acumulada à nossa volta, vai corroendo, de dentro para fora, nossas melhores lembranças e sentimentos, transformando-os em ódio e rancor. Meu plano era que ela expelisse o veneno antes de ele se fixar. Irritar Mutum ajudou, pois ela acabou ficando exposta. Minha jiboia dourada a picou, os venenos entraram em combate, se consumiram, e isso acabou castigando-a muito. Porém, mesmo debilitada, ela me deu uma surra; se estivesse bem, eu estaria morta. Vamos ver como ela reage e se haverá sequelas. Vamos continuar com os remédios.

— Vou ver como ela está. Você está bem?

— Ficarei, preciso apenas de um ar. Fique com ela.

Jandira chegou esbaforida e, ao ver a situação da mestra, correu até ela.

— Mestra, você está toda machucada! Por favor, me desculpe, não consegui segurá-lo por mais tempo!

— Você fez tudo certo, muito obrigada! Só preciso descansar um pouco...

E desmaiou.

— Mestra, acorda!

— Acalme-se, menina, ela ficará bem. Está apenas cansada, Mutum a castigou demais. Pegue essa mistura de ervas e passe nas feridas dela com um pouco de água.

— Sim, senhor.

MORADA DO SOL
cidade dos encantos

O caminho das águas

CAPÍTULO 38

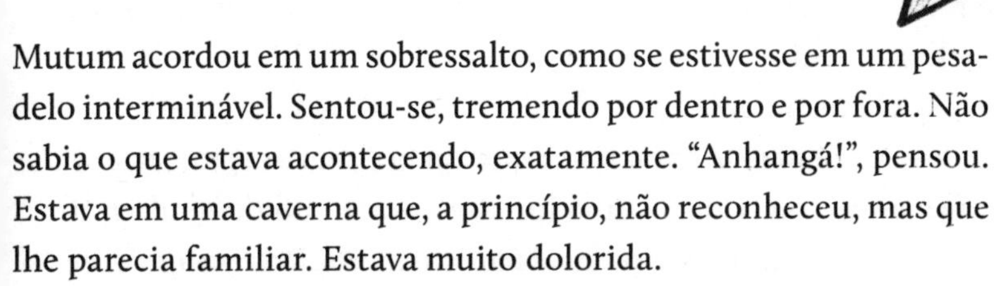

Mutum acordou em um sobressalto, como se estivesse em um pesadelo interminável. Sentou-se, tremendo por dentro e por fora. Não sabia o que estava acontecendo, exatamente. "Anhangá!", pensou. Estava em uma caverna que, a princípio, não reconheceu, mas que lhe parecia familiar. Estava muito dolorida.

— Já acordou, Mutum? — perguntou Lua Nova.

— Sim. O que houve? Onde estamos? O que aconteceu com Anhangá?

— Muitas perguntas para quem quase perdeu a existência, não acha?

— Eu me lembro de sentir dor, tristeza, medo, solidão... Jaciara... Jaciara! Como ela está?

— Está se recuperando na Morada da Lua Crescente. Foi uma briga boa.

— Tive muita raiva dela. Fui dominada por uma emoção e não vi mais nada!

— Ira, minha irmã. Jaciara, de alguma forma, conseguiu curá-la.

— Ela me curou? Como eles conseguem essas coisas? Não entendo, somos tão próximos da Jurema, somos parte da natureza, somos energia da criação, e ainda assim parece que estamos muito atrás deles...

— Também não sei como conseguem, mas existe uma fé que os eleva a um nível diferente do nosso. Tudo o que Jaciara fez poderia ter matado você, mas, de alguma forma, você foi salva. Às vezes, a lógica não faz parte da vida deles. O amor é a maior virtude deles, e isso, talvez, os torne deuses. Conseguimos curá-la, mas duas cicatrizes permaneceram: a mordida em seu pescoço e a em sua perna.

— A morte e a vida, o veneno e a cura, a dor e o amor. Acho que me tornei mais humana, Lua Nova. Antes, achava que estava me rebaixando; agora, vejo como progredi. De fato, Anhangá é um ser terrível, mas, com a ajuda da Jaciara, conseguiu tirar o melhor de mim.

— O que mudou?

— Por dentro. Agora, sinto que tenho um coração. Jaciara me envenenou com vida. Minha forma de ver o mundo mudou, sinto tudo como antes, mas a intensidade é diferente. Preciso agradecê-la.

— Em breve, terá a oportunidade. Agora, descanse. Quando estiver plenamente curada, encontraremos com ela.

Lua Nova se levantou e já saía da caverna quando Mutum segurou sua mão.

— Irmão... muito obrigada!

Mutum se levantou e o abraçou carinhosamente.

— De nada, minha irmã!

Na Morada da Lua Crescente, enquanto se recuperava, Jaciara conversava com Jandira sobre como derrotar Anhangá.

— A senhora acredita mesmo que um coco e um pouco de cera de abelha podem derrotar Anhangá? Não lhe parece muito simples?

— Dará certo justamente por esse motivo. A simplicidade pode surpreender. Precisamos ser breves, é provável que, neste momento, ele esteja fraco. É nossa chance de derrotá-lo.

— Concordo, mas como o encontraremos?

— Ainda não sei. Mutum era muito boa nisso, mas agora...

— A senhora tem notícias dela?

— Nenhuma. Desde que Lua Nova a levou, não sei deles.

— Espero que estejam bem.

— Eu também! Agora, vá ajudar e consolar sua mãe.

— Sim, senhora.

Jaciara aproveitou o tempo sozinha para acender o cachimbo e refletir sobre a vida. O céu estava bastante nublado, como se a tristeza pairasse no ar. Ainda assim, Jaciara pressentia que os dias difíceis estavam prestes a terminar, e isso a animava. Suas bênçãos ficariam completas quando ela retornasse ao rio. Apesar do regresso à aldeia, ainda não tivera um momento a sós com as águas. Elas lhe eram um bálsamo ao corpo e à alma.

Jaciara se levantou e bateu o cachimbo, estava decidida a dar uma volta e mergulhar um pouco. Saindo da oca, respirou fundo e pensou: "Um novo dia, um novo recomeço... se vencemos uma vez, podemos vencer outras tantas".

Durante o trajeto, notou algumas coisas que precisavam ser resolvidas, mas preferiu enfocar em seu objetivo de chegar ao rio o mais rápido possível.

De frente para o córrego, Jaciara tinha a impressão de que percorrera uma longa distância e que, enfim, mataria a sede. Sem pensar duas vezes, mergulhou. Banhava-se como uma criança. Ao emergir, permaneceu alguns segundos em silêncio, contemplando o ambiente, mas um barulho de passos atrás de si tirou sua concentração.

— Bom dia, Jaciara. Desculpe incomodá-la.

— Bom dia, Aimoré, como está?

— Vou bem, e você? Posso me sentar um pouco aqui?

Apesar de estar em seu momento, Jaciara não sabia como dizer não.

— Claro. Fique à vontade.

— Agradeço. Gostaria de conversar com você, se assim me permitir.

— O que houve?

— Nada, na verdade, mas gostaria de entender algumas coisas sobre sua posição, principalmente a respeito dos espíritos.

— Como assim?

— Jaciara, vivemos tantos anos sem a presença deles... por que, agora, eles seriam tão importantes?

— Aimoré, acredito que todo o conhecimento que temos hoje veio a partir deles. Não temos vivido sem os espíritos; na realidade, eles sempre estiveram aqui, e não sabíamos.

— Que bobagem, Jaciara. Nunca vi um espírito vir nos ajudar.

— De fato, vê-los é algo que poucos tiveram a oportunidade, mas acredito que, de onde eles vêm, sempre nos enviam forças para nos ajudar. Ouso dizer que eles vieram antes de nós.

— Não entendi.

— Eles são nossos ancestrais, Aimoré. São os primeiros filhos de Luz.

— Você crê nesta tolice? Se Luz nos ama tanto, por que nunca apareceu? Por que nunca nos ajudou?

— A partir do momento em que nascemos, começamos a aprender o básico para sobreviver. Ou você continua a mamar em sua mãe? — brincou Jaciara.

— Luz deveria nos amar e nos ajudar sempre.

— Ela assim o faz e insiste que devemos seguir em nosso crescimento — dizia Jaciara enquanto apontava para o Sol, o grande Guaraci.

— Sua crença nos mitos chega a ser infantil, irmã.

— Minha fé me guia além das muralhas da razão. Os que vieram antes de nós permanecem vivos conosco, eles vivem na natureza e, por meio dos encantados, continuam seu legado.

— Seu ponto de vista pode matá-la. Sua fé é cega e insana.

— Insano é acreditar que viemos a este mundo para viver uma única vida. Vivo e morro todos os dias.

Aimoré respirou fundo e balançou a cabeça.

— Pior que sua fé, somente sua teimosia. Já me vou, Jaciara. Desejo-lhe sorte no mundo dos espíritos.

— Agradeço, Aimoré.

Ele se levantou e partiu visivelmente inconformado, mas Jaciara não deu muita importância, estava ansiosa para beber a água de seu rio sagrado.

Uma garoa começou cair e a chuva logo se tornou intensa, acalmando Jaciara completamente. Era como se as águas e Jaciara mantivessem uma dança infinita. Ela estava tão relaxada que não percebeu a aproximação de alguém que, em um rápido movimento, tapou sua boca.

— Já que gosta tanto do mundo dos espíritos, Jaciara, vou enviá-la para lá! Com um único golpe, lhe darei o que deseja e livrarei nossa tribo da doença e da fraqueza que você permeia.

Aimoré cravou uma ponta de flecha no peito de Jaciara. A mulher se esforçou para reagir, mas foi totalmente em vão. Uma dor intensa, seguida de uma fraqueza, tomaram conta dela. Ela bateu algumas vezes no braço dele, mas o pior não pôde ser evitado: Jaciara estava morta. Aimoré a chutou de volta para o córrego.

— Leve sua fraqueza e sua compaixão com você, Jaciara.

Ao longe, Jandira viu a cena e gritou:

— Mestra!

Aimoré, assim que notou a menina, fugiu para a mata. Jandira correu para a beira do rio e viu o rastro de sangue que levava até o corpo sem vida de Jaciara.

— Socorro! — Foi a única palavra que a moça conseguiu gritar antes que o choque emocional a paralisasse.

Raios e trovões cruzavam os céus, as águas do rio ficaram agitadas, como se ganhassem vida, formaram-se uma tempestade e um grande rodamoinho no rio, que tragou o corpo de Jaciara para o fundo.

Algumas pessoas da aldeia, incrédulas, viram a cena. Moacir, rapidamente, pulou no rio, pegou Jandira no colo e a levou para sua oca.

Toda a aldeia sentia que a ira dos deuses havia sido despertada. A tempestade balançava as ocas e as árvores. Então, todos colocaram as testas no chão, pedindo perdão, na tentativa de acalmarem a fúria dos céus. Jandira permaneceu sentada em silêncio, como se estivesse sem alma, tinha o olhar vazio, melancólico. Um pedaço de Jandira também havia morrido.

Aimoré, apreensivo por tudo o que havia feito, corria pela mata. "Se me pegarem, serei morto. A menina me viu, virão atrás de mim", pensava. Ele tropeçava, caía, se levantava. Cada sombra, cada vulto que via na floresta, acreditava serem guerreiros a caça dele, fazendo-o correr ainda mais. Pretendia chegar o mais rápido possível no esconderijo de Ticê e se proteger da ira dos céus, daquela tempestade e dos inimigos que viriam em busca de sua cabeça. Sem fôlego, encostou-se em uma árvore e puxou o ar várias vezes. Manteve os olhos fechados na esperança de se restabelecer mais rapidamente para continuar a fugir. Quando se acalmou, abriu os olhos e viu Jaciara à sua frente. A indígena estava com a ferida do peito exposta, o cabelo parecia feito de lodo e de sua boca e de seus olhos saía sangue. Aimoré gritou apavorado, esquivou-se para o lado e correu ainda mais. Ele tinha a certeza de que o fantasma de Jaciara estava em seu encalço.

Aimoré corria pelas matas sem olhar para trás. O medo e a ideia de ter tirado a vida da líder de sua aldeia o havia cegado. Trombava com as árvores e tudo o assustava. Imaginava que os espíritos da natureza estavam em busca de vingança.

Ao avistar a caverna de Ticê, Aimoré correu ainda mais e pulou para dentro dela. Ficou caído, tentando recuperar o ar, totalmente fora de si, mas, ao se virar, reviu Jaciara. Aimoré gritou horrorizado e cerrou os olhos com toda a força, arrepiou-se por inteiro e um calafrio subiu por sua coluna.

— Aimoré, é você?

Uma voz ecoou do fundo da caverna, trazendo-o de volta à razão. Mesmo em pânico, Aimoré a reconheceu.

— Sim, Ticê! Sou eu!

— Traga a cabaça com água que está perto da entrada e venha até aqui.

Ele assim o fez. Ao chegar, viu a chama de uma pequena fogueira iluminando o local. Xandoré, deitado sobre um punhado de ervas, parecia desmaiado, enquanto Ticê o acariciava e molhava sua testa na tentativa de lhe cessar a febre.

— O que aconteceu?

— Tivemos um embate. Apesar da aparente vantagem que tínhamos, Anhangá recebeu alguns ataques que enfraqueceram tanto ele quanto Xandoré.

— Ticê, eu matei...

— Minha mestra — falou sem demonstrar qualquer reação, como se não tivesse sentimentos ou emoções.

— Como você sabe?

— Aimoré, nossos atos nos condenaram. Não temos família, terra, amigos, alimentos... não temos nada. Xandoré não acordará tão cedo, levará algumas luas para se restabelecer. Ficaremos aqui na esperança de que ninguém nos ache, mas estamos muito expostos e enfraquecidos. Atestamos nossa perdição, e a morte de minha mestra destruiu meus sentimentos. Sonhava governar com minha família, meu esposo e meu filho, mas, a partir do momento que sacrifiquei isso, tudo perdeu o sentido.

— O que faremos agora, minha rainha?

— Aguardaremos nosso veredito. Será pior que a tempestade lá de fora.

Aimoré correu para a entrada da caverna, deitou-se no chão e colocou as mãos sobre a cabeça, chorando copiosamente.

Ticê deu para Xandoré beber uma mistura de ervas a fim de acelerar sua recuperação, ela chorava sem esforço, seu coração perdera a essência, a bondade que ainda tinha e as boas lembranças de sua mestra.

De volta à essência

CAPÍTULO 39

Seu corpo parecia dormente, era uma sensação diferente, um misto de paz e fim de ciclo. Memórias desconexas passavam por sua mente. Sangue, água e dor se misturavam. Tinha a impressão de estar boiando em um lago caldoso e quente. Seu corpo não respondia a qualquer estímulo, sequer sabia dizer se estava respirando.

"Onde estou? Por que estou aqui?", perguntava-se. Não se lembrava, mas não importava, tudo aquilo era bastante confortável. Em um lapso de paz, adormeceu.

Acordou sentindo algo estranho no peito. "Quanto tempo terá se passado?", queria saber. Talvez fossem dias, horas ou anos, isso não a incomodou. A única coisa que a incomodava era o aperto que sentia no peito. Seria um corte, um ardor, não sabia ao certo.

— Olá, senhora.

Ainda de olhos fechados, sentia alguém muito próximo. Por mais estranho que fosse, a voz daquele homem, parecia familiar para ela.

— Olá. Quem é você?

— Eu? Ninguém. E você, quem é?

— Eu... não sei. Você sabe o meu nome?

— Desculpe-me, acho que não. Ouvi dizer que é uma bruxa.

— Uma bruxa?!

— Sim, dizem que mexia com magias e espíritos.

— Não me lembro disso.

— Que pena! Dizem que era competente.

— Quem disse? Como assim "era"? O que houve?

— Você não sabe? Você está morta.

— Então, estar morta é assim? Como morri?

Jaciara sentiu uma dor intensa no peito e ouviu um grito: "Mestra!".

— Estou com muita dor.

— Foi algo que eu disse?

— Não. Parece que tem alguém me chamando.

— Ah, sim. Uma moça, certo?

— Isso mesmo.

— Ignore-a. É uma fraca chorona.

— Não fale assim de Jandira! — disse o nome sem querer.

— Ela não é a única. A irmã dela é ainda pior.

— Ticê está perdida e você, Embaré, gosta de criar discórdias entre nós.

Nomes, lembranças, conhecimentos, dores... tudo voltava em um turbilhão de memórias.

— Então, sabe o meu nome, bruxa?

— Você é um tipo de pessoa inesquecível.

— Que bom que marquei seu coração. Agora, marcarei o coração de todos da Morada da Lua Crescente. Todos ficarão felizes com minha presença, como você.

O corpo de Jaciara se levantou sozinho. Com os punhos cerrados, ela abriu os olhos e as águas à sua volta tornaram-se revoltas.

— Embaré, você criou muita confusão, nos colocou em situações complicadas e só nos deixou problemas. Você merece receber uma lição. Não se esqueça de que eu sou a líder de meu povo, a guerreira eleita pela Lua. Sou Jaciara e o colocarei em seu lugar!

As águas do rio pareciam ter vida própria: começaram a subir e desejavam afogar Embaré. Ele sempre mantivera uma postura muito autoconfiante, mas as águas passaram a exibir suas fraquezas, e Jaciara estava pronta para explorá-las. Embaré, ciente do risco que corria, falou:

— Jaciara, antes de me matar, responda-me: o que fiz contra você?

— Você criou caos e desordem. Estava à frente para nos empurrar para trás.

As águas tomavam conta do corpo de Embaré, e já estavam na cintura dele.

— Jaciara, você não entendeu nada! Eu sou a dificuldade que faz a vida se movimentar, sou o desconforto que obriga as pessoas a ultrapassarem seus limites, sou o vazio e o todo. Sou aquele que protege a vida e anda com a morte. Sou a força de Luz e Trevas em ação. Lembre-se de tudo o que aconteceu e entenderá qual era a minha missão com você.

Jaciara começou a relembrar tudo o que havia acontecido até ali e percebeu que as adversidades da vida, até mesmo as que Embaré havia colocado, a fizeram evoluir ainda mais. Jaciara e as águas se acalmaram, tudo voltou ao estado natural e Embaré se livrou da prisão líquida.

— Você disse que eu morreria, por que não impediu? Por que não me ajudou?

— Todos vocês irão morrer um dia, mas a sua morte ocorreu muito antes do previsto. Na verdade, sua senhora quer vê-la.

— Minha senhora?

Jaciara parou um instante para pensar, e sentiu a vibração de toda a água à sua volta.

— A água...

— Exatamente! Ela a espera na Cidade das Águas, a chama para casa, Jaciara. Vocês têm muito o que conversar, precisam se unir. Este mundo precisa de sua presença mais do que nunca, ela escolheu você.

— Ela me escolheu?

— Volte para casa, Jaciara.

A indígena ficou mais densa e seu corpo começou a afundar no grande rio; quanto mais imergia, mais sua visão se tornava límpida. Para sua surpresa, Jaciara seguia na direção da cidade que vira quando criança. Agora, porém, ela não precisava se esforçar tanto para chegar lá, a própria cidade a atraía.

Enfim, Jaciara firmou os pés no fundo e olhou para portões enormes, cheios de inscrições, que reluziam mais que ouro. Ela parou por alguns instantes e as lembranças de sua vida passaram rapidamente pela mente. Então, Jaciara se encheu de coragem e tocou os portões, empurrando-os. Um grande brilho surgiu das portas, ofuscando tudo à sua volta e fazendo a mulher sumir, como se tivesse sido tragada pela luz multicolorida.

Embaré respirou profundamente e disse a si mesmo:

— Agora, entendo por que ela foi escolhida pelas águas. Jaciara não é uma pessoa comum, a força dela é capaz de proteger a vida e todo o seu povo. Um dia, ela voltará, mas desta vez ficaremos unidos na mesma missão: zelar por todos eles.

Seja onça

CAPÍTULOS 40

Alguns dias se passaram desde a morte de Jaciara. A tribo continuava de luto e a alegria, sempre tão presente, fora substituída por silêncio e lágrimas. Alguns grupos insistiam em procurar por Aimoré, queriam vingança, mas suas buscas eram em vão, ele sumira nas matas. Os aldeões que pensavam em seguir Ticê e Xandoré perderam a coragem e permaneceram quietos, na esperança de que a culpa não recaísse sobre eles. O clima de luto era quase palpável.

Potira tentava continuar com os afazeres, mas a tristeza insistia em maltratar seu coração. Os mais velhos elegeram Moacir o líder da tribo, e os dias dele se tornaram ainda mais difíceis, pois ser sucessor de Jaciara lhe era muito pesado.

De alguma forma, todos tentavam sobreviver e reagir, ainda que a passos curtos, exceto Jandira. Todos os dias, do raiar do dia ao tardar da noite, ela se sentava na beira do rio na esperança de que aquele véu de ilusões se dissipasse, mas era em vão. Sua única companhia eram as lágrimas e o aperto em seu coração, que insistiam em castigá-la. À noite, seus pais vinham buscá-la, e ver a filha naquelas condições só aumentava a dor e a tristeza nos corações de Moacir e Potira.

— Jandira, é hora de ir.

— Já vou, mãe. Deixe-me ficar só mais um pouco.

Potira se sentou ao lado da filha.

— Filha, ela não voltará. Ela está com os grandes encantados que tanto amou. Vamos seguir o legado dela, espalhar o amor de Jaciara, que esse mundo merece.

— Sim, mãe.

— Vamos, então?

— Por favor, me deixe ficar mais um pouco.

Potira começou chorar, sabia que não havia nada a fazer pela filha. Se pudesse, tiraria a dor de Jandira com as próprias mãos, mas também não podia.

— Venha para casa, filha. Amanhã é outro dia.

— Já vou, mãe. Pode ir na frente.

— Boa noite, minha filha. Que os encantados a protejam hoje e sempre!

— A você também, amada mãe.

Potira beijou a testa da filha e seguiu por um trajeto oposto ao de casa. Jandira estranhou, mas não teve reação, achou que a mãe estivesse buscando um lugar para esvaziar a mente e o coração.

Jandira se aproximou da margem e, com o rosto próximo das águas, disse:

— Você é o nosso rio sagrado, é o portador de nossa história e de nosso tempo, viu os que vieram antes e verá os que virão depois. Suas bênçãos caem sobre todos nós. Viu o que aconteceu e sabe que foi uma injustiça; então, por favor, nos devolva ela. — As lágrimas de Jandira caíam no rio, modificando seu fluxo.

— Boa noite! — disse uma voz às costas da moça.

— Jaguar?! — surpreendeu-se Jandira.

— Levante-se!

— Eu... — começou a falar enquanto se levantava.

Não houve tempo de completar a frase, Jaguar investiu com as unhas contra o rosto de Jandira. Ela desviou, mas não conseguiu evitar o golpe por completo, e dois cortes marcaram o rosto da moça. Jandira caiu no chão.

— Quando nos encontramos, você recebeu minha marca eu lhe prometi uma coisa. Você se lembra?

— Jaguar, sou eu! A senhora está fora de si!

Jaguar chutou a costela de Jandira, que perdeu o ar.

— Qual foi a promessa que lhe fiz, menina?

Jandira ainda tentava se recompor, e Jaguar deu um soco no rosto da moça, que rolou no chão.

— Você acha que estou brincando, menina?

Jandira não entendia, estava com dor e medo. Levantou-se, cambaleando.

— Esta noite, você será minha presa. Vou matá-la, será um prazer para mim.

Jaguar tomou a forma animal e começou a correr. Jandira, apavorada, não esperou por explicações e pôs-se a correr mata adentro.

Jaguar correu mais que a moça, mordeu o braço dela e, com seu peso, projetou a menina no chão. Jandira, depois de rolar algumas vezes, se ajoelhou e colocou as mãos sobre a ferida, enquanto Jaguar lambia o sangue perto da boca. Naquele instante, ela entendeu que a encantada não mentia, ia matá-la na primeira oportunidade. Jandira pareceu acordar de um transe, seus instintos afloraram mais do que nunca. Jaguar correu atrás dela e Jandira correu por entre as árvores, o que dificultava o deslocamento da onça. Jandira correu com muito vigor, sentia todos os músculos reagindo aos estímulos.

A peleja aconteceu madrugada adentro. Jandira ganhava mais reflexo a cada investida de Jaguar, mas o cansaço a dominava aos poucos. Enfim, a moça voltou cambaleando até o rio onde tudo começou; Jaguar vinha logo atrás a passos lentos a fim de torturar a moça. Sem forças, Jandira caiu na beira do rio, tinha cortes por todo o corpo e o braço mordido. Jaguar voltou à forma humana e se aproximou.

— Isso é tudo o que pode oferecer por sua vida?

Jaguar colocou o pé sobre a cabeça de Jandira, a moça ainda estava sem ar, e algumas lágrimas rolaram por medo e decepção.

— Você recebeu minhas bênçãos para ser uma fraca? Uma chorona?

Jaguar forçou mais o pé sobre a cabeça de Jandira, a moça urrou.

— Pelo que Jaciara morreu? Até quando você será uma vítima, Jandira? Quando vai parar de chorar as perdas e lutar as próprias guerras?

Jandira apenas chorava.

— Permita que essa fraqueza saia de seu corpo! Somos onças e lutamos até o fim. Ninguém sobre nós! Enquanto você chora, são criados outros planos para destruir famílias, assim como fizeram com a sua.

O corpo de Jandira começou a esquentar, o sangue corria mais livremente em suas veias. Jandira segurou o tornozelo de Jaguar. A encantada, percebendo a reação da moça, tirou o pé e se afastou. Jandira se levantou e exibiu dentes e unhas maiores e mais afiados e músculos que marcavam o corpo.

— Finalmente acordou? Jaciara se foi, é hora de cauterizar esse sangramento, e essa tarefa é sua. Anhangá acha que tudo pode, mas não contava com você em seu caminho, minha protegida, filha de Jaciara! Jandira, a herdeira dos encantos!

Naquele momento, Jandira se sacrificou. Abandonou a moça e se tornou a guerreira que era e que precisava ser. Respirou profundamente e organizou os pensamentos, tinha de fazer o que precisava ser feito: deter Anhangá e Ticê.

— Sinto o cheiro do covarde, da bruxa e do maligno. Vou guiá-la até lá, a espero na mata.

Voltando à forma animal, Jaguar caminhou pela floresta. Jandira, em silêncio, foi até a beira do rio, bebeu água e se lavou. Respirou profundamente e disse:

— Mestra, obrigada por tudo! Sinto não ter podido ajudá-la naquele momento. Não posso prometer que protegerei a todos, é um fardo muito grande, mas honrarei aqueles que vieram antes de mim e aqueles que virão depois. Nossas raízes serão ainda mais fortes para que nossas árvores sejam ainda mais frondosas. Eu amo a senhora, mestra!

Jandira apoiou a testa no espelho d'água em reverência à memória de Jaciara. Neste mesmo momento, algo tocou sua fronte, empurrando-a para cima. Jandira olhou para a água e viu uma mão. Aquilo a deixou boquiaberta. Da água, um corpo tomava a forma de uma mulher muito bela, de cabelos longos e olhos penetrantes. Seu corpo era a mistura das águas com as belezas dos rios, como peixes, conchas, pedras e ouro. Aquela mistura lembrava um céu estrelado. Jandira ficou paralisada, admirando aquela beleza fascinante. A mulher se aproximou e a beijou na testa. Jandira sentiu o corpo formigar e se acalmar rapidamente, era um beijo de paz, de amor e de harmonia. A mulher tocou o braço ferido da indígena e o curou instantaneamente. Depois, com as mãos juntas sobre a cabeça de Jandira, despejou uma água caldosa e quente sobre o corpo da moça, devolvendo-lhe a força.

Jandira não ouviu o nome da encantada, mas sabia muito bem quem era.

— Mestra, eu...

— Meu amor, está tudo bem. Escolhi um caminho e irei zelar por nosso povo nos encantos. Pode me ajudar?

— Claro!

Uma cabaça surgiu de dentro do rio e veio até elas. A dama das águas a tomou em uma das mãos e da outra verteu uma água prateada para dentro dela.

— Essa água pode sarar todas as feridas do corpo, uma gota é suficiente para curar uma pessoa — disse, estendendo a cabaça para Jandira.

Do lado oposto do leito do rio, um coco rolava na direção delas.

— Você sabe o que precisa ser feito.

De dentro do rio, veio um terceiro objeto: uma lança enfeitada com elementos do rio e uma pedra afiada na ponta. A encantada tomou a lança nas mãos e dela exalou um perfume único, inebriante.

— Que você seja uma guerreira cheia de força e bravura, mas não se esqueça da doçura e do amor à vida que lhe cerca — orientou e entregou a lança à moça.

— Mestra...

— Sou a senhora das águas, as bênçãos da mãe, o terror da morte, o bem e o mal, a calmaria e a fúria. Sou Yara, a protetora do povo que zela pelo respeito à vida. Renunciei à minha vida para me tornar a própria vida. Aqui, sempre estarei e matarei a sede de meu povo.

Jandira percebeu que Jaciara deixara de existir; Yara era muito maior que ela. Ela não ia zelar pela discípula, senão por todos os filhos. Iria abençoar a todos e puni-los quando necessário. Yara beijou a testa de Jandira mais uma vez e mergulhou nas águas do rio.

— Muito obrigada! Honrarei suas bênçãos por todo o tempo em que eu estiver nesta vida, e seus presentes me ajudarão nesta missão.

Jandira tocou a testa mais uma vez no espelho d'água, em reverência à grandeza daquele encontro, guardou a cabaça e o coco na sacola, tomou a lança nas mãos e se levantou. Seguiu mata adentro, onde Jaguar a aguardava.

Coragem e compaixão

CAPÍTULO 41

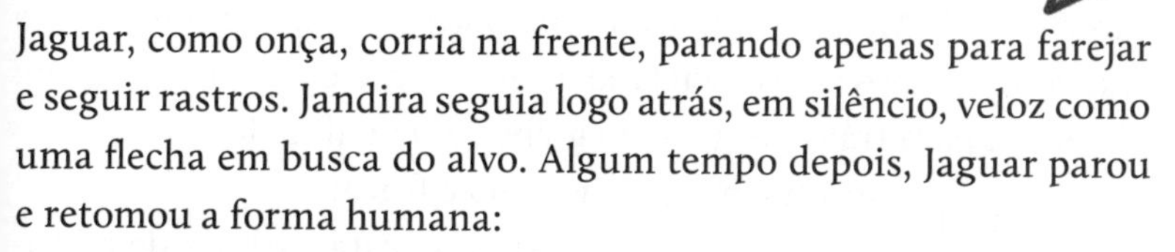

Jaguar, como onça, corria na frente, parando apenas para farejar e seguir rastros. Jandira seguia logo atrás, em silêncio, veloz como uma flecha em busca do alvo. Algum tempo depois, Jaguar parou e retomou a forma humana:

— Estamos perto. Preparada?

— Com certeza.

— Você compreende o que acontecerá? Sabe o que terá de fazer?

— Estou pronta para o que for preciso.

Jaguar se calou por um instante; Jandira fechou os olhos e respirou fundo.

— Verei quantos são, me acompanhe de longe.

Quando Jaguar, finalmente, avistou a caverna, parou de correr, se agachou e acenou para Jandira ficar onde estava. Depois, farejou o ar e seguiu andando até a entrada, sabia que havia pessoas lá dentro. Em seguida, sem pressa, rastejou até uma rocha grande que estava na lateral da caverna.

— Sinto o cheiro do sangue de inocentes. Podem se lavar o quanto quiserem, mas o sangue os marcou para sempre — gritou Jaguar.

Aimoré saiu da caverna segurando uma lança. Estava transtornado, não dormia havia dias, pois a consciência do guerreiro o consumira, transformando-o em um monstro.

— Quem é você? Também deseja ir para o mundo dos espíritos e veio pedir minha misericórdia?

— Você não seria capaz.

— Pergunte a Jaciara quando a encontrar.

— Não desejo lidar com covardes que atacam pelas costas, como você, mas, como dizem, tudo neste mundo é proporcional...

Um zunido cortou o ar e uma lança perfurou o ombro de Aimoré. Com o forte impacto, o guerreiro caiu de joelhos, urrando. Jandira se aproximou, segurou a lança com firmeza, colocou o pé nas costas de Aimoré e a retirou com toda força. Aimoré olhou para trás com os olhos rasos e viu Jandira. Ele cerrou o punho e a atacou; ela pulou para trás e desviou do golpe com facilidade.

— Você é como sua mestra: imunda e fraca!

— Vim cobrar o que me deve, Aimoré, está na hora de eliminar essa doença.

Ele segurou a lança com o braço bom e voltou a investir, com toda a força, contra o peito de Jandira. A moça fincou a própria lança no chão e aguardou o ataque. Quando ele se aproximou, ela desviou, agarrou o braço dele e o projetou no chão. Devido ao impacto e à perda de sangue, Aimoré ficou atordoado.

— Você não sabe mais o que faz ou o porquê. Por prazer, criou o caos; agora, vive assombrado por sua própria ganância.

Aimoré chorou copiosamente. O corpo, a mente e a alma do homem estavam exaustos. Percebera que era tudo um erro, que suas escolhas o tinham levado à própria perdição. Só queria que aquele pesadelo acabasse.

— Mate-me! Deixe minha alma vagar. Não mereço viver neste mundo nem no dos espíritos. Meu lugar é entre os que desgraçaram este mundo.

Jandira se abaixou e pegou a lança de Aimoré; ele olhava fixamente para a arma. A moça a levantou e a arremessou com destreza. Aimoré aceitou o destino e fechou os olhos. A lança zuniu e cravou a um palmo da cabeça do homem.

Jandira se lembrou de tudo o que Yara havia dito e, naquele instante, entendeu que fraqueza, força, coragem e compaixão podem coexistir. Não estava ali para julgar o que Aimoré havia feito nem para dar a ele o veredito da morte.

— Você viverá e carregará a culpa por onde for, você está preso em uma gaiola sem grades, e dela não poderá escapar.

Aimoré gritou com todas as forças, seu destino estava traçado e ele não poderia apaziguar a dor com a morte.

— Jaguar, vou atrás de minha irmã e Xandoré. Vamos acabar logo com isso.

— Vou com você.

— Aconteça o que acontecer, não interfira, mestra.

Enquanto Jaguar e Jandira adentravam a caverna, Aimoré permaneceu no chão, com o peso da culpa sobre ele.

Jandira foi na frente empunhando a lança. Sentindo a força, a determinação e a coragem que emanavam da discípula, Jaguar a seguia, pensando: "Ela está pronta! Hoje, tudo isso terá um fim".

Das trevas nasce a luz

CAPÍTULO 42

Xandoré estava sentado com uma das pernas dobradas. Ticê estava atrás dele com uma mão no ombro do amante e outra no ventre.

— Por que demorou tanto, Jandira?

Jandira não respondeu, ignorou Xandoré e falou com Ticê:

— Depois de tudo, ainda prefere ficar ao lado de Anhangá e Xandoré?

— Temos o direito de lutar pelo que achamos justo, minha irmã. Lutar pela sobrevivência é natural, acontece desde sempre, e jamais julgamos se está certo ou errado, simplesmente seguimos de acordo com o que acreditamos ser verdade.

— A natureza é sábia. Se a caça estiver menos atenta, pode perder a vida; se o caçador estiver menos atento, vai dormir com fome. Da forma como vocês agem, imperam a covardia e a humilhação, e não é disso que a natureza é feita.

— Você não entende nada sobre natureza! — berrou Ticê nervosa enquanto se levantava. — Ficou ao lado da Jaciara, e o que sobrou dela para nós?! Nada!

— Vou matar Xandoré e prender Anhangá ainda hoje — falou Jandira serenamente. — Peço que não fique em meu caminho.

Ticê perdeu o controle e se jogou contra Jandira, mas, antes de conseguir agarrar o pescoço a irmã, Jaguar segurou o pulso de Ticê e, com um golpe rápido fez a moça cair desmaiada. Em seguida, falou para Jandira:

— Você e sua irmã terão tempo de aparar as arestas depois. Faça o que veio fazer.

Xandoré se levantou rapidamente e tentou agarrar Jaguar, mas ela saltou carregando Ticê nos braços.

— Você não perde essa mania de atacar pelas costas. Jandira, resolva.

Quando Jaguar estava saindo da caverna, Xandoré, inconformado, correu para resgatar a amada. Porém, enquanto passava por Jandira, ela lhe deu uma forte cotovelada na boca que o tonteou e o fez cair no chão.

— Eu já lhe disse que resolveremos nossas pendências hoje. Hoje, a caça é você, Xandoré.

— Sua morte é meu maior desejo, desgraçada! Farei com você o que fiz com o menino, mas seu corpo apodrecerá ainda em vida!

— Você é apenas uma marionete — falou Jandira calmamente. — Quero falar com quem o domina.

— Sou dono de mim mesmo! — respondeu Xandoré irado. — Ninguém manda em...

De repente, ele parou de falar, começaram a escorrer baba e sangue de sua boca e um cheiro podre tomou conta do ar. Anhangá se manifestava cada vez mais fortemente em Xandoré, e Jandira percebeu isso.

Anhangá cuspiu o sangue aos pés da Jandira, enfiou a mão na boca e, de dentro dela, tirou um dente que caíra com a cotovelada.

— A bruxinha veio desafiar um deus... você tem sido um obstáculo em meu caminho, Jandira. Você é um incômodo ainda pior que sua mestra, a última fraqueza de Ticê e minha última barreira! Vir para cá morrer em minhas mãos me trará muitos benefícios, pois a maldade de Ticê enfim vira à tona e nos tornaremos os reis destas terras.

— Você é o caos manifestado, e isso acaba agora!

— Pode dar o seu melhor, e não será suficiente.

Anhangá abriu a boca e uma névoa pesada preencheu a caverna.

Jandira apontou a lança para ele, mas a fogueira se apagou e o ambiente começou a ficar cada vez mais escuro. Jandira forçava a visão para se adaptar à pouca luminosidade, mas era em vão.

— Você está morta e não sabe, Jandira! — disse Anhangá rindo.

Na escuridão, ouviu-se um rugido e, de repente, muitas movimentações...

O caos e a ordem

CAPÍTULO 43

Um forte impacto foi sentido no chão da caverna e um gemido ecoou.

— Eu vou matá-la, Jandira!

Então, um vendaval começou e, pouco a pouco, o ambiente se tornou mais límpido. A cena era impressionante. Jandira estava de pé, ensanguentada e com muitos hematomas, segurando o coco enfeitiçado; ele estava sem a rolha e sugava toda a névoa escura da caverna. Anhangá estava caído, cheio de cortes, mordidas e hematomas. Jandira, quase sem forças, conseguiu tampar o coco com o polegar.

— Hoje é o seu fim! Sei que você faz parte de todos nós, somos a ordem e o caos, e sei que, em algum momento, ambas as forças irão se manifestar, mas o mal pode ser dominado. O seu lugar é nesta prisão!

Jandira direcionou o coco para Anhangá e toda a podridão que estava nele foi sugada. Depois, o espírito maligno, como uma gosma densa, foi se descolando do corpo de Xandoré até que, com um urro, se desprendeu completamente e foi sugado, com relutância, para dentro do coco. A batalha estava encerrada, e Jandira, rapidamente, começou a fechar o coco com a cera de abelha.

Enquanto isso, o corpo de Xandoré, que estivera imóvel, passou a se debater com muita força, como se estivesse fora de controle e, após um suspiro breve, parou. Toda a energia gasta para o manter em sincronia com Anhangá o desgastou demais. O rapaz não resistiu e acabou morrendo.

Jandira, ciente de que nada poderia fazer, continuou o ritual de selar o espírito maligno. Por fim, embalou o coco em uma folha de bananeira cheia de cera.

Depois, saiu da caverna arrastando o corpo de Xandoré pelo pulso e, para sua surpresa, Lua Nova, Mutum, Aru e Jaguar a aguardavam. Ao lado, estavam Ticê e Aimoré caídos. Jandira caminhou mais alguns metros, soltou o corpo de Xandoré, agachou-se e colocou a mão sobre a costela. Mutum e Jaguar foram ajudá-la.

— Você está bem, menina?

— Um pouco dolorida. E você, mestra Mutum?

— Estou bem, tudo se harmonizou. Fiquei sabendo que enganou meu irmão, não tem vergonha? — disse Mutum séria, mas logo esboçando um sorriso. — Obrigada pelo que fizeram por mim! Sua mestra, Jaciara, deve estar muito feliz.

— Foi uma honra. Tenho a certeza de que Yara está muito feliz.

Jandira sentou-se no chão, estava cansada e machucada, tirou da bolsa a cabaça que Yara lhe havia dado e bebeu um pouco da água.

— Preciso conversar com minha irmã.

Mas, para a surpresa de todos, Embaré apareceu.

— Lindo dia, não?

— Você é Embaré? Você me jogou da cachoeira! O que quer?

— Vim buscar o que é meu.

— O que seria?

— O coco.

— Você deve estar brincando, isso não vai acontecer!

— É grave pegar o que não é seu. Quer ser chamada de ladra?

— Saia daqui, Embaré! Nada é seu! Não sou ladra e não lhe entregarei o coco.

— Menina, assim como você não quer ser ladra, não quero ser assassino... — falou Embaré com a mão em volta do pescoço de Ticê, que estava no chão. — Vamos colaborar um com outro?

Jandira rangeu os dentes, estava furiosa. Levantou-se, pegou a lança e todas as suas dores e machucados, surpreendentemente, haviam sumido. Estava pronta para atacar quando Lua Nova segurou o pulso da moça.

— Entregue o coco. Já tivemos muitas baixas. Apesar do jeito dele, por hoje, vamos confiar que teremos paz.

Jandira permaneceu muda por alguns minutos. Então, apesar de pensar diferente, caminhou até Embaré e entregou o coco a ele.

— Melhor... você não saberia o que fazer com isso — disse Embaré rindo.

Jandira respondeu com um soco, mas ela acabou acertando a fumaça do cachimbo de Embaré, que já havia desaparecido.

— Acertaremos nossas contas um dia, não se esqueça! — gritou Jandira.

Depois, ela abaixou e tomou a irmã nos braços, dizendo:

— Minha irmã, depois de tanto tempo, espero que fiquemos em paz.

Ticê abriu os olhos e Jandira a abraçou.

— Você está bem?

— Ainda me sinto tonta. Onde está Xandoré?

— Bem...

— Jandira, onde está Xandoré?

— Ele...

Ticê se sentou rapidamente, procurando o amado com os olhos. Assim que viu o corpo desfalecido, levantou-se e correu até ele, mas, ao tocá-lo, sentiu o corpo gelado, sem vida do rapaz, e Ticê também morreu um pouco. Ela ficou imóvel, sem força e sem reação, só sentiu vontade de se deitar sobre o corpo do amado e chorar.

Jandira foi até a irmã, pensou em tocá-la no ombro, mas achou que não era digna. Sabia que Ticê poderia nunca a perdoar.

— Ticê, Xandoré e Anhangá me atacaram! Porém, quando consegui dominar e prender Anhangá, o corpo de Xandoré não resistiu. Sinto muito!

Jandira enfim colocou a mão sobre o ombro da irmã e se assustou com o que viu: a irmã não tinha reação, os olhos de Ticê haviam perdido o brilho e a cor, estava visivelmente acordada, mas parecia estar em outro mundo.

Jaguar se aproximou da discípula e disse:

— Jandira, o espírito dela não suportou a dor e se quebrou. Sinto muito.

As lágrimas começaram a escorrer dos olhos de Jandira.

— Quando eu e os encantados chegamos aqui fora da caverna, vimos os últimos suspiros de Aimoré; ele tirou a vida com a própria lança.

— Tudo o que fazemos parece acabar em desgraça, Jaguar.

— Fizemos o que precisava ser feito. Às vezes, é necessário perder para chegar ao equilíbrio. Suas atitudes trarão paz para seu povo.

— O custo foi muito alto.

— Ticê será requisitada por nós, vamos levá-la — disse Lua Nova.

Jandira, para a surpresa de todos, apontou a lança na direção de Lua Nova.

— Somente se eu morrer!

— Menina, esqueceu com quem está falando?

— Sei muito bem quem é o senhor. E o senhor, sabe quem sou?

— Você é...

— Sou a mulher que tinha uma tribo, uma família, uma irmã, uma mestra... tinha paz, alimento e afazeres. Superávamos nossas dificuldades em nossa rotina. A fé de minha mestra, porém, os trouxe até nós e, desde então, não tenho mais nada. Tudo me foi tomado, até a vida dos que amo. Cumpri uma árdua missão e, agora, você me diz que vai tomar o que me resta?! Eu lhe pergunto, Lua Nova, se me toma o que me resta, o que tenho a perder ao enfrentá-lo?

Um silêncio sombrio se fez. Jandira estava preparada para se sacrificar.

— Se não a levarmos, outros virão à sua procura. Temos a intenção de ajudar.

— Ticê é minha responsabilidade, e o filho dela também será. Em minha tribo, não posso cuidar deles, pois correremos perigo, então...

Jandira ajudou Ticê a se levantar, segurou a mão da irmã e seguiu para a floresta, em busca de um lugar onde pudessem viver e cumprir seus destinos.

Os encantados ficaram desconsertados.

— Vamos queimar os corpos de Xandoré e Aimoré. Não deixaremos qualquer resquício deste mal sobre estas terras — disse Lua Nova resoluto.

— Jandira dará conta do fardo, meu irmão?

— Mutum, ela fez uma escolha; se falhar, nós agiremos sem compaixão. Por mais que a respeitemos, nossa missão é com o todo, não com o que ela pensa ou acha.

Mutum permaneceu em silêncio, não tomaria partido neste conflito. Sabia que Jandira tinha mudado muito, mas também sabia que aquela situação a tinha levado ao limite.

Em silêncio, os encantados queimaram os corpos, nada havia para ser dito. O mal estava desfeito.

A cidade se ergue

CAPÍTULO 44

Muitos meses se passaram. As tribos se adaptavam em busca de estrutura e organização. Boa parte do conhecimento deixado por Jaciara havia se difundido e era praticado por todos como uma forma de união com a natureza e de homenagear Jaciara, que passou a ser vista como uma guerreira lendária. A toda colheita, caça ou pesca, uma fração era deixada na beira de rios e lagos, simbolizando o amor que Jaciara tinha pelas águas que corriam entre os povos.

Naquela manhã, o grande Guaraci ainda não havia mostrado sua força e seu calor, mas Ubirajara já estava de pé. Era um dia atípico e ele estava muito ansioso, sabia que precisava fazer algo muito importante que lhe tirava o sono e que ele não poderia faltar com a palavra. Tinha de terminar com aquilo.

— Já está acordado? Pesadelos de novo?

— Não, Bartira. Estou apenas nervoso.

— Acalme-se, vai dar tudo certo, meu amor.

— Precisa dar...

— Você se cobra demais. Dê o seu melhor e tudo correrá bem.

— Acho que sim..., mas como faremos sem Jaciara? Ela era a pivô de tudo...

O choro de um bebê os interrompeu.

— Parece que Buriti quer participar da conversa.

Ubirajara a tomou nos braços e ela parou de chorar no mesmo instante.

— Você se parece muito com seu irmão, princesa. Papai precisa partir, mas volta bem rápido para abraçar e beijar muito você.

Beijou a testa de Buriti, entregou-a para Bartira e beijou a testa da esposa.

— Minha rainha e minha princesa, fiquem bem!

— Coragem, meu esposo!

Ubirajara pegou a lança, a sacola e saiu da tenda. Estava preparado para a viagem, mas desconhecia os próximos passos.

Após dois dias de caminhada, parou para descansar e se refrescar no Rio Azul. Assim que começou a beber a água do rio, notou que aquelas águas eram diferentes, pareciam refrescar a alma e o coração, fazendo desaparecer todos os problemas. Ao se abaixar para tomar mais um gole, Ubirajara ouviu um estalo de galho quebrando. Ele pegou a lança, rapidamente, e se virou.

— Tibiriçá e Amana, poderiam avisar que estavam chegando! — comentou Ubirajara aliviado.

— Não era nossa intenção, irmão. Ainda bem que você é um guerreiro e está sempre alerta. Concorda, Amana? — falou Tibiriçá rindo.

— Claro! — respondeu rindo também. — Maior que a atenção é o medo!

— Não tenho medo de nada!

— Por que demorou tanto para subir o rio? Agara o espera na cabeceira há três dias, você não veio no dia combinado. Sabia que precisávamos chegar, pelo menos, quatro dias antes.

— Eu...

— Está preocupado demais! — Tibiriçá tomou a palavra. — Você foi escolhido e cumprirá seu papel, a própria Jurema quis assim. Não tema!

Ubirajara se levantou e deu o assunto por encerrado:

— Vamos para a cabeceira.

Dois dias depois, os três chegaram à nascente do rio. Subiram um grande morro e, no topo, havia um platô encoberto pela mata fechada.

— Agara nos aguarda lá dentro. Está realmente preparado, Ubirajara?

— Estou, Amana. Vamos seguir.

Algum tempo depois, tiveram uma visão única: um campo gramado, extremamente florido, e, no centro, a maior árvore que já tinham visto. Ela tinha a copa tão grande e cheia que os raios de sol quase não a ultrapassavam; uma tribo inteira poderia, facilmente, se abrigar sob ela. Os três se aproximaram do tronco e ouviram Agara conversando com alguém.

— Os lobos têm o instinto de viverem juntos e... Ubirajara! Achei que não chegaria nunca!

— Tivemos de ir buscá-lo — disse Amana.

Ubirajara a encarou, corado de raiva e vergonha.

— Estou aqui, irmão. Vim cumprir minha parte. — Olhando em volta, Ubirajara comentou: — Não vejo com quem estava conversando...

— Falava com meu novo amigo — respondeu Agara, apontando para o céu.

De cima da árvore, uma sombra despencou e caiu próxima a Ubirajara.

— Oi, pai!

— Porã!

Os dois se abraçaram longa e carinhosamente.

— O que faz aqui, filho?

— Sou o guardião da entrada da cidade, fui nomeado pela mestra Jurema. Sou líder de um grupo de guerreiros que morreram em batalha, prometemos guardar e assegurar a cidade. Porém, para começar meu trabalho, eu dependo do seu.

— Que orgulho, meu filho! Um líder com um trabalho tão importante!

— Obrigado, pai! Buriti e mamãe, como estão?

— Estão bem! Como soube da gravidez de sua mãe?

— Quando estava chegando às terras sagradas, Buriti estava indo para a tribo.

— Então, já se conhecem?

— Muito mais que isso, meu pai! Todos somos parte de um só.

De repente, uma brisa fria, refrescante e perfumada os surpreendeu. No mesmo instante, todos se ajoelharam, apenas Ubirajara ficou em pé, sem entender.

— Olá, meu filho. Como vai? — disse alguém atrás de Ubirajara.

Ao se virar, Ubirajara viu uma linda indígena, com cabelos trançados com flores, um corpo forte e definido marcado apenas pela pintura verde que carregava. Além da beleza estonteante, a mulher passava um sentimento de amor, segurança e paz. "Jurema", pensou Ubirajara, que logo se ajoelhou.

— Muito bem, minha senhora. Desculpe-me a falta de educação.

— Está tudo bem, meu filho. Todos em pé, por favor.

Todos acataram a ordem rapidamente.

— Vejo que encontrou seu filho, Ubirajara. Feliz em vê-lo?

— Muito, minha senhora! Ele é meu tesouro mais precioso.

— Sei disso, ele também é um tesouro para mim — falou Jurema, abraçando Ubirajara. — Ele se tornou um homem forte, inteligente, de personalidade marcante. Meu melhor filho e guardião.

— Obrigado, minha senhora! — Porã e Ubirajara responderam juntos.

— O ritual começará hoje à noite, trouxe frutas e legumes para todos. Cavem um pequeno buraco perto da raiz da árvore e bebam da água que verter. Em minhas raízes fica a verdadeira nascente do Rio Azul, é o útero da vida.

Jurema parou de falar e começou a caminhar até a beira da mata. Todos se entreolharam sem entender.

— Que bom que ouviu meu chamado. Obrigada por vir, mas ficar aí não é digno de sua pessoa, filha. Junte-se a nós e compartilhe de nossas comidas e bebidas.

Jurema falava com as mãos esticadas na direção em que olhava. Então, das matas, saiu uma sombra que logo foi tomando forma. Era Jandira.

— Não se preocupe, você é bem-vinda aqui. Sinto muito por sua perda. Confia em mim?

— Toda a minha vida é sua, minha mãe.

— Então, saiba que o espírito dela está em um lugar melhor.

Jandira começou a chorar e Jurema a abraçou. A grande mãe cochichou algumas palavras no ouvido da moça e os olhos dela se arregalaram. Jandira parou de chorar no mesmo instante.

— Faria isso por mim, filha?

— Confio na senhora — Jandira respondeu sorrindo. — Tenho a certeza de que será o melhor destino para ela.

Jurema pegou na mão da moça e a levou para junto dos outros.

— Descansem. Esta noite será muito importante para todos nós.

A tarde caía. Enquanto uns se alimentavam, outros juntavam lenha. Jurema acendeu uma fogueira e colocou um vasilhame com água sobre ela. Ela se aproximou da grande árvore, enfiou as mãos na terra e retirou um pedaço da raiz que pingava seiva na ponta. Com um pequeno porrete, malhou a raiz, desfiando-a. Retirou um pedaço da casca da árvore e filetou a entrecasca. Depois, colocou tudo no vasilhame e acrescentou diversos ingredientes que retirou da bolsa. Em seguida, mexeu tudo com um pedaço de galho pelado.

— O que a senhora está fazendo, minha mãe? — perguntou Jandira.

— Estou cozinhando meu corpo. É meu presente para vocês. Com essa bebida, poderão ir ao mundo dos espíritos e encantados, beber do conhecimento dos que já se foram e conversar com os espíritos da vida e da natureza. Meu corpo falará dentro de vocês, e eu os apoiarei no que for preciso — explicou Jurema. — Vou ensiná-la a fazer isso e você será a portadora da força para entrar em minha cidade.

Jurema ensinou todos os processos para Jandira, que prometeu passar o conhecimento para aqueles que fossem dignos de consumir o corpo da grande mãe.

— Neste dia sagrado — falou Jurema —, os espíritos dos vivos e dos que já partiram se encontrão neste local. Esta árvore contém o encanto que zela por todas as obras vivas de Luz. Aqui está a entrada para o reino onde tudo volta a ser o que era: Luz. Estas terras pertencem a todos, mas nem todos chegarão a elas. Povos desta nação farão o melhor, elevarão os espíritos e cuidarão da obra da natureza. Povos de outras nações aqui serão abrigados, porque eu sou a mãe que acolhe a todos de boa vontade. Aqueles que aqui chegarem estarão prontos para o fim, e aqueles que aquela árvore cruzarem estarão prontos para um novo começo. Aqui, morarão meus guerreiros e protetores, aqui reinarão o respeito e a sabedoria. Aqueles que não conhecerem essas virtudes não encontrarão o caminho até aqui, mas os dignos enfrentarão obstáculos e acharão o caminho de casa. Não desejo nem espero que sofram, mas sei que a jornada não será fácil e, pelo sacrifício de vocês, eu também me sacrificarei. Dou-lhes hoje o meu corpo, que conecta os mundos, para meus filhos ao meu seio retornarem. Bebam e sintam a força e a herança que lhes pertencem.

Todos beberam a poção feita pela grande mãe de olhos fechados. Quando os abriram, viram que os encantados e os guerreiros que já haviam feito a passagem estavam ao lado de Jurema. Todos brilhavam diferentemente, com cores vivas, e a grande mãe era um esplendor de luz dourada que envolvia a todos.

— Para onde irão agora, não poderão levar os corpos de carne, mas seus espíritos irão mais longe do que nunca foram.

Jurema apontou para o alto e, rapidamente, todos os encantados foram ao encontro dos irmãos. Eles colocavam a mão sobre a nuca de cada um dos encarnados e os deitavam vagarosamente sobre a relva.

— Jaguar, estou morrendo? — perguntou Jandira apreensiva.

— Não, querida. Acalme-se.

— O que está acontecendo?

— Você está de viagem para casa.

— Você vai comigo?

— Sempre!

Jandira e os outros caíram em um sono profundo. Os espíritos ancestrais se dividiram em vários grupos: alguns fizeram uma roda de cantos e histórias que exaltavam os tempos de glória e de coragem de seu povo; outros cuidavam do corpo dos que viajavam; e outros mais plantavam em volta da árvore de Jurema as pedras sagradas dos grandes líderes que continham as virtudes que sustentariam o povo.

Os animais e os vegetais se fizeram presentes e deram suas bênçãos para aquele povo, filho do Sol e da Lua. Foi naquela noite que o céu despencou do alto e a terra subiu aos céus. Do chão, surgiram inúmeros olhos d'água que corriam abundantemente e, de um deles, Yara se manifestou para abençoar a todos. Ela se aproximou de Jandira e sussurrou no ouvido da moça:

— Eu sigo e persigo as lágrimas de sua mãe, minha irmã Potira, para lhe dar consolo e caminho. Os caminhos sempre me levarão a ela, onde a doçura de meu coração curará o sal de suas lágrimas. Potira se doou de corpo e alma, e agora acalentaremos sua dor. Nosso povo terá seu fim, e desse fim um novo começo se fará. Você é a memória viva do que fomos e a esperança do que podemos ser. Viva, Jandira, viva! Viva por nós e para nós, guie seu povo e dias de glória virão.

Jurema brilhou fortemente e ninguém mais se lembrou do que acontecera ali.

Dois dias depois, todos acordaram da viagem levemente tontos, mas sentindo-se renovados, renascidos.

— Ubirajara, onde estamos? — perguntou Amana.

— Também não sei. Você sabe, Agara?

— Apesar de o cheiro ser o mesmo, o lugar não lembra nada onde estávamos.

O ambiente era parecido com aquele onde adormeceram, mas não tinha o mesmo brilho, as mesmas cores, a mesma vida. Era uma mata simples, e até a grande árvore havia sumido.

— Nós inventamos tudo aquilo?

— Não, Tibiriçá. O que vi e senti foi muito real. Meus pais, avós e outros de minha família estavam aqui, eu os senti — comentou Agara.

— Todos nós sentimos o mesmo — completou Ubirajara. — Eu me sinto forte e firme, pois eles me abençoaram com a coragem dos antigos.

— E quanto a Jandira? — disse Amana, olhando para ela.

A moça se levantou, bateu a poeira e começou a guardar as coisas para partir.

— Jandira, você está bem?

— Estou ótima, Amana.

— E sua irmã?

— Ela morreu.

Todos sentiram um frio na espinha.

— Nós sentimos muito...

— Ela morreu na hora do parto, e a criança não resistiu. O destino se cumpriu antes de vocês.

— Jandira — falou Ubirajara —, foram muitos os crimes de sua irmã e de Xandoré. Por mais que isso tenha me afetado diretamente, nunca quis a morte dela. Para mim, ela já havia recebido a condenação que eu daria: o exílio. Infelizmente, não sabia que você pagaria o preço junto com ela, isso foi injusto. Peço que volte para a Morada do Sol, quero que tome o lugar de Jaciara e ensine nosso povo.

— Agradeço, mas recuso. Agora, Yara é a mãe de todos nós, vive mais do que nunca, e meu lugar não é mais com vocês.

— Entendo. Sobre a Morada da Lua Crescente...

— Eu sei, minha tribo não existe mais. Depois que minha mãe sumiu, meu pai foi atrás dela e nunca mais voltou. Meu povo se sentiu desprotegido, sem recurso e buscou abrigo em outras tribos Você continuará zelando por meu povo, Ubirajara?

— Como se fosse a minha família.

— Isso me basta. Desejo sorte a todos vocês e agradeço por tudo

— Jandira, seu nome viverá para sempre em nossas histórias e cantos. Seus sacrifícios e sua garra moverão os jovens para un futuro muito próspero. Você é a nossa mulher-onça. Obrigado por tudo!

Jandira recolheu os pertences e foi embora sem olhar para trás.

— O destino foi muito duro com ela — comentou Agara. — Que Jandira tenha descanso e paz daqui para a frente. A coragem dela sempre irá nos inspirar.

Tibiriçá ficou em silêncio, avaliando a situação como se fosse com ele. Sua maior virtude sempre fora a capacidade de análise. Sempre foi reservado, mas ótimo conselheiro. Em sua imersão no mundo dos espíritos, viu uma ave negra carregando uma criança recém-nascida entre as garras. Ao se aproximar do animal, ele a soltou nos braços de Tibiriçá, era um menino. Viu a sombra de uma onça e de uma serpente em combate, viu novas tribos e guerreiros, viu pinturas de batalha e viu a queda do sol. Era tudo muito confuso, sem sentido, mas sabia que estava vinculado a ele.

Todos partiram de volta para suas casas, exceto Tibiriçá, que continuou refletindo sobre tudo o que passou. Quando anoiteceu, ele percebeu que estava tarde para retornar à tribo e decidiu dormir ali. Acendeu a fogueira e, depois de comer alguns pedaços de mandioca assada, dormiu. Durante a madrugada, ouviu um barulho e, sem se assustar, abriu os olhos. Então, viu um homem agachado ao seu lado.

— Sou Lua Nova, vim para conversar com você.

Tibiriçá se sentou e fez uma reverência.

— O senhor é um dos espíritos que caminham na Terra. Reverencio sua sabedoria.

— Agradeço sua educação.

— Em que posso ser útil, meu senhor?

— Soube do fim da Morada da Lua Crescente?

— Ouvi falar, meu senhor.

— O espírito deles precisa se manter vivo, eles carregam a força de Jaci e de todos os encantos dela. A família de Jandira carrega essa marca no sangue. No futuro, eles farão a diferença em como vemos as tribos. Portanto, preciso que encontre Jandira.

— Sim, senhor, cuidarei dela como se fosse minha própria filha.

— Não, ela não irá com você.

— Então...

— Como eu disse, você precisa amparar a família dela.

— Meu senhor, os pais delas sumiram e a irmã e o sobrinho morreram.

— Não morreu.

— Como?!

— Ela mentiu. Ticê morreu no parto; o bebê, não.

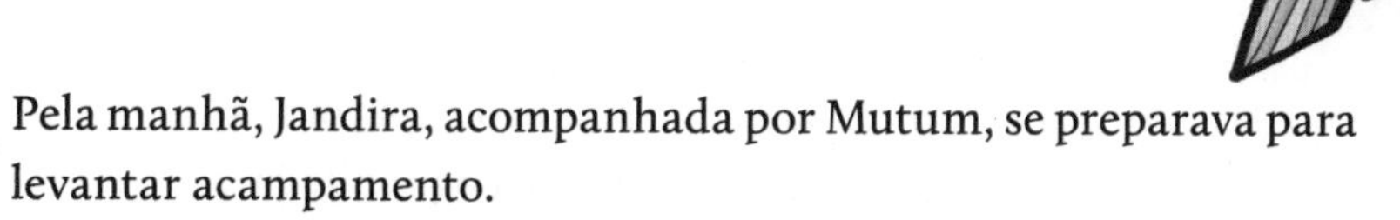

Sementes do amanhã

CAPÍTULO 45

Pela manhã, Jandira, acompanhada por Mutum, se preparava para levantar acampamento.

— Vamos para onde dessa vez? — perguntou Mutum.

Jandira levantou a mão para o céu e esperou o vento lhe indicar a direção.

— Vamos sentido contrário ao sol.

— Por quê?

— O mestre vento disse assim.

O sobrinho de Jandira acordou gritando. Apesar das poucas semanas de vida, o menino tinha uma força e uma fome foras do comum.

— Se tiver toda essa força quando for grande, será um guerreiro dos bons — disse Mutum rindo. — Está tudo bem, Jandira?

— Quando fui para o mundo dos espíritos, vi muitas coisas, e me vi em uma tribo que não se parecia em nada com a nossa; eles sabiam muito sobre ervas e chás. Os encantados deles eram diferentes. Eu me via indo para essa tribo, mas o caminho era muito difícil e perigoso. Talvez, levar o pequeno conosco seja bastante arriscado.

— O que pensa em fazer? Seguirá por esse caminho?

— É o meu destino, Mutum.

— Se é o seu destino, o que fará com o menino?

— Ainda não sei. Talvez precise abrir mão deste caminho para cuidar dele.

Jandira permaneceu o resto da manhã em silêncio, comeu algumas frutas e, quando se preparava para partir, algo alertou seu instinto.

— Quem está aí?

— Às vezes, penso que você é uma onça de verdade.

— Tibiriçá? Como me achou?

— Uma corça me contou.

A criança voltou a chorar e Jandira ficou apavorada.

— Uma criança! Não sabia que tinha engravidado.

Jandira se levantou rapidamente, pegou a lança e a apontou para Tibiriçá.

— Mutum, leve o menino para longe daqui. Eu acho vocês!

— Sim!

— Isso é desnecessário, Jandira.

— Ubirajara o mandou? — indagou Jandira muito alterada.

— Acalmem-se! Não sou um inimigo. Só vim conversar.

Jandira e Mutum se entreolharam, aguardavam uma reação de Tibiriçá.

— Diga, o que você quer?

— Você passou por momentos muito difíceis, e parece que as coisas não estão ficando mais fáceis. A cada vez, seu caminho fica mais árduo. Somos seus parceiros, vim ajudá-la a carregar seu fardo.

— Como assim? Está ganhando tempo?

— Jandira, sei de sua viagem. Em meus sonhos, eu a vi em terras que desconheço. Sei que não pode levar o menino com você e, principalmente, sei que sua linhagem está aqui para reparar as feridas que causamos neste mundo. Eu vim lhe oferecer a minha ajuda. Criarei o menino para você.

— O quê? Enlouqueceu? — questionou Jandira com um sorriso sarcástico. — Jamais faria isso. Vocês tentaram matar minha irmã e tiraram tudo o que eu tinha! Agora, vem me dizer que quer levar o que me restou?! Mais um passo e eu o mato. Mutum, siga para as matas que eu a alcançarei.

A encantada começou a caminhar de costas, pronta para qualquer investida de Tibiriçá.

— Jandira, basta. Não somos inimigos! Minha tribo foi a que menos se envolveu nisso tudo, e devemos ser prudentes nesta situação. O menino não cometeu erro algum; com a criação certa, ele terá uma vida digna como todos nós. Guayi é a nossa semente boa que prosperará em uma terra fértil. Devemos isso a você, Jandira.

Jandira e Mutum ficaram estáticas.

— Como sabe o nome da criança? Quem o mandou aqui?

— Já lhe disse: o encantado da corça. Foi Lua Nova.

Jandira abaixou a lança.

— Entenda, Jandira, não desejo prejudicar você ou sua família. Nossas tribos lhe devem o melhor, você é nossa heroína. Gostaria de criar esse menino como se fosse meu próprio filho. Acredito que minha aldeia tem condições de dar tudo o que Guayi precisa para se tornar um rapaz digno. É possível dar a ele uma história nova, desvinculada de tudo o que aconteceu.

— Não sei o que dizer...

Tibiriçá se aproximou de Jandira e pôs a mão no ombro dela.

— Isso é tudo o que posso lhe oferecer depois de toda a situação que passou. Quero que vocês tenham uma vida plena, você em seu caminho de aprendizado, o menino junto à minha esposa e meus filhos. Você permite?

Jandira caiu de joelhos, não esperava que o destino agisse de tal forma. Mutum se aproximou e entregou o menino para a tia, dizendo:

— A escolha sempre foi sua, assim como o caminho sempre foi seu. Meu irmão é muito sábio, ainda assim obedece a alguém. Acredito que essa força também zela por nós. Tibiriçá não mentiu, não havia maldade nas palavras dele. Guayi está recebendo a oportunidade de voltar às raízes sem ser penalizado pelos atos dos pais. Pense bem, Jandira.

Jandira soltou a lança e olhou fixamente para o menino. Com os olhos marejados, disse a Guayi:

— Sou sua tia, ofereço-lhe todo o amor que merece. Você não é culpado por nada do que aconteceu. Escolhas ruins nos trouxeram até aqui, mas hoje quero que uma boa escolha nos conceda um destino diferente. Jamais desejaria que nos separássemos, mas o vento me leva para outros lugares, e suas raízes pedem que fique aqui. Por mais doloroso que seja, eu me preocupo com você. Espero que me perdoe um dia, mas o melhor a ser feito neste momento é dar-lhe uma vida digna. Eu o amo, Guayi, e, onde eu estiver, você sempre estará em meus pensamentos.

Jandira estendeu o menino a Tibiriçá, que se ajoelhou e o recebeu com ternura. Jandira tocou o peito do homem e disse:

— Prometa que dará o melhor a ele. Prometa que dará o amor que ele precisa. Prometa que lhe dará disciplina e sabedoria. Prometa!

— Eu, Tibiriçá, líder da Tribo da Pedra Quente, prometo pela minha vida e pela vida de minha família que cuidarei e zelarei por tudo o que Guayi precisar.

— Se falhar com sua promessa, voltarei para estacar esta lança em seu peito.

— Se eu falhar com minha promessa, eu mesmo farei isso.

Apertaram as mãos com força, carinho e respeito. Ali, selaram um acordo e um novo destino para aquela família.

— Obrigada, meu irmão!

— Obrigado pela confiança, minha irmã!

A tristeza e a saudade tomaram conta dos presentes, a separação de uma família colocaria um ponto-final na situação. De um lado, Jandira exprimia as poucas emoções que lhe restavam, tinha fé que o sobrinho seria um símbolo de renascimento e força. Do outro, uma criança repleta de caminhos e possibilidades ficaria nas mãos de um homem que jurava honrar seus nomes.

— Jandira, precisamos ir. Nossa caminhada é longa.

— Mutum, eu...

— Jandira, honre o nome daqueles que vieram antes de você. Dê seu melhor em tudo o que fizer. Faça com que Ticê e Jaciara vivam para sempre!

Jandira respirou fundo e secou as lágrimas. Seu destino era tudo o que tinha, e precisava começar a segui-lo.

— Menino, sangue meu, voltarei antes de seu último suspiro e lhe trarei todas as bênçãos que eu puder lhe dar.

Jandira e Mutum partiram sem olhar para trás. A determinação e a fé eram os combustíveis de sua jornada.

Enquanto as duas caminhavam, Guayi e Tibiriçá as observavam, até que as perderam de vista.

— Vamos pequeno, temos muito a lhe ensinar.

Tibiriçá voltou para a aldeia com uma semente de esperança nos braços.

O mal necessário

CAPÍTULO 46

Muito meses se passaram desde o ocorrido com Anhangá. Agora, seu espírito, aprisionado em um coco, repousava nas mãos de Embaré. O cachimbo de Embaré possuía um odor inebriante bastante característico. No meio da noite, na beira do Rio Azul, com um sopro poderoso, Embaré começou a tirar a cera e as folhas que envolviam o coco, deixando somente a tampa que o selava.

— Você devia estar aqui fora vendo como as estrelas estão lindas esta noite.

De dentro do coco, Anhangá ouvia cada palavra, e isso o deixava cada vez mais irado.

— Tire-me daqui agora mesmo, senão...

— Senão...

— Estou aqui por causa de você e de sua magia podre. Tem sorte por eu estar preso.

— Interessante, para quem ameaça, você pouco faz. Você está muito irritado, que tal nadar um pouco e cair no esquecimento. Quem sabe, Yara tenha um destino melhor para você.

Sem pensar muito, Embaré deixou que o coco escorregasse de suas mãos e caísse no rio, que corria sem pressa.

— Vá em paz. Siga seu destino...

Anhangá mudou rapidamente de postura. Sabia que estava fraco e fora de forma, um encontro com Yara poderia ser o fim de sua existência.

— Embaré, me perdoe, nobre amigo. Podemos recomeçar nossa conversa? Vou rever minha educação perante o grande ser que você é.

Embaré riu, pegou um galho em formato de forquilha e pescou o coco de volta.

— Yara, realmente, tem poderes. Veja só, um tempinho em suas águas e já amansou o touro bravo. O que aconteceria se eu a chamasse e entregasse você diretamente nas mãos dela? Seria uma cena interessante! — Embaré gargalhava com as mãos na barriga, enquanto o coco mexia sozinho em silêncio. — Pois bem, sabe o estrago que fez aqui do lado de fora. Mas, na verdade, estamos tendo essa conversa porque gostei muito de você.

— Por questões de afinidade? Duvido!

— Veja seu bom humor saindo. É disso que eu gosto!

— Prossiga.

— Você tem dons e habilidades únicas, seria uma honra tê-lo como parceiro. Tenho uma proposta para você: quer trabalhar para mim?

— Como?! Sou a sombra da noite, o desespero do dia. Eu dito as regras e vocês as seguem. Não sou mula de ninguém!

Enquanto Anhangá falava, Embaré caminhou até a beira do rio e deixou o coco cair na água novamente.

— Seu espírito está preso, mas, na verdade, era sua língua que devia estar.

O coco vibrava e chacoalhava, criando pequenas ondas na água.

— Senhor maligno, se eu fosse você, ficaria bem quietinho. Dizem que existe um peixe nessas águas que não gosta de você.

— Eu o amaldiçoo, Embaré!

O clima ficou tenso no rio e a uma grande sombra densa passou cortando a água e circundando o coco.

— Embaré, tire-me daqui!

De dentro da água, emergiu um ser enorme. A metade superior dele era de uma mulher com seios nus, cabelos escorridos, braços esguios, pele esbranquiçada, unhas em formato de garras e dentes em forma de presas. A metade inferior era de um peixe, com uma cor esverdeada, escamas e nadadeiras azuladas que lembravam lâminas. Era Yara em seu aspecto mais sombrio e letal. Ela partiu para cima do coco vorazmente. Embaré foi mais rápido e, com o galho, retirou-o da água.

— Ele é meu! — gritou Yara estridentemente.

— Mãe das águas, acalme-se. Vim negociá-lo, quem tiver um preço melhor leva. O que você me dá em troca dele?

— Dou sua vida, que há muito tempo devia me pertencer, seu insolente.

— Uma boa proposta. E você, Anhangá, o que me oferece?

— Trabalharei para você, prometo. Não me entregue a ela!

— Duas propostas interessantes...

— Entregue-o para mim agora mesmo, Embaré! Ele me deve.

Embaré colocou as mãos na cabeça, como se estivesse pensando, mas já estava decidido.

— Pois bem, Yara, sinto muito. Você não pode me oferecer o que não possui, ou seja, a minha vida. Olhe por seus filhos; por esse aqui, eu mesmo olho.

Yara saltou sobre o espelho d'água e deu um grito ainda mais alto e estridente:

— Embaré!

E mergulhou nas profundezas.

— Essa foi por pouco. Ela quer mesmo pegar você!

— Faço o que você quiser! Tire-me daqui e seguirei todas as suas ordens.

— Nada como uma conversa inteligente.

Embaré destampou o coco e, aos poucos, o espírito de Anhangá começou a sair. Faltando pouco para terminar de soltá-lo, Embaré tampou o coco novamente. Anhangá tomou a forma humana e encarou Embaré:

— Você prometeu me soltar! Liberte-me por completo!

— Eu prometi? Quando?

Irritado, Anhangá ficou em silêncio, enquanto Embaré selava o coco sorridente.

— Ainda não enlouqueci. Você enfraquecido já dá muito trabalho, imagina se eu o soltasse por completo. Além disso, quero guardar uma boa lembrança de você.

Ambos sabiam que, se Embaré tivesse um fragmento do espírito de Anhangá, teria certo domínio sobre ele.

— O que você quer de mim, Embaré?

— Anhangá, às vezes, cuidar e zelar por toda a vida é muito cansativo. Desde seu aparecimento, percebi que todos os seres têm se movimentado mais. Antes, era como um lago cheio de peixes sem predadores: viviam sem importunações e cheios de recursos, ou seja, transformavam-se em peixes apáticos e preguiçosos. Porém, se colocarmos um jacaré faminto no meio, a coisa muda de figura, terão de desenvolver músculos e habilidades, somente os mais fortes sobreviverão. Você será o jacaré faminto deste lago, nunca vai deixar a água parada e, com isso, eles ficarão mais fortes, resistentes, inteligentes, hábeis...

— Não entendi.

— Quero que seja você! Apronte por aí, crie desordem e caos, movimente a vida. Entendeu agora?

— Como farei isso sem meus poderes? Você os tirou de mim.

— Não é verdade, você tem a maior habilidade de todas: despertar o que está oculto. Sua maior arma não é a força, mas a astúcia. Acho justo que tenha algo a seu favor. Que tal a habilidade de se transformar no animal que quiser? Aposto que isso será suficiente para você realizar seu trabalho.

— Aceito!

— Com uma condição: conhece o mal do coração dos homens, eles não devem machucar a criação original. Quero que defenda toda a natureza. Temos um acordo?

— Assim será!

Com um sopro forte de fumaça, Embaré enfeitiçou o corpo de Anhangá.

— Agora, não precisa se tornar apenas os animais escuros da natureza, pode ser qualquer um.

— Obrigado, Embaré!

— Não se esqueça: estou de olho em você!

Anhangá se transformou em um lobo e correu mata adentro.

Embaré deitou-se na grama e soltou uma fumaça longa no tempo. Em seguida, gargalhando e soltando mais fumaça, falou:

— Finalmente, as coisas estão como deveriam estar.

MORADA DO SOL
cidade dos encantos

No escuro da alma

CAPÍTULO 47

Duas semanas se passaram do encontro entre Jandira e Agara. Desde então, Jandira chorou todos os dias, a dor da saudade maltratava os pensamentos e o coração da indígena.

Naquela noite, Jandira e Mutum pararam para descansar e acenderam uma fogueira. Mutum observava Jandira comendo, tinha a esperança de que algo acalmasse a dor da amiga. Jandira olhava para Mutum e notava que a encantada estava diferente, parecia mais pálida, sem cor. Resolveu não tocar no assunto, poderia ser um resquício da batalha. Mutum quebrou o silêncio:

— Jandira, os encantados que estavam fora da caverna ficaram assustados com a batalha. Nunca ouvimos falar de um humano ter derrotado um espírito.

Jandira parou de mastigar para prestar atenção no que Mutum dizia.

— Confesso que não sabíamos o destino certo da batalha, mas não intervimos porque respeitamos o que nos pediu. Queria saber uma coisa: como sobreviveu?

Jandira comeu o restante da carne, jogou o osso perto do fogo, lambeu os dedos e limpou a boca no braço.

— Mutum, quem disse que eu venci?

A encantada arregalou os olhos. Aquela resposta a deixou confusa.

— Como assim, Jandira? Vimos você arrastar Xandoré e entregar o coco para Embaré. Vimos errado?

— Não, viram certo. Mas quem perdeu fui eu.

— Poderia explicar?

Jandira começou a relatar tudo o que aconteceu:

Anhangá encheu a caverna com uma fumaça venenosa que me fez perder a referência de onde estávamos e para onde eu devia correr. Em pouco tempo, desabei sem forças no chão e perdi os sentidos. Caí em um sono profundo. Sonhei que eu era uma criança que vivia em uma terra árida, sentia fome, sede, solidão. Era somente pele e osso, sem forças para lutar, o sol consumia a pouca energia que me restava. Estava pronta para entregar meu espírito e me despedir do corpo quando ouvi:

— Olá, menina, tudo bem? Parece cansada.

Não conseguia responder, só olhar para aquela gentil senhora de cabelos grisalhos e trançados. Ela era muito velha, com os traços bem conservados, e carregava apenas um manto sobre o corpo. Ela me parecia familiar, mas não me lembrava de onde tinha visto aquele rosto antes.

— Está muito fraca. Quer um pouco de água?

Ela ergueu minha cabeça e, com muita delicadeza, colocou uma cabaça com água em minha boca. Bebi com tanta pressa que acabei me engasgando.

— Vá com calma, menina, tem bastante.

Um único gole daquela água me satisfez e me fez sentir muito melhor.

— Parece mais disposta. O que faz aqui sozinha?

— Estou procurando minha mãe, minha irmã, meu pai, minha tribo...

— Há tempos não aparece ninguém aqui. Também procuro alguém, podemos procurá-los juntos, o que acha?

— Claro! — respondi.

A anciã me deu a mão e, juntas, percorreremos o deserto. Meus pés queimavam, meu corpo doía, sentia náuseas, mas, sempre que eu olhava para ela, eu a via sorrindo, como se nada a estivesse afetando. Por várias vezes durante a caminhada, ela fez sombra para que o sol me castigasse menos. Paramos um instante para nos refrescar e descansar.

— Pequena, qual é o seu nome?

— Jandira.

— Lindo nome! Como se perdeu de seus pais?

— Houve uma guerra. Meus pais se entristeceram e partiram, me deixando para trás.

— E sua irmã?

— Ela causou a guerra.

— Entendo.

— Por quem a senhora procura?

— Também passei por uma guerra. Um vendaval soprou minha amiga para estes lados. Ela era tudo para mim! Agora, sinto-me só. Ainda bem que você está comigo, estou menos triste.

Caminhávamos por um deserto infinito, nem o tempo passava ali. Não havia sequer uma brisa refrescante, era sempre o mesmo sol de meio-dia. Nossa caminhada parecia em vão, não havia nada além do deserto.

— Como veio parar aqui, doce Jandira?

— Minha tribo era aqui, mas o sol secou tudo. Levou nossa água, nossa comida, nossos animais e nossas plantas.

— Imagino que tenham sido tempos difíceis.

— Continuam sendo. Como é seu nome?

— Como sou velha, pode me chamar de "vó". O que acha?

— Sim, vó!

Ela me deu um sorriso acalentador. Sentamo-nos e bebemos água.

— Jandira, você disse que não tinha mais nada aqui.

— Sim. Como a senhora pode ver, só existe secura aqui.

— O que é isto perto de seu pé?

Com os olhos, procurei o que ela apontava e fiquei surpresa com o que vi.

— Uma formiguinha, vó! Ela é linda.

Minha curiosidade fez com que eu não tirasse os olhos do pequeno animal.

— Jandira, não conheço sua tribo, mas, de onde venho, elas vivem em grupos.

— Aqui também. As formigas mordem, caçam e vivem em bandos.

O animal saiu andando e eu, muito curiosa, comecei a engatinhar atrás dela. Minha admiração era tanta que nem me certifiquei se a vó estava atrás de mim. Porém, a voz dela me fazia ter a certeza de que ela estava por perto. Enfim encontrei um grande formigueiro.

— Vó, ela tem casa.

— Estou vendo, pequena Jandira. Mas se elas são muitas, do que vivem?

— Comem plantinhas, vó?

— Acho que sim. Talvez sejam as que carregam...

Formigas em fila levavam pequenas folhas para o formigueiro.

— Que tipo de folhas elas comem, Jandira?

Segui olhando fixamente a fila para não a perder de vista. Quanto mais engatinhava, mais folhas via. Até que, por um descuido, bati a cabeça no tronco de uma árvore grande e frondosa.

— Uma árvore, vó! Elas estão levando as folhas daqui.

— Que linda árvore! Aqui tem sombra e o calor é mais ameno.

— Sim! Bem, se a árvore está viva, ela deve ter...

Olhei para o lado e vi um caminho gramado atrás dela.

— Talvez esse caminho nos leve até a água, vó.

— Vamos seguir?

— Vamos!

Segui pelo caminho apressada, mas com muita atenção para não perder o rastro. Minha intuição estava certa, e logo encontramos o rio. Minha primeira atitude foi afundar a cabeça nele, estava com calor e sede.

— Abra os olhos Jandira. Veja os peixes.

A água era tão límpida que eu podia ver cada detalhe. Peixes e mais peixes nadavam naquele lugar cheio de vida. Quando tirei a cabeça da água, duas surpresas: agora, era fim de tarde e o ar estava mais fresco; e, na minha frente, diversos animais matavam a sede na beira do rio. Tudo tinha vida e cor.

Deitei-me no chão para observar os animais, cada um com sua beleza e habilidade. Não havia conflito ou disputa, viviam em equilíbrio e harmonia.

— Vó, é tudo tão lindo por aqui. Por que nunca vi?

— Tudo sempre esteve aqui, Jandira, só a ensinei a ver. A vida acontece a todo momento. Ela se cria, se recria, se adapta, se consome e se transforma, e você se encaixa nisso tudo. Desconhecer esse conceito não lhe permitia ver parte do que a vida é. Observar o menor dos animais a fez perceber o entorno que você não via. Sua forma de agir, sentir, ver e interagir é a chave que abre a porta entre os mundos.

Refleti sobre o que a anciã me dizia. Aquilo me parecia muito maior do que eu, ainda assim tinha sentido para mim.

Meu cansaço era tanto que dormi enquanto observava o entorno. Acordei e já era noite, espantei-me ao ver que tudo à minha volta era vida. Estava deitada sobre a grama em uma noite de lua cheia sob o céu estrelado e o ar fresco trazia perfumes inebriantes. E como eram lindos os rastros que cruzavam o céu.

Enquanto eu contemplava a beleza da vida, algo me observava de longe e, sem que eu percebesse, foi se aproximando sorrateiramente. Quando me dei conta, era tarde demais, uma onça me encarava logo acima de minha cabeça. Desde pequena, minha mãe me contava histórias de como elas eram perigosas, confesso que sempre tive receio. Meu instinto foi correr, mas minhas pernas pequenas não seriam mais rápidas que aquele bicho. Estava condenada e gritava por ajuda.

— Vó, socorro!

Cheguei a uma árvore, me encostei nela e me agachei protegendo o rosto na esperança de que tudo não passasse de um pesadelo. O bafo quente da onça, porém, insistia em me chamar para a realidade.

— Jandira, mantenha a calma e olhe para ela — gritou a vó.

— Ela vai me comer! Ajude-me.

O animal rosnava perto de meu rosto, e eu sentia o hálito quente da onça.

— Jandira, não se intimide. Encare-a!

— Não posso, sou pequena e fraca!

— Você é pequena, Jandira, mas não é fraca. Domine-a!

Quando abri os olhos, o animal me encarava com a boca aberta. Aqueles dentes imensos e pontiagudos, de fato, tinham força para mastigar meus ossos com a mesma facilidade com que eu quebro um graveto. Aquele momento me ensinou que, quando não temos para onde correr, devemos investir contra os problemas; nos esconder faz com que sejamos a caça perfeita para o abate. Eu sabia que, se embarcasse na briga, perderia. Então, eu a encarei tão firmemente que o focinho dela e meu nariz chegavam a se tocar. Nossos espíritos estavam em um embate. Foi a primeira vez que percebi a minha força, os olhos da onça eram o reflexo do que eu era. Mergulhei profundamente no que via e aquilo não parecia ter fim.

Quando despertei, ainda em meio à fumaça tóxica de Anhangá, me dei conta de que eu e a onça éramos uma só, e a minha força havia me tomado de tal forma que eu me transformei no animal. Não sentia medo ou solidão, a bravura era o meu combustível. Corria e pulava com muita destreza. Meus olhos enxergavam todos os animais e eu via com clareza todas as minhas presas. Estava pronta para combater Anhangá e, principalmente, para lidar com o mal em mim mesma. Eu não fraquejaria.

Na forma animal, investi contra ele. Meus olhos enxergavam no escuro como se a caverna estivesse iluminada. Por mais que ele tentasse desviar de minhas investidas, minhas garras o alcançavam. Eu feria somente Anhangá, não precisava tocar no corpo de Xandoré para vencer a luta. Depois de muitos ataques de ambos, a luta terminou comigo pisando sobre o corpo dele. Nunca descobri se venci por ele estar enfraquecido ou por eu estar fortalecida.

Eu me lembro de estar extremamente agitada, queria devorar minha presa e concluir o que comecei. Por um instante, fechei os olhos e me vi de volta na tribo onde conheci a vó. Nem ali minha fúria se aplacou, eu estava ensandecida, queria mais. Foi quando senti um toque em meu ombro:

— Jandira, você nunca se apegou a este lado seu. Não permita que esta seja a sua realidade. A parte fera e a parte humana precisam conviver em harmonia.

Mais uma vez, a vó falou comigo. Mais uma vez, a ajuda dela foi fundamental. Respirei profundamente e imaginei o espírito da onça se afastando de mim e adentrando a floresta. Quando enfim despertei na tribo, estava mais serena.

— Vó, que lugar é esse?

— Esta é sua tribo, a que nasceu dentro e a partir de você. Daqui, tirará o poder para concretizá-la.

— Meus pais, Jaciara... ninguém restou...

— Sua linhagem não acabou. Sua tribo crescerá e prosperará. Enquanto a terra se apronta, colha as sementes certas — concluiu a vó.

— Por que não consigo mais vê-la?

— Pelo mesmo motivo que parei de procurar minha pequena amiga...

— Você desistiu?

— Não, a encontrei. Estarei com você para sempre, Jandira. Obrigada por tudo!

— Confesso que nunca senti tanta paz em minha vida, Mutum. Foi como se tivesse me reencontrado, como se estivesse em casa com toda a minha família. O restante você já sabe: consegui prender o espírito de Anhangá no coco, Xandoré não suportou o peso e não resistiu. Pude apenas arrastá-lo para fora da caverna.

— Jamais soube que vocês também podiam tomar a forma de um animal, Jandira. Quanto mais convivo com vocês, mais percebo o quanto preciso aprender.

— Ainda não sei como funciona. Também gostaria de saber como a senhora me achou depois de tanto tempo. Por que não contou aos outros onde eu e Ticê estávamos?

— Depois da batalha contra Anhangá, fiquei mais algum tempo ao lado de Lua Nova. Ele me contou tudo o que estava passando e resolvi procurá-la. Apesar de minha tristeza ao descobrir que não poderia mais voar em minha forma de pássaro, acho que ainda carrego o peso da luta em minhas penas e ossos, não permiti que isso me abatesse. Eu me adaptei conforme as condições que tinha e saí para procurá-las correndo pelas matas. Seu cheiro me trouxe até vocês. Não contei para ninguém, pois lhe devia respeito por tudo o que fez por mim, e comecei a buscá-la porque gosto de ficar ao seu lado.

— Então, somos amigas?

— Não é para tanto, Jandira! Somos colegas.

Ambas riram.

Depois de conversarem bastante, Jandira resolveu se deitar. Estava exausta da caminhada e precisava se preparar para os dias que viriam. Mutum sentou-se ao lado dela, passou a mão nos cabelos da discípula e disse sorrindo:

— Você é capaz de nos superar, Jandira.

Caminhos bifurcados

CAPÍTULO 48

Jandira acordou cedo, pois sabia que precisava caminhar e que Mutum não tinha muita paciência para esperar. Olhou para o lado e viu os restos da fogueira, mas não encontrou a mestra. "Será que ela foi na frente?", questionou-se.

A moça começou a recolher o acampamento para seguir viagem, mas ainda esperava por Mutum, que não costumava sair sem avisos. Assim, foi até o lago para beber água e se banhar. Caminhou até a margem, lavou as mãos, o rosto e deu um mergulho profundo. Ficou um bom tempo submersa se refrescando e pensando, desenvolvera o fôlego de um peixe. Ao emergir, viu uma pessoa sentada na beira. Demorou para entender o que se passava, e seu choque foi grande ao nadar, se aproximar e reconhecer Mutum, que estava diferente, sem força, sem luz e muito cansada.

— O que houve, Mutum?

Jandira saiu da água e segurou a mestra nos braços. Olhava Mutum dos pés à cabeça sem entender nada.

— Oi, Jandira. Sente-se, precisamos conversar.

Jandira com toda a delicadeza, soltou a mestra e se sentou à frente dela.

— Você está doente? Como posso curá-la? Precisamos encontrar alguém!

— Acalme-se.

— Mas a senhora...

— Jandira, você sabe por que os frutos de uma mesma árvore não crescem em todos os lugares?

— Eu... não sei.

— Tudo se adapta às necessidades da terra. Cada lugar tem suas forças, assim como um peixe não vive na terra e um tamanduá não vive na água.

— Eu entendo, mestra, mas nós podemos nadar, certo?

— Vocês podem muito mais que isso, Jandira. Perante a criação, vocês são os únicos que podem caminhar por todas as terras, se adaptam a tudo.

— Mas, Mutum, vocês são mais poderosos que nós.

— Aí é que você se engana. Somos apenas uma ligação entre vocês e o mundo espiritual. Estamos aqui para servir à natureza, a vocês e à mãe Jurema, nada mais. Ficar com você me permitiu enxergar que vocês são a obra-prima da natureza.

— Não me sinto assim.

— Um dia entenderá. Jandira, sua missão é importante e dela muitos frutos nascerão. Encontrará um povo desconhecido, que não entende sua língua ou seus costumes, e conhecerá novos encantados e forças da natureza. Aprenderá muitas coisas e essa sabedoria será o tesouro com que presentará sua tribo. Aprenderá tanto que se tornará mestra, talvez ainda mais sábia que Jaciara. Isso vai custar tempo, muito tempo, mais tempo que uma vida humana poderia lhe proporcionar. Yara sabia disso, e foi por isso que ela lhe deu as bênçãos dos rios, a água da vida.

— O que é a água da vida?

— A água da cabaça que ela lhe deu não é comum, é curativa e mantém a vida como se o tempo não passasse. Essa água foi justamente o que manteve Ticê viva por tanto tempo. Quando venceu a batalha com Anhangá, não estranhou que depois de beber a água você se curou?

— Na verdade, eu não tinha entendido, mas agora que comentou... não havia percebido que fora por conta da água. Sendo assim, darei um pouco dela para a senhora se curar.

— Não estou doente, Jandira, mas nossos caminhos se separam a partir daqui.

— Como?! Por quê?!

— Somos parte da natureza, Jandira. Temos locais onde estão nossas forças e limites para transitar dentro deles. Eu não posso ir além daqui.

— Você me prometeu...

— Nosso vínculo não se acaba com a distância, Jandira.

— Mas não posso aceitar esse fardo sozinha.

— Você tem tudo o que poderíamos oferecê-la. Sei que está com medo, mas precisa confiar em nossa visão. Assim quis a mãe Jurema, e ela quer sempre o melhor para todos nós, basta acreditar.

— O que farei sem você, se nesta missão não me sobrou mais ninguém? Só tenho você, mestra!

— Tem a si mesma. Você vai batalhar e buscar sabedoria. Seu espírito e seu povo pedem isso.

Jandira abraçou Mutum fortemente. A encantada deixou uma lágrima escorrer. Enquanto estavam abraçadas, Mutum trançou os cabelos de Jandira com flores e o perfume das águas. Depois, prendeu três penas de suas asas nos cabelos da moça. Assim que terminou, afastou Jandira e disse:

— Agora, estamos mais juntas do que nunca. Confia em mim?

— Sim! Sempre!

— Tome um gole da água de Yara sempre que se sentir esgotada. Não exagere, um pouco é suficiente.

— Sim, senhora.

Mutum deu um beijo na testa de Jandira.

— Vá como menina e volte como a líder de seu povo. Traga tudo o que sua jornada puder lhe dar.

Abraçaram-se mais uma vez.

— A senhora me fará muita falta. Meu coração chorará de tristeza e de saudade. Estou solta neste mundo, sem ninguém, meu fardo é pesado e tudo o que posso fazer é carregá-lo.

— Quando nos reencontrarmos, tenho a certeza de que estará muito orgulhosa de si, de que sua família será enorme e de que todos a amarão.

Jandira pegou a mão de Mutum, a beijou e as duas voltaram juntas até o acampamento. Jandira recolheu seus pertences, acenou uma última vez e seguiu seu caminho.

Tanto as lágrimas de quem ficou quanto as lágrimas de quem foi molharam aquele chão. Nascia ali o fruto de um bem maior e a promessa de dias melhores.

Jandira não foi vista por muitos anos, mas seu nome foi contado em muitas canções e histórias. Ela foi considerada a guerreira-onça por todas as tribos. Os mais jovens aprenderam a orar e a pedir a bênção para as caçadas e para a sobrevivência. Jandira é a personificação da força e da coragem guarani, e um dia há de retornar para arrebanhar seu povo.

Este livro foi composto com a
tipografia Calluna 10,5/15 pt e impresso
sobre papel pólen soft 80 g/m²